À PROPOS DE L'AUTRICE

Annie Burrows est une maman passionnée, mais elle a aussi étudié la philosophie et littérature anglaise à l'Université. Elle ne pensait pas devenir autrice mais ce hobby lui permet de s'évader. Aujourd'hui, elle captive son public avec de merveilleuses histoires.

De gouvernante à comtesse

ANNIE BURROWS

De gouvernante à comtesse

Traduction française de
HÉLÈNE ARNAUD

Les Historiques

HARLEQUIN

Collection : LES HISTORIQUES

Titre original :
HIS ACCIDENTAL COUNTESS

HARPERCOLLINS FRANCE
83-85, boulevard Vincent-Auriol, 75646 PARIS CEDEX 13
Service Lectrices — Tél. : 01 45 82 47 47 - www.harlequin.fr
ISBN 978-2-2804-6535-9 — ISSN 1159-5981

Composé et édité par HarperCollins France.
Imprimé en octobre 2022 par CPI Black Print (Barcelone)
en utilisant 100% d'électricité renouvelable.
Dépôt légal : novembre 2022.

FSC
www.fsc.org
MIXTE
Papier issu de sources responsables
FSC® C159065

Pour limiter l'empreinte environnementale de ses livres, HarperCollins France s'engage à n'utiliser que du papier fabriqué à partir de bois provenant de forêts gérées durablement et de manière responsable.

Chapitre 1

Dorothy Phillips redressa la tête et s'apprêta à pousser la porte du Blue Boar. Si elle voulait devenir gouvernante, elle allait devoir s'habituer à voyager seule plus souvent. Quels que soient les autres passagers installés dans cette auberge pour la nuit en attendant la diligence du matin, elle serait bien obligée de les supporter vaillamment.

Après tout, s'il y avait parmi eux des personnes désagréables, elle aurait toujours la possibilité de leur adresser le regard glacial qu'elle avait pu perfectionner avec le jeune Gerry Benson – le pire élève de l'école de village dans laquelle elle enseignait encore quelques semaines plus tôt. Ce même regard avait clairement fait son petit effet sur l'écervelé qui avait tenté de convaincre leur cocher de lui laisser les rênes, plus tôt dans la journée, en tout cas…

Oui, si elle était capable de mater des Gerry Benson et des gentlemen pourvus de plus d'argent que de bon sens, elle serait de taille à affronter ce qui l'attendait de l'autre côté de cette porte.

Elle entra donc dans la salle, arborant une expression déterminée, et peut-être même un peu sévère.

Un jeune couple, assis sur un banc près de la fenêtre ouverte pour discuter à voix basse, bondit en la voyant. La fille poussa un cri, pâlit en un éclair… et s'évanouit.

Son compagnon, aux réflexes extrêmement rapides

– ou bien simplement habitué à voir la demoiselle perdre connaissance à la moindre émotion forte –, la rattrapa vivement avant qu'elle s'écroule sur les dalles.

Dorothy savait qu'on la trouvait souvent impressionnante, mais jamais encore sa simple apparition n'avait suffi à provoquer une telle réaction chez une parfaite inconnue. Elle fut tentée pendant un instant de s'excuser, gênée d'avoir tant terrifié la pauvre fille blafarde et trop mince ; puis son bon sens reprit le dessus. Elle n'avait fait qu'entrer dans une salle d'auberge, comme le tenancier devant la porte l'avait invitée à le faire. Tous les clients qui avaient réservé une chambre pour la nuit allaient s'y rassembler pour le souper. Ce n'était pas comme si elle avait brandi un couteau, un pistolet, ou s'était montrée menaçante de quelque manière que ce soit !

Le jeune homme, qui avait contemplé d'un air stupéfait la charmante créature qu'il tenait dans ses bras, redressa brusquement la tête pour dévisager Dorothy. Une élégante boucle brune lui retomba sur le front. Ses yeux étaient empreints d'une expression qu'elle ne connaissait que trop bien : la panique d'un homme qui ne savait pas comment réagir et qui espérait qu'elle allait lui apporter une solution.

Dorothy se sentit immédiatement plus sûre d'elle. Elle avait peut-être causé le malaise de l'inconnue sans le vouloir, mais elle pouvait à présent se racheter en faisant ce en quoi elle excellait : prendre la situation en main.

— Allongez-la sur le dos, dit-elle donc d'une voix autoritaire en traversant la salle à grands pas.

Le jeune homme obéit, déposant avec soin sa belle amie sur le sol. Dorothy s'agenouilla près d'elle et dénoua les rubans de la capeline de la demoiselle. Voyant que celle-ci ne semblait pas reprendre conscience, elle l'éventa avec.

— Je devrais sans doute lui ôter sa veste, continua-t-elle.

Dorothy se serait certainement sentie plus à l'aise

si elle avait eu le temps de se rafraîchir et d'enfiler des vêtements propres pour se débarrasser de la poussière de la route, mais elle allait devoir faire avec.

— Il est toujours bon de faciliter la respiration, quand quelqu'un s'évanouit, ajouta-t-elle devant l'air ébahi du jeune homme.

D'ailleurs, comment se faisait-il que l'inconnue ait choisi une tenue aussi peu adaptée à la chaleur de la journée ?

Son compagnon rougit et s'écarta d'un air atterré.

— V-Vous ne pouvez pas ! Je veux dire… Pas dans un endroit public ! N'importe qui pourrait entrer ici, et j'ai promis de la protéger…

L'inquiétude du jeune homme était compréhensible, bien sûr. Si Dorothy avait été sujette à de tels évanouissements soudains, elle n'aurait pas voulu qu'on puisse la voir aussi découverte dans ses moments de vulnérabilité.

— J'ai une chambre à l'étage, dit-elle en prenant la main de la jeune fille pour la frotter vigoureusement. Pensez-vous que vous pourrez la porter jusque-là ?

Dans l'intimité de sa chambre, elle serait libre de mettre l'inconnue plus à l'aise tout en préservant sa dignité.

Le jeune homme se redressa en bombant le torse.

— Bien sûr que je le peux ! Montrez-moi simplement le chemin.

Lorsqu'ils parvinrent enfin à la porte de la chambre de Dorothy sous les toits – c'était tout ce qu'elle avait pu s'offrir –, la jeune fille commençait déjà à reprendre connaissance. Elle ouvrit les yeux à l'instant où son compagnon l'allongeait sur le lit étroit.

— Gregory ! Qu'est-ce que… ?

Elle jeta un regard apeuré autour d'elle.

— Où m'as-tu amenée ?

— Cette dame, répondit Gregory, car cela devait en effet être son nom puisqu'il n'avait pas corrigé la demoiselle, m'a proposé de t'installer dans sa chambre, le temps que tu reviennes à toi.

— Je m'appelle Miss Phillips, ajouta Dorothy, qui profita de cette opportunité de se présenter en y mettant les formes.

— Je me suis évanouie ? Quelle… humiliation ! s'écria la jeune fille avec une grimace. Je ne m'évanouis jamais. Seules les femmes les plus faibles perdent connaissance !

Dorothy sentit immédiatement une bouffée d'affection monter en elle à ces paroles. Elle aussi aurait protesté de la même manière, dans de telles circonstances.

— N'importe qui peut se laisser submerger par la chaleur et la fatigue, après une longue journée de voyage, dit-elle dans l'espoir de la consoler. Surtout si l'on n'a pas eu l'occasion de boire ou de se restaurer convenablement. C'est compréhensible : ces diligences ont un don pour rendre malades les voyageurs les plus résistants.

— C'est vrai, Pansy, ma chérie, reprit Gregory. Tu n'as presque pas mangé de la journée.

— Un problème facilement réglé… Jeune homme, pourriez-vous vous rendre utile et descendre commander du thé ainsi que des tartines beurrées pendant que j'aide… Pansy, n'est-ce pas ?

La fille acquiesça.

— Nous allons vous mettre plus à l'aise.

Pansy tenta vainement de se redresser.

— Mais je…

— Non, coupa fermement Dorothy. Vous vous sentirez beaucoup mieux après vous être reposée un instant et avoir mangé quelque chose. Et puis, il fait plus frais ici que dans la salle étouffante du bas. J'ai ouvert la porte et la fenêtre dès mon arrivée pour aérer la pièce.

— Oui, l'air qui entre me fait du bien, admit Pansy, mais…

— Ma chérie, tu te sentiras bien mieux ici, intervint Gregory d'un air entendu. C'est plus intime que la salle de l'auberge, et personne ne te verra.

La jeune fille se laissa convaincre et se rallongea, non sans adresser à son compagnon un regard adorateur. Il la contempla aussi avec vénération pendant quelques secondes, et une tension relativement inconfortable sembla envahir la chambre.

Finalement, il se décida à sortir, et Pansy se retourna vers Dorothy d'un air embarrassé.

— Je… Je ne pensais pas qu'il allait faire si chaud, aujourd'hui.

La jeune fille laissa Dorothy lui ôter sa veste sans protester.

— Ou que tant de choses allaient mal tourner, ajouta-t-elle évasivement. Nous pensions couvrir plus de lieues avant la nuit, mais l'un des chevaux a eu un problème et nous avons eu du mal à le remplacer, puis il y a eu un souci avec l'attelage et la… conduite de la voiture. Pour finir, j'ai commencé à sentir une atroce migraine monter, et Gregory a refusé de poursuivre notre voyage, même si nous ne sommes pas encore à l'abri de…

Elle s'interrompit soudain d'un air coupable qui confirma les soupçons que Dorothy avait eus dès qu'elle les avait vus. Si ces jeunes gens n'essayaient pas de fuir pour se marier en secret, elle était prête à manger son chapeau !

Elle ravala la remarque acerbe qu'elle était tentée de faire. Cette jeune fille souffrait clairement bien assez comme cela.

— Avez-vous mal à la tête ? J'ai quelque chose qui pourrait vous aider, dans ma malle, dit-elle simplement avant de s'approcher de ses bagages posés près de la fenêtre.

Elle tira une clé de son réticule et ouvrit la serrure.

— Je suis en route pour le domaine de mon nouvel

employeur, expliqua-t-elle. Je dois devenir gouvernante et, d'après mon expérience, les enfants passent leur temps à tomber malades ou à se faire mal. J'ai donc décidé d'emporter tous les remèdes que je pouvais trouver.

Elle ne savait d'ailleurs pas si les médecins étaient faciles à dénicher, en pleine campagne, si jamais elle se sentait mal elle-même. Les aristocrates estimaient-ils qu'une simple gouvernante méritait que l'on appelle un docteur pour elle et que l'on paie ses frais de soins ? Sans doute pas.

La jeune fille, docile, la laissa lui baigner les mains et le front d'eau froide, but l'infusion que Dorothy lui prépara et mangea ses tartines beurrées sans protester.

— Essayez de dormir un peu, lui conseilla Dorothy en replaçant la tasse vide sur le plateau. Je vais redescendre et vous laisser en paix.

Elle avait aussi hâte de manger son propre souper, qui devait sans doute l'attendre en bas. Son estomac commençait déjà à gargouiller.

— Oh ! mais Gregory…

— Je suis certaine qu'il sera soulagé d'apprendre que vous avez repris des forces, coupa Dorothy avec fermeté. Surtout maintenant que vous avez bu, mangé, et que vous vous êtes un peu rafraîchie.

— C'est vrai, lâcha Pansy en se laissant retomber sur les oreillers.

Dorothy lui sourit et quitta la chambre. À peine eut-elle fait un pas dans l'escalier, cependant, que son inquiétude reprit le dessus. Si le couple tentait réellement de fuir, elle avait bien l'intention de faire la leçon à ce Gregory ! Quel goujat pouvait bien traîner une créature aussi fragile et délicate que Pansy sur une telle distance, alors qu'il était évident qu'elle n'avait pas la force de le supporter ? De plus, si leurs parents avaient interdit leur mariage, c'était sans doute pour une bonne raison. Peut-être la jeune fille était-elle très riche… Ses vêtements étaient clairement à la mode et d'excellente qualité, même s'ils n'étaient pas adaptés à la saison. Oui, les soupçons de Dorothy s'étayaient un peu plus à chaque minute qui passait. Ce Gregory devait être intéressé par sa dot. Il avait en tout cas l'apparence et les manières mielleuses d'un chasseur d'héritière – si c'était bien le cas de Pansy.

Lorsqu'elle atteignit enfin la salle, où le jeune amant faisait les cent pas en se rongeant les ongles, elle était tellement remontée qu'elle répondit à ses questions anxieuses par une remarque acerbe. Elle ne se gêna pas plus pour lui faire comprendre très clairement ce qu'elle pensait de sa conduite.

Gregory l'écouta, la tête basse, puis se passa une main dans les cheveux et admit de la manière la plus désarmante qui soit… qu'il s'était en effet comporté comme le pire des voyous.

— Mais je l'aime tant ! s'écria-t-il. Je ne pouvais pas supporter l'idée de la perdre ! Quand elle est venue me voir en larmes et m'a supplié de la sauver d'un mariage forcé avec l'homme que son père a choisi pour elle, que pouvais-je faire, sinon lui promettre de l'épouser moi-même ? Même si cela me contraint à le faire dans des conditions que j'aurais trouvées parfaitement indignes venant de n'importe quel autre homme…

Dorothy sentit immédiatement sa fureur refluer. Au lieu d'être choquée par la manière dont ce jeune homme traitait Pansy, elle se sentit sincèrement désolée pour lui. De toute évidence, sous son apparente fragilité, cette demoiselle n'hésitait clairement pas à recourir à des moyens peu avouables pour plier son impressionnable compagnon à sa volonté…

— Dans ce cas, je ne dirai rien de plus sur ce sujet,

répondit-elle en s'approchant pour lui tapoter l'épaule comme elle l'aurait fait pour consoler l'un de ses frères après une stupide erreur de jugement de sa part. Il me semble clair que vous comprenez vos torts et que vous en êtes navré.

Elle aurait également dit la même chose à ses frères, en de telles circonstances. Non pas qu'ils aient été assez âgés pour envisager un mariage clandestin, ni même assez riches et beaux pour tenter une demoiselle manipulatrice.

— La seule chose que je regrette, reprit-il d'un air désolé, c'est que Pansy soit tombée malade avant que je puisse l'emmener en sécurité…

— Elle n'est pas *malade*, à proprement parler. Juste un peu fatiguée et affaiblie par la chaleur. Elle avait déjà repris des couleurs quand je l'ai laissée. Je suis sûre qu'une bonne nuit de repos et un repas revigorant lui permettront de poursuivre son voyage à vos côtés.

— Vraiment ? s'écria Gregory en serrant la main de Dorothy dans les siennes, qui étaient désagréablement moites.

— Vraiment.

Elle tenta vainement de se libérer, mais le jeune homme tenait bon.

— Je vais remonter la veiller pendant son sommeil…

De toute manière, le souper promis par l'aubergiste ne semblait pas près d'arriver.

— Vous pouvez vous occuper des réparations de votre voiture, qui a grand besoin de votre attention, d'après ce que j'ai compris, ajouta-t-elle.

Une fois de plus, elle essaya de retirer sa main. Hélas, Gregory avait une poigne étonnamment puissante.

— Vous êtes un ange, soupira-t-il en lui déposant un baiser ému au bout des doigts. Quand on me parlera de ces créatures célestes, à l'avenir, je les imaginerai toujours sous vos traits ; scrutant les pauvres mortels que nous sommes depuis le ciel, avec des yeux noisette qui brilleraient tantôt d'indignation vertueuse, tantôt de compassion pour les épreuves que nous devons traverser. Je ne sais pas ce que nous aurions fait, si la destinée ne vous avait pas envoyée nous sauver en cette heure sombre. Puis-je connaître votre nom ? Votre prénom ?

— Dora, répondit-elle.

Pourquoi avait-elle senti ce soudain besoin d'utiliser le surnom que ses frères avaient toujours employé par affection ? Sans doute parce que cet homme les lui rappelait... Et parce qu'il avait beaucoup de charme, avec son impulsivité de petit garçon, ce romantisme absurde qui l'avait poussé à fuir avec une demoiselle qui se disait en détresse. Dorothy s'apprêtait à lui rendre son sourire quand la porte de la salle s'ouvrit brutalement, rebondissant avec fracas contre le mur. Le battant fut néanmoins vite arrêté dans sa course par la silhouette imposante d'un homme – peut-être le plus grand que Dorothy ait jamais vu. Sans doute paraissait-il plus intimidant encore à cause de son immense manteau à basques garni d'une cape sur les épaules. Le vêtement, couleur de terre, l'enveloppait de la tête aux pieds, ne laissant voir que de gros boutons en nacre de la taille d'un souverain. Sans doute était-il un cocher ivre descendu de sa diligence pour passer la nuit ici. Dans son nuage d'alcool, il avait dû se tromper de porte.

Hélas, cette supposition vola en éclats quand Dorothy vit son compagnon pâlir et lui lâcher la main.

— Worsley ! s'écria-t-il d'un air désespéré.

Le géant dut baisser la tête pour passer la porte et il la referma derrière lui. Dans son mouvement, son manteau ouvert s'écarta, laissant deviner dessous un gilet simple et pratique comme celui que portaient d'ordinaire les cochers, ainsi qu'un lourd pantalon de daim et des bottes plissées qui avaient vu des jours meilleurs. Elle avait souvent entendu son frère Paul, passionné de chevaux, expliquer que certains hommes affectionnaient ce genre de tenue même sans être dans le métier – ce qui paraissait assez absurde. D'ailleurs, à en croire l'emploi du simple nom de famille par Gregory pour le désigner et la frayeur coupable qui envahissait à présent les yeux de ce dernier, l'intrus était clairement de cette engeance.

— Je suppose qu'il est inutile de te demander ce que tu fais ici, lança l'homme avec un sourire mauvais.

— Ce n'est pas ce que vous croyez, se défendit Gregory.

— Si, c'est précisément ce que je crois ! répliqua l'autre en ôtant son chapeau pour exposer une tignasse ébouriffée couleur de paille.

Il se retourna vers Dorothy et darda sur elle ses yeux d'un bleu vif.

— Mais, maintenant que je vois la fille, je comprends comment elle a pu si facilement te tourner la tête et te convaincre de participer à cette stupide aventure.

Seigneur ! Croyait-il réellement qu'elle était… la demoiselle avec laquelle Gregory tentait de fuir ? Comment pouvait-il envisager qu'elle ait séduit le jeune homme, vêtue comme elle l'était de sa sévère robe de gouvernante et assez âgée pour que tous la croient destinée à rester vieille fille ? Une telle idée lui parut si ridicule qu'un bref éclat de rire lui échappa.

— Trouvez-vous cela amusant ? cria le dénommé Worsley en marchant droit vers elle pour la dévisager avec mépris. Tenez-vous donc tant à détruire la vie de mon pupille en le piégeant dans une alliance si indigne de lui, et d'une manière aussi déshonorante ? Voulez-vous piétiner son honneur ?

— Je ne fais rien de tout cela ! protesta Dorothy.

Elle voulut lui expliquer qu'elle venait à peine de rencontrer Gregory et qu'elle désapprouvait sa conduite au moins autant que lui.

Mais Worsley ne lui en laissa pas le temps.

— Je ne suis pas né de la dernière pluie ! aboya-t-il. Et je ne suis pas non plus le genre d'homme qui se laisse influencer par une femme comme vous. Si ce garçon n'est pas capable de vous tenir tête, sachez que je peux le faire pour lui.

Ce dernier commentaire attira de nouveau l'attention de Dorothy sur la stature imposante de Worsley. Il était si grand que la plupart des hommes devaient à peine lui arriver au menton. De plus, il avait des épaules au moins aussi larges que le manteau de la cheminée…

— Taisez-vous donc, reprit-il, et acceptez le fait que j'ai gâché votre petit projet.

Il était peut-être plus intimidant que tous les hommes que Dorothy avait pu rencontrer, mais, de toute évidence, son intelligence n'était pas à la hauteur… Pire encore : il était clairement le genre de personnage à considérer qu'il savait tout mieux qu'elle juste parce qu'il était un homme, même s'il se trompait du tout au tout.

Eh bien, qu'il se couvre de ridicule, s'il le voulait ! Cela ne la concernait pas.

Elle redressa le menton et lui adressa le regard glacial qui avait déjà si bien fonctionné plusieurs fois depuis le matin, et n'essaya même pas de s'expliquer. Ce n'était pas à elle de le faire. Cette dispute était l'affaire de Gregory et de ce Worsley.

Comme s'il en était arrivé à la même conclusion, le géant se tourna de nouveau vers le jeune homme.

— Et toi ! Tu devrais pourtant te méfier ! Ne t'ai-je pas mille fois mis en garde contre ce genre de femmes ? cria-t-il avec un geste vague de la main en direction de Dorothy. Ces filles-là sont prêtes à tout pour mettre la main sur un époux titré ! Tout ce qu'elles désirent, c'est être admises en société.

— Attendez, balbutia Gregory, plus pâle que jamais.

Il se crispa, comme s'il n'avait encore jamais essayé de se défendre face à un opposant plus grand et plus âgé que lui. Ce qui était sans doute le cas, puisque Worsley semblait être son tuteur.

— Vous faites erreur…

— Non, je m'assure simplement que *toi* tu n'en fasses pas, coupa Worsley. Il n'est pas encore trop tard pour t'extirper du piège qu'elle t'a tendu. Tu vas rentrer à la maison avec moi et je…

— Non ! s'écria le jeune homme. Je ne peux pas laisser une demoiselle de bonne famille seule et sans protection dans une auberge, à des lieues de toutes les personnes qu'elle connaît ! Si vous étiez réellement un gentleman tel que celui que vous voulez me voir devenir, vous n'auriez jamais suggéré une telle chose.

Worsley cligna des paupières. Il parut réfléchir un instant aux arguments de son pupille, puis acquiesça.

— Tu as raison. Il vaut mieux que je rende cette fille à ses parents moi-même.

Sur ces mots, il attrapa Dorothy par la taille et, sans lui laisser le temps de comprendre ce qui se passait, la souleva de terre pour la jeter comme un vulgaire sac de grain en travers de son épaule. Une épaule qui n'était d'ailleurs pas seulement aussi large que le manteau de la cheminée, mais qui en avait aussi la fermeté… Le choc fut tel qu'elle en eut le souffle coupé.

Il l'avait déjà emportée dans le couloir quand elle retrouva enfin la parole – ou du moins assez de force pour lui marteler le dos avec ses poings.

— Que faites-vous ?

Quelle question stupide ! Ce qu'il faisait était évident et elle aurait mieux fait d'exiger qu'il la lâche.

— Reposez-moi *immédiatement* ! cria-t-elle donc.

En vain. Son ravisseur obstiné poursuivit sa route sans ralentir le pas. Il la conduisait vers la porte de l'auberge.

Le tenancier s'interposa. Enfin !

— Attendez un peu, dit-il. Qu'essayez-vous de faire subir à cette dame ?

Hourra ! Si Gregory n'avait pas le courage de résister à cet homme, l'aubergiste, au moins, ne semblait pas intimidé par ce malotru.

— Je refuse que l'on agisse d'une manière aussi cavalière sous mon toit !

— Libérez le passage, gronda le géant. À moins que vous ne teniez à ce que j'entache votre réputation en répétant à tout le monde que votre établissement a accueilli un mineur tentant de se soustraire à sa famille.

— Je ne suis pas mineure ! protesta Dorothy, faisant face aux genoux de l'aubergiste quand elle tenta de redresser la tête. Monsieur, vous savez que je ne le suis pas. Tout ceci n'est qu'un odieux malentendu !

Hélas, le tenancier s'écarta sans mot dire, et le ravisseur de Dorothy reprit sa route.

Tandis qu'ils atteignaient la porte, elle parvint enfin à surmonter sa stupéfaction et sentit la panique l'envahir. Elle essaya pour la première fois de se libérer en se tortillant dans tous les sens. Le bras de l'homme se serra autour de sa taille comme un étau. Il n'avait clairement pas fait usage de toute sa force, jusqu'à présent…

— Si vous n'arrêtez pas immédiatement de bouger, je devrai vous attacher et vous bâillonner, dit-il. Je compte bien vous ramener à Coventry, et rien de ce que vous pourrez faire ou dire ne m'en empêchera.

— Vous ne pouvez pas me *ramener* à Coventry, car

je n'y ai jamais mis les pieds ! hurla-t-elle. Arrêtez-vous et écoutez-moi, espèce de grande… brute !

— Ha ! lâcha-t-il tout en poussant la porte pour traverser la cour. Écouter les mensonges d'une fille comme vous ? Pour qui me prenez-vous ?

— Pour l'un des pires… idiots… que j'aie jamais… rencontrés… de ma vie.

Basculée la tête en bas comme elle l'était et plaquée contre l'épaule de pierre de son ravisseur, elle commençait à avoir du mal à respirer.

— Je ne peux… pas… aller à… Coventry, supplia-t-elle encore.

Elle avait une place réservée dans la diligence qui partait le lendemain matin pour Édimbourg ! Qu'allait-il se passer si son employeur ne la trouvait pas au relais à l'heure dite ? Et comment allait-elle récupérer sa malle, qui contenait tout ce qu'elle possédait au monde ? Du moins pour le moment… puisqu'elle l'avait laissée déverrouillée en descendant parler à Gregory – l'affaire d'une minute, avait-elle cru.

— Espèce… d'imbécile, lâcha-t-elle encore. Vous allez… tout… gâcher !

Worsley la secoua de nouveau en ouvrant la portière de la voiture, et elle sentit un vertige lui monter à la tête. Puis, sans ménagement, il la redressa et la jeta à l'intérieur, transformant le vertige en nausée.

— Vous irez à Coventry, gronda-t-il avec autorité. Autant cesser de chercher à me mentir, car cela ne servira à rien. Je ne suis pas un garçon naïf comme Gregory, prêt à se laisser aveugler par une femme plus âgée et plus expérimentée.

Elle voulut protester de nouveau, lui dire qu'elle ne mentait pas, mais seul un gargouillis étranglé s'échappa de ses lèvres. Quand elle tenta de se relever, un nuage de points noirs se mit à danser devant ses yeux et la voiture commença à tanguer. Durant les quelques secondes qu'il lui fallut pour reprendre son souffle et se débarrasser de son malaise, Worsley claqua la portière et, à en juger par le mouvement soudain du véhicule, se hissa sur le siège du cocher.

Elle se rapprocha de la portière, posa la main sur la poignée…

Puis elle imagina soudain la scène qui aurait lieu dans la cour de l'auberge si elle sortait pour crier qu'elle n'était pas une séductrice mais une simple gouvernante qui avait eu le malheur de croiser le chemin du couple que cet homme traquait.

Quel spectacle elle allait donner d'elle, devant les clients amassés pour assister à sa tirade ! Sans manteau, sans chapeau et les cheveux en désordre – puisqu'elle avait perdu toutes ses épingles dans sa lutte vaine contre son ravisseur.

Qu'allait-il se passer ensuite, une fois qu'elle aurait convaincu cet homme de son erreur ? Il retournerait sans doute dans l'auberge au pas de charge, monterait l'escalier et ferait subir à la pauvre écervelée allongée dans le lit de Dorothy le même traitement ignominieux.

Elle eut soudain pitié de cette malheureuse créature, si délicate. Si celle-ci avait perdu connaissance par simple peur de croiser ce Worsley, comment supporterait-elle la présence dominatrice de ce dernier ? Car c'était forcément pour cela que Pansy s'était évanouie quand Dorothy avait poussé la porte de l'auberge : elle avait craint d'avoir été découverte par le tuteur de son amant. Elle *savait* que Worsley les poursuivrait.

D'un autre côté, Dorothy n'avait-elle pas le devoir moral d'empêcher ce mariage secret si elle le pouvait ? Elle avait un honneur à défendre et, même si elle ne cautionnait pas les méthodes brutales de Worsley, il était clair que quelqu'un devait rendre cette fille à ses parents.

Hélas, le temps qu'elle prenne sa décision, la voiture s'était mise en branle.

Elle avait encore la possibilité de sauter du véhicule et de courir supplier le tenancier de la protéger. Avec son aide, peut-être aurait-elle une chance de défendre la pauvre Pansy face à la rage de Worsley…

Mais soudain, un fouet claqua et les chevaux s'élancèrent au grand galop. Cette fois, il était réellement trop tard pour fuir.

Terrifiée, elle plaqua une main contre sa bouche et sentit son estomac se nouer. L'atroce réalité la frappa de plein fouet.

C'était… *un enlèvement.*

Impossible ! Ce genre de chose n'arrivait pas aux femmes comme elle. C'était le lot des héritières ou des jolies filles. Et cela ne se passait que dans les romans.

Pourtant, il n'y avait pas d'autre mot pour décrire ce qui venait de se produire. Worsley avait confondu une simple gouvernante vieille fille avec la belle créature légère qui avait ensorcelé Gregory. Quelle absurdité ! D'un seul coup, une hilarité irrépressible envahit Dorothy. Ce n'était pas plus mal. Sans cela, elle aurait aisément pu fondre en larmes. Le simple fait d'y penser fit monter une boule au creux de sa gorge. C'était toujours ainsi que les choses se déroulaient, n'est-ce pas ? Pensez à ce que vous ne voulez *pas* faire, et c'est exactement ce à quoi vous finissez par succomber. Quel bien auraient pu lui apporter ces sanglots ? Qu'est-ce que cela aurait réglé ? Rien.

Elle renifla donc bravement et se rappela qu'elle avait déjà traversé de pires épreuves sans se mettre à pleurnicher comme une enfant.

De toute manière, elle refusait de donner à cette brute

de Worsley la satisfaction de la voir sangloter. Elle n'était pas une créature faible ou nerveuse, sujette aux lamentations ; et ce n'était pas parce qu'un imbécile l'avait prise au premier regard pour une intrigante prête à abuser de la naïveté d'un jeune homme qu'elle allait céder. Comment avait-il pu croire Gregory amoureux d'elle, alors que ce dernier n'avait pas eu un seul mouvement pour la défendre ? Même l'aubergiste avait protesté plus fort que le jeune homme tandis que Worsley l'emmenait vers la porte comme un bagage.

Elle essuya d'un revers de la main l'unique larme qui avait coulé sur sa pommette, tout en se faisant la leçon. Elle se pardonna sans peine son émotivité, cependant. Ce n'était tout de même pas tous les jours qu'une jeune femme se faisait enlever brutalement et jeter dans une voiture comme un colis de légumes ! Il était tout à fait compréhensible qu'elle soit choquée, bouleversée. Tout ce qui comptait à présent, c'était de ne pas faiblir au point de perdre connaissance.

De toute manière, Dorothy Phillips n'était pas femme à tourner de l'œil pour des peccadilles ! Elle était plus forte que cela.

Et elle n'hésiterait pas à le prouver à ce Worsley.

Dès qu'il la laisserait descendre de voiture.

Chapitre 2

— Inutile de me regarder comme cela, Pawson, dit Lord Worsley à son valet impassible dès qu'ils eurent quitté la cour de l'auberge. Je n'ai poussé les chevaux que pour dissuader la demoiselle de sauter en route avant que nous nous soyons éloignés du Blue Boar. Je n'avais aucune envie de devoir y retourner pour la séparer une nouvelle fois de Gregory.

— Hmmph, fut la réponse éloquente de son domestique.

Worsley serra les dents. Pawson aurait pourtant dû savoir qu'il n'aurait jamais pris de risques avec ses chevaux. À présent qu'il avait rempli sa mission et empêché le mariage clandestin de son pupille, il avait tout le temps devant lui pour rendre la fille à sa famille.

Il avait seulement besoin de mettre assez de distance entre l'auberge et lui pour dissuader sa passagère de s'enfuir, avant de ralentir. Heureusement pour lui, comme souvent pendant les étés anglais, le vent qui avait commencé à souffler lorsqu'il avait enfin reconnu la voiture élégante de Gregory dans la cour du Blue Boar tourna à l'est et refroidit la campagne en quelques minutes. De lourds nuages noirs se massèrent à l'horizon.

La pluie n'allait pas tarder à tomber dru, et, si cette jeune femme savait ce qui était bon pour elle, elle ne prendrait pas le risque de quitter la voiture sous une telle averse.

Surtout sans manteau, ni chapeau pour la protéger. En temps normal, Worsley n'aimait pas voyager par temps humide ; mais ce soir, la vue du ciel noir lui arracha un grand sourire. Les choses n'auraient pas pu tourner davantage en sa faveur. À présent que Miss Watling ne risquait plus de lui glisser entre les doigts, il allait pouvoir se permettre de changer de chevaux – ce qu'il aurait dû faire à l'aller, s'il n'avait pas été aussi pressé de retrouver le jeune couple.

Il remarqua bientôt une auberge d'aspect respectable, au bord de la route.

— Allumez les lanternes, Pawson, ordonna-t-il en s'arrêtant devant le bâtiment.

En cette saison, le soleil se couchait vers 21 heures, mais le temps tournait et la visibilité avait déjà décliné. Le valet jeta un coup d'œil au ciel et acquiesça, non sans couler un regard en direction de la portière de la voiture.

— Oui, je sais, répondit son maître. Je ferais mieux de m'assurer qu'elle va bien tant que nous sommes arrêtés.

Elle était devenue étrangement silencieuse, après leur départ. Certes, cela rendait à Worsley la tâche plus facile mais, maintenant qu'il y pensait, son calme avait quelque chose de déconcertant. Il s'était attendu à des cris et à des larmes, mais elle n'avait pas même donné de coups contre le toit du véhicule ni sangloté très fort pour s'attirer sa pitié… C'était pourtant ce que ses sœurs auraient fait, si elles avaient vu leurs plans contrecarrés de la sorte – non pas qu'il eût laissé qui que ce soit les traiter d'une manière aussi cavalière. Personne n'aurait osé lever la main sur elles, de toute façon. Tous ceux qui le connaissaient prenaient soin de ne *jamais* le contrarier.

Sans doute Miss Watling avait-elle fini par en arriver à la même conclusion. Gregory avait dû lui parler de lui, sans quoi elle n'aurait jamais su à quel point il était opposé à leur union. Même ce soir, dans la cour de l'auberge, alors qu'elle aurait facilement pu s'attirer la sympathie des badauds en provoquant une scène, elle n'avait *rien* fait.

Elle n'avait pas essayé d'ouvrir la portière ou de s'échapper. Elle n'avait pas même baissé la vitre pour voir où il la conduisait.

D'un seul coup, une terreur soudaine s'empara de lui. Était-il allé trop loin en menaçant de la ligoter et de la bâillonner ? Était-elle effrayée, incapable de réagir ? Seigneur, pourvu qu'elle n'ait pas perdu connaissance ! Qu'aurait-il fait d'une jeune femme inconsciente ? Comment aurait-il pu la rendre à ses parents, dans un tel état ?

Sa réputation le précédait, et pas toujours pour le meilleur. N'avait-elle pas compris qu'il ne pourrait en aucun cas mettre une telle menace à exécution ? Jamais il n'aurait porté la main sur une femme. Il n'avait dit cela que pour la dissuader de lui résister. Sa taille aurait dû suffire à intimider la jeune fille ; c'était ce qui se passait en général avec ses adversaires.

Mais cette situation ne ressemblait pas à celles qu'il avait pu connaître, dans sa vie… Les émotions avaient compliqué les choses. Elle avait été furieuse de voir qu'il les avait rattrapés, annihilant ses beaux projets. Tout comme il avait été hors de lui de voir qu'elle avait charmé Gregory au point de lui faire oublier tous les principes qu'on lui avait enseignés depuis son enfance. Puisqu'elle ne possédait elle-même aucun scrupule, cette fille avait sans doute cru que les autres – *lui*, en l'occurrence – étaient également prêts à tout pour arriver à leurs fins.

Mais tel n'était pas le cas.

Il ne voulait pas…

Jamais il n'aurait pu…

Non, tout ce qu'il avait fait, c'était lui montrer qu'il n'était pas homme à se laisser manipuler. Certes, il n'aurait peut-être pas dû la menacer comme cela, surtout sans penser un mot de ce qu'il disait ; mais, sur le coup, il avait eu l'impression d'être capable de n'importe quoi pour mettre fin à cette aventure sordide. Il ne pouvait pas regarder Gregory gâcher sa vie sans réagir ou le laisser épouser une femme aussi peu digne de lui.

Il avait agi pour le mieux. Et il continuerait à le faire. Même si les moyens employés étaient un peu…

Il obligea sa mauvaise conscience à se taire, serra les dents, ouvrit la portière et se pencha à l'intérieur de la voiture. Il s'était presque attendu à découvrir un corps inerte étalé par terre.

Mais non. La demoiselle était assise, très droite, son réticule sur les genoux et les bras croisés.

— N'essayez même pas de vous enfuir, la prévint-il.

Elle le dévisagea froidement.

— Je ne suis pas idiote. Sans mon manteau, mon bonnet ou ma malle, décoiffée comme je le suis, personne ne me tendrait la main. De plus, vous paraissez convaincu de savoir quoi faire de moi, donc mon bien-être est sous votre responsabilité. Et, tant que nous y sommes, pensez-vous que vous pourriez me procurer une couverture ? Il commence à faire froid.

Un frisson honteux le traversa et il s'agrippa à la portière. Il ne s'était pas un seul instant soucié du confort de sa passagère. Il n'avait pensé qu'à sauver Gregory. À ses yeux, elle n'avait été qu'un obstacle à écarter de la route du garçon.

Mais elle n'était qu'une jeune femme, après tout. Et elle tremblait. Elle affrontait certes l'épreuve avec courage, mais une traînée claire sur sa joue maculée de poussière trahissait ses larmes. Elle avait bel et bien pleuré, à un moment du trajet.

Malgré tout cela, elle ne semblait pas se lamenter sur

son sort. Bon sang… Worsley vit immédiatement *pourquoi* Gregory s'était laissé séduire par cette femme. Elle était impressionnante. Il l'avait remarqué dès qu'il avait surpris le jeune homme penché sur sa main avec tant d'admiration, et il avait compris comment elle avait réussi à le piéger dans sa toile. Lui-même avait croisé un certain nombre de femmes plus âgées et plus expérimentées que lui dans sa jeunesse. Des femmes ravies de prendre un garçon par la main – au propre comme au figuré – et de le transformer en esclave béat. Pour un temps. Des femmes qui jouaient avec leurs proies le temps de leur enseigner tout ce qu'elles savaient, avant de se lasser et de les abandonner pour de nouvelles victimes plus vertes, qu'elles entraînaient à leur tour dans leur lit sans remords.

Il savait aussi quels sentiments puissants pouvaient lier un jeune homme à de telles créatures. On pouvait envisager de les fréquenter pendant un temps ; mais on ne les épousait pas ! Gregory allait hériter de tant de responsabilités quand le titre serait sien. Il aurait besoin d'une compagne capable de le soutenir. Une femme qui aurait reçu une bonne éducation et saurait naturellement évoluer dans les mêmes cercles que lui. Pansy Watling n'était tout simplement pas capable de cela. Elle ne venait pas d'une famille aristocratique. Les membres de la haute société la rejetteraient et Gregory n'aurait alors pas d'autre choix que de la défendre. Ce qui lui interdirait l'entrée des salons élégants et des postes haut placés qu'il appréciait tant.

Pansy. Étrangement, ce prénom n'allait pas à la demoiselle qui lui faisait face. En l'entendant, il s'était préparé à rencontrer une petite fleur fragile… Surtout après avoir été le réceptacle des louanges écœurantes de Gregory. Oui, il avait imaginé l'une de ces filles vulnérables, éthérées, qui semblaient toujours espérer qu'un homme volerait à leur secours en toutes circonstances. Mais cette femme n'avait pas besoin de protection. Elle était une Amazone, capable d'affronter la tête haute tous ceux qui la désapprouveraient. Elle ne montrait aucune faiblesse, prête à se battre bec et ongles pour se défendre.

Il aurait dû se douter qu'elle avait plus de caractère que son prénom le suggérait, sans quoi elle n'aurait pas réussi à piétiner ainsi le sens de l'honneur de Gregory pour le pousser à fuir avec elle.

Seigneur, il était arrivé juste à temps pour mettre fin à ce projet ! Cette femme aurait détruit la vie de son pupille à tout jamais. Pour sa part, il préférait affronter une femme en face, même une harpie comme celle-ci, plutôt que supporter plaintes et sanglots. Mais Gregory aimait les demoiselles faibles, dépendantes ; celles qui lui donnaient l'impression d'être fort et puissant en comparaison.

Étrangement, cette femme semblait décidée à lui tenir tête. D'une remarque hautaine et bien placée, elle avait réussi à le faire douter de ses actions – chose qui lui arrivait fort rarement – et à lui laisser comprendre qu'il n'agissait pas en gentleman. Il songea soudain que ses sœurs n'auraient jamais mis le pied dans une voiture ou entamé un long voyage sans s'attendre à ce que l'on se soucie de leur confort avant le reste. Une couverture aurait été un minimum pour elles, et leurs exigences ne se seraient pas arrêtées là !

Mais, au départ, Worsley n'avait pas prévu d'emmener Miss Watling à Coventry. Il s'était lancé à la poursuite de Gregory dès qu'il avait découvert la ridicule lettre pétrie d'amour et de bons sentiments que son pupille avait laissée, et avait été prêt à tout pour empêcher ce désastre. De gré ou de force. C'était bien pour cela qu'il ne pouvait se permettre le moindre scrupule. Pas même en voyant à présent cette fille, désemparée et échevelée sous sa bravade. Sans doute tout cela était-il soigneusement étudié pour apitoyer Worsley.

— Je vais voir ce que je peux faire, répondit-il donc avant de refermer la portière.

Il alla ouvrir le coffre situé à l'arrière de la voiture et en tira l'une des couvertures qu'il gardait pour protéger les chevaux s'il faisait étape dans une auberge dépourvue du nécessaire. Ses sœurs n'auraient jamais accepté de s'emmitoufler dans un tel chiffon de laine, songea-t-il en arrachant quelques brins de paille pris dans le tissage, mais mieux valait soumettre Miss Watling à un peu d'inconfort plutôt que laisser Gregory entre ses griffes pour le restant de ses jours.

Quand il lui tendit la couverture, elle la prit sans un mot. Elle n'avait pas besoin de parler. Le dédain qui lui pinçait les lèvres était plus éloquent que n'importe quel discours.

Comme Worsley ne connaissait pas bien la route de Coventry, surtout de nuit, il dut repartir plus lentement et guider son attelage avec prudence. Ce qui le conduisit bien sûr à se plonger dans ses réflexions. Encore.

Quelle erreur avait-il commise dans l'éducation de Gregory pour que ce garçon puisse croire qu'un mariage secret était préférable à… n'importe quel autre choix ? Worsley avait pourtant toujours fait de son mieux pour le guider dans la bonne direction, depuis le jour où le malheureux orphelin lui avait été confié. Peut-être aurait-il dû le garder à Brinkley Court et engager des précepteurs pour lui, au lieu de l'envoyer à l'école. Ou bien aurait-il dû laisser ses sœurs le prendre chez elles après leur mariage, pour l'élever avec leurs propres enfants.

Il avait néanmoins songé que veiller sur le petit était *son* travail, puisque Gregory était le prochain héritier direct du comté. Il l'avait donc inscrit dans un établissement prestigieux et l'avait accueilli à Brinkley Court pendant les vacances. Il y était également resté avec lui pour le familiariser avec le domaine et les familles de fermiers dont il aurait un jour la charge. Il lui avait enseigné des rudiments d'intendance, lui avait appris les complexes rouages de la politique locale, s'était assuré qu'il sache monter à cheval et chasser.

Enfin, quand son protégé avait atteint l'âge de passer la saison à Londres, Worsley l'avait présenté aux personnes importantes, l'avait mis en garde contre tous les bouges et salles de jeu que l'on trouvait en ville, et lui avait même donné quelques conseils concernant les femmes. Pas assez, apparemment… Sinon ce jeune sot ne serait pas tombé entre les mains d'une fille aussi vénale et manipulatrice que celle qui voyageait à présent dans cette voiture, une fille en train de manigancer Dieu seul savait quelle nouvelle vengeance, si Worsley en croyait le regard venimeux qu'elle lui avait adressé quand il avait refermé la portière sur elle.

Si seulement il avait pu mieux comprendre les femmes ! Ou les gens, en général. Il avait été élevé dans un tel isolement, en tant que seul fils encore en vie et héritier de la fortune de ses parents, qu'il n'avait jamais été à son aise que dans les écuries où les valets l'acceptaient sans peine, fascinés par ses talents de cavalier. Eux au moins n'étaient pas déçus de le voir si peu studieux. Et ils ne se souciaient pas de sa réticence à devenir un homme d'État, contrairement à son père. La vérité, c'était que Worsley n'avait jamais approuvé les complots et les coups bas auxquels la plupart des politiciens avaient recours pour se hisser vers le haut du panier – un comportement que l'ancien comte avait semblé trouver on ne peut plus normal…

Worsley avait tout fait pour que Gregory s'épanouisse à sa manière, au lieu d'essayer de le couler dans un moule estampillé « comte de Worsley », et surtout qu'il soit plus à l'aise que lui avec les gens. Hélas, pour quel résultat ?

Une fois de plus, il songea que cela ne faisait que renforcer sa conviction : il ne comprenait *rien* à ses semblables. En général, ce manque d'aptitude ne le dérangeait pas. Son rang et sa fortune lui permettaient la plupart du temps de se montrer impoli sans devoir s'en excuser.

Oui, il était satisfait de sa vie.

Sauf que…

Comme pour s'accorder avec son humeur, le ciel s'assombrit davantage. De toute évidence, ils ne parviendraient pas à Coventry sans changer de chevaux une seconde fois.

— Connaissez-vous une écurie décente dans la région, Pawson ? demanda-t-il à son valet.

L'homme grogna et se frotta le lobe d'oreille d'un air pensif.

— Je n'ai jamais eu besoin d'emprunter cette route avant, milord. Je crois que vous allez devoir tenter votre chance à l'aveuglette.

Worsley fit de son mieux pour ignorer la froideur du ton de son domestique et le jugement qu'il sentait poindre dans ses regards. Cet homme se sentait parfois en droit d'exprimer clairement ses opinions, et il avait au moins le courage de le faire face à son maître au lieu de colporter des ragots dans son dos. Il avait toujours été d'une loyauté à toute épreuve. C'était pour cela que Worsley avait décidé de se confier à lui, et lui seul, quand il avait découvert la fugue de Gregory. Pawson ne parlerait jamais à personne de cette regrettable expédition. On pouvait compter sur sa discrétion.

Il était déjà minuit passé quand ils trouvèrent enfin une auberge où les garçons d'écurie parurent connaître leur affaire ; et lorsqu'ils atteignirent les abords de Coventry, l'aube se levait.

Worsley s'arrêta sur une place passante, descendit de voiture et ouvrit la portière.

— J'ai besoin d'indications pour trouver la maison de vos parents, dit-il sans préambule.

— Vraiment ? Intéressant, répliqua-t-elle sèchement. J'espère que vous en obtiendrez.

— Il vaudrait mieux que vous me montriez le chemin vous-même.

— Vous croyez ?

Elle secoua la tête d'un air obstiné.

— Oui, je le crois. Si vous refusez de me répondre, je vais être contraint de demander à un badaud, ce qui fera forcément jaser, et je suis convaincu que vous ne souhaitez pas devenir un objet de curiosité ici.

Elle le dévisagea sans ciller.

— Ce n'est pas de *moi* que l'on parlera, donc considérez que je m'en moque ! Écoutez, monsieur Worsley…

— *Lord* Worsley, corrigea-t-il, agacé par son insolence.

— Oh ! veuillez me pardonner, milord. Souhaitez-vous que je descende pour vous faire la révérence ?

Décidément, il n'arriverait à rien avec elle, quoi qu'il fasse.

— Vous ne viendrez pas vous plaindre, grommela-t-il avant de claquer une fois de plus la portière.

Quelques personnes déambulaient déjà dans les rues, et il ne fut pas difficile d'obtenir des indications claires concernant la maison des parents. Néanmoins, quand ils atteignirent le bâtiment, aux proportions généreuses en accord avec la richesse de ses propriétaires, le jour était déjà venu. Avec l'arrivée du soleil, il était inutile d'espérer ramener la jeune fille en secret, sous le couvert de la nuit, pour cacher sa fugue. Tant pis. C'était sa faute à elle, après tout.

Il confia les rênes à Pawson, qui les prit avec un grognement. Worsley s'en moquait. Dans quelques minutes, il n'aurait plus rien à voir avec cette insupportable péronnelle. Il avait empêché le mariage, avait sauvé Gregory d'un impitoyable bourbier et rendait l'écervelée responsable de tout cela à sa famille sans que sa vertu puisse être remise en question. En ce qui concernait sa réputation, en revanche… Elle n'avait fait que rejeter toutes ses tentatives pour la protéger, donc les conséquences de ses actes ne le concernaient pas. Les rares personnes qui avaient entendu parler de la fugue n'en souffleraient pas mot. En ce qui concernait les affaires de la famille, Pawson était muet comme une tombe ; et si Gregory tenait réellement à cette demoiselle, il ne salirait jamais son nom en public.

Il ouvrit donc triomphalement la portière de la voiture, heureux de savoir que cet épisode sordide était sur le point de toucher à sa fin. Plus important encore, il pourrait ensuite se reposer à l'auberge où il avait changé de chevaux dans la nuit. L'établissement lui avait paru satisfaisant, bien qu'un peu simple, mais cela lui suffirait. Il avait besoin d'un bon déjeuner, d'un bain et d'un lit. En fin de compte, pourchasser un jeune couple en fuite et dompter une jeune fille rebelle était un travail épuisant. Sans compter qu'il avait une faim de loup…

— Sortez, dit-il avec un sourire en songeant à son repas et à sa sieste.

Elle obéit, puis se campa un instant devant lui sur le bord de la route. Il fut étonné de voir une pointe d'inquiétude au fond de ses yeux.

— Milord, avant de vous ridiculiser plus que vous ne l'avez déjà fait, je tiens à vous prévenir que…

— Gardez vos conseils pour ceux qui sont prêts à les écouter, coupa-t-il.

D'un seul coup, toute sa bonne humeur venait de s'envoler.

Miss Watling lui adressa ce qui était probablement censé être un regard assassin ; mais l'effet en était gâché par la couverture sale et couverte de poils de cheval qu'elle serrait encore autour de ses épaules, ainsi que par sa coiffure défaite qui pendait sur le côté de son visage.

— Venez.

Il lui prit le bras sans ménagement et l'entraîna jusqu'à la porte de la maison.

Il frappa sèchement au battant avec la poignée de son fouet.

— Vous ne pourrez pas m'accuser de n'avoir rien tenté, tout à l'heure, marmonna-t-elle tandis que des pas résonnaient à l'intérieur.

La porte fut ouverte par un homme assez âgé, l'air agacé. Il portait encore son bonnet de nuit et avait de toute évidence enfilé à la va-vite une veste sombre sur sa chemise de nuit.

— Le maître ne sera pas content d'être dérangé par des gens comme vous à une heure pareille, aboya-t-il. Je vous conseille de partir tout de suite.

Des gens comme… ? Worsley n'était pas homme à étaler son rang en public, mais il venait de passer une journée et une nuit épuisantes. Sa patience atteignait ses limites.

— Dites simplement à votre maître que j'ai sa fille sous ma protection, répliqua-t-il durement. Je pense qu'il sera ravi de l'apprendre.

— Miss Watling ?

L'homme ouvrit un peu plus la porte.

— Dans ce cas, vous feriez bien d'entrer. Je vais réveiller Monsieur et Madame.

Sur ce, le majordome les conduisit dans un hall aux proportions impressionnantes, bien que meublé du strict nécessaire.

— Attendez ! s'écria Worsley. Je…

Hélas, le vieillard grimpa l'escalier sans lui laisser le temps de se débarrasser de la fille. Il marchait étonnamment vite pour un homme en chemise et pantoufles.

Worsley fut un instant tenté de laisser la jeune femme seule ici pour affronter la colère de ses parents, et de rentrer chez lui. Mais il avait des choses à dire à la famille de cette insolente, et mieux valait le faire maintenant pour clore cette histoire au plus vite.

— Vous allez vous en mordre les doigts, murmura Miss Watling avec ce qui ressemblait fortement à un sourire amusé.

— Certainement pas.

Il croisa les bras. Elle tressaillit sous son regard, mais il n'eut curieusement pas l'impression que c'était lui qui l'intimidait. Sans doute était-elle simplement effrayée d'entendre des voix colériques qui venaient de s'élever à l'étage et s'étaient lancées dans une litanie de jurons.

Probablement son père, songea Worsley. On pouvait aisément excuser un tel langage de la part d'un homme qui venait d'apprendre que sa fille fugueuse avait été ramenée sous son toit… Les suppositions de Worsley furent confirmées quelques instants plus tard par l'apparition du maître de maison au sommet de l'escalier. Le visage rougeaud et congestionné, il descendit dans un froissement de robe de chambre en velours criard.

— Comment osez-vous pénétrer chez moi ? rugit-il. Prétendez-vous réellement avoir ma fille sous votre protection ?

Derrière lui, une femme entre deux âges apparut, serrant un déshabillé du même mauvais goût autour de sa gorge.

— Pansy ? appela-t-elle en arrivant dans le hall. Où est-elle ? L'avez-vous retrouvée ?

Les pauvres gens devaient avoir besoin de lunettes !

Worsley se retourna vivement et découvrit que la fille était tassée derrière lui, les joues rougies par le premier signe de gêne qu'il voyait chez elle.

S'il avait été moins fatigué, il aurait sans doute pu avoir pitié d'elle et de la correction qu'elle n'allait pas tarder à recevoir ; mais, d'un autre côté, elle l'avait bien méritée. Quoi qu'il en soit, il avait hâte d'en finir. Il s'écarta donc pour l'empêcher de se cacher plus longtemps.

— Voilà la demoiselle responsable de toutes vos angoisses, déclara-t-il avec un grand geste de la main dans sa direction.

L'homme porcin la dévisagea.

— Vous ? Vous avez enlevé ma fille, n'est-ce pas ?

Enlevé sa fille ? Avait-il perdu la tête ? *C'était* sa fille !

— Je suppose que vous êtes venus exiger une rançon, poursuivit le père.

Puis il se tourna vers sa femme, qui restait prudemment à quelques pas de lui.

— Je t'avais bien dit que cela arriverait. Belling !

Le majordome descendait à son tour, d'un pas plus lent et plus tranquille, toujours coiffé de son bonnet de nuit.

— Allez chercher un agent de police ! Je vais m'assurer que ces bandits ne s'échappent pas !

La police ?

Worsley sentit soudain le sol se dérober sous ses pieds. Cet homme n'avait pas besoin de porter plainte contre lui, à moins que…

— Non, non, intervint la jeune femme… qu'il avait jusque-là prise pour Pansy Watling. Nous n'avons rien à voir avec sa fuite. Je crains hélas qu'elle ne soit partie en compagnie du pupille de cet homme.

Tout en parlant, elle indiqua Worsley d'un petit signe du menton.

Lorsqu'il était âgé de sept ou huit ans, il était un jour tombé d'un pommier et avait atterri à plat sur le dos. La chute lui avait coupé le souffle et, pendant quelques minutes, il avait été incapable de respirer. C'était exactement la sensation qu'il retrouvait en cet instant. Le choc lui contractait le torse à tel point qu'il aurait été incapable de parler, même si sa vie en avait dépendu. Tout ce qu'il avait cru jusque-là était faux. Cette femme n'était *pas* Pansy Watling. Elle ne s'était *pas* enfuie avec Gregory.

Comment s'était-elle trouvée dans la salle de l'auberge avec son pupille ? Et pourquoi avait-il surpris ce dernier en train de lui embrasser les mains avec une telle révérence ? Il n'en savait rien ; mais la réalité qui le rattrapait si brutalement le priva de la parole.

Avait-il réellement agi pour empêcher un jeune homme naïf de gâcher sa vie et pour rendre une fille trop entreprenante à ses parents ?

Non. Il avait enlevé de force une femme parfaitement innocente…

Chapitre 3

Dorothy vit avec satisfaction l'instant exact où Worsley comprit la vérité. Le moment où il sut qu'il avait jeté la mauvaise personne dans sa voiture. Il tressaillit, puis se crispa, les lèvres tellement serrées qu'elles pâlirent.

Cela aurait dû être son moment de triomphe et elle aurait pu être tentée de lui renvoyer son erreur au visage avec jubilation, s'il n'y avait pas eu Mr et Mrs Watling. Perturbés, ils avaient besoin d'explications, de réconfort. Les excuses de Worsley pourraient attendre.

— Comment va-t-elle ? demanda la mère. L'avez-vous vue ?

— Et le voyou qui l'a poussée à quitter son foyer, sa famille, l'a-t-il épousée ? gronda le père.

— Pas encore, d'après ce que je sais, répondit Dorothy.

Elle comprit immédiatement qu'elle avait commis une erreur en répondant d'abord à l'homme au lieu de rassurer sa femme.

— Et vous êtes responsables de cette catastrophe ?

Le père, plus rouge que jamais, s'avança avec férocité. De toute évidence, comme Worsley, il avait tiré la mauvaise conclusion.

— Euh… non ! commença Dorothy.

Hélas, il ne lui laissa pas non plus le temps de s'expliquer.

— Vous l'avez aidée à quitter ma demeure, alors que

vous saviez forcément ce que je pensais de son jeune escroc oisif, issu des branches basses de ces parasites qui se prétendent aristocrates ! Elle aurait dû épouser le fils de mon associé, bon sang ! Un homme travailleur, entreprenant, qui fait quelque chose de sa vie, *lui* !

Ainsi, Mr Watling ne se contentait pas de désapprouver le choix de sa fille. Il voulait également qu'elle épouse l'homme qu'il avait choisi pour elle – tout cela pour servir ses intérêts financiers, apparemment.

— Écoutez, reprit-elle, je...

— Eh bien, s'il espère mettre la main sur son héritage, il se trompe ! Je l'ai prévenue qu'elle serait rayée de mon testament si elle persistait dans sa désobéissance, et je tiens toujours mes promesses.

Oh ! Seigneur… Il n'était pas étonnant que ce jeune couple ait décidé de fuguer. Ce père obligeait sa fille à se marier à un homme qu'elle n'aimait pas, et Worsley avait interdit à son pupille toute union qu'il jugeait indigne de son rang… Comment ne pas avoir l'impression d'être une sorte de Roméo et Juliette modernes, au milieu de tout cela ?

— Et vous ! hurla Mr Watling en tournant vers Worsley son visage écarlate de poupée de cire. Soyez certain que je saisirai le moindre prétexte pour vous poursuivre et vous ruiner ! Ne pensez pas que j'en sois incapable !

Ses regards cherchèrent de nouveau Dorothy.

— Quant à vous, Miss, si vous n'avez pas quitté ma demeure quand Belling reviendra avec la police…

Un événement peu probable, étant donné que le majordome était toujours là, clairement réticent à l'idée de courir les rues dans sa chemise de nuit et ses pantoufles.

— … je vous ferai accuser d'enlèvement !

Il s'avança d'un pas, campant son grand corps face à elle.

— Extorsion !

Son souffle brûlant la fit tressaillir.

— Intrusion sur une propriété privée !

Elle le vit serrer le poing et lever le bras comme s'il allait la frapper.

Ce dernier geste sut heureusement tirer Worsley de sa stupeur. Alors que le poing de Mr Watling commençait à s'abattre, il bondit et l'arrêta.

— Cela suffit, dit-il froidement. Nous partons.

Tout en parlant, il se plaça entre Dorothy et son agresseur. Une bagarre aurait facilement pu éclater, si Mrs Watling ne s'était pas écroulée sur le parquet dans un cri aigu. Worsley en profita pour emporter Dorothy jusqu'à la porte. Ballottée comme un paquet, elle eut le temps de songer que les évanouissements devaient être un problème récurrent, dans cette famille. Pouvait-on aller jusqu'à considérer cela comme une sorte de maladie ? Quoi qu'il en soit, ce genre d'incident avait en général l'avantage d'attirer l'attention de tous les hommes présents – surtout quand le malaise avait lieu sur les dernières marches d'un escalier. Jamais elle n'aurait cru un homme aussi imposant que Mr Watling capable d'une telle vivacité. Alors que Worsley la poussait dehors, elle eut à peine le temps de le voir rattraper sa femme, avec moins de grâce que le galant Gregory cependant, et s'asseoir lourdement sur la première marche en la serrant contre lui.

Elle ne put pas assister au reste de la scène car le majordome jugea de toute évidence que le meilleur moyen de servir ses maîtres était de claquer la porte sur eux – et pas d'aller alerter la police.

Worsley s'arrêta devant sa voiture et s'éclaircit la voix. Elle leva les yeux sur lui.

— Vous n'êtes pas Miss Watling, dit-il.

— Non.

Un éclair de rage traversa son visage.

— Pourquoi ne me l'avez-vous pas dit plus tôt ?

— Il me semble que vous avez menacé de me ligoter et de me bâillonner dès que j'ai tenté de vous expliquer votre erreur, répliqua-t-elle sèchement.

Il balaya son argument d'un geste.

— Jamais je n'aurais fait une chose aussi indigne. Vous auriez dû me forcer à vous écouter, que diable !

Oui, peut-être. Au fond d'elle, elle n'avait jamais vraiment cru qu'il le ferait. Ses paroles avaient sonné creux, comme ces menaces absurdes que l'on profère pour impressionner les enfants agités et les pousser à obéir. Seulement, elle avait surtout songé à la pauvre fille fragile allongée dans sa chambre, et qui avait tant besoin de soutien…

Il avait sans doute fallu qu'elle soit bien désespérée pour entreprendre un voyage que sa constitution ne pourrait supporter. Le Blue Boar n'était pas très éloigné de Londres, et Pansy avait déjà l'air épuisée et à bout de nerfs. La pauvre fille aurait encore un long trajet à supporter pour atteindre la frontière écossaise…

Contrairement à ses habitudes, Dorothy avait tenu sa langue et l'avait instinctivement protégée, craignant l'effet que l'irruption brutale de Worsley pourrait avoir sur la jeune fille. Puis très vite, elle n'avait plus eu d'autre choix que de suivre son ravisseur. Il aurait été stupide de sauter de sa voiture en marche : elle aurait pu se briser un membre. Et puis, qu'est-ce que cela lui aurait apporté ? Worsley l'aurait poursuivie, rattrapée et jetée de nouveau dans son véhicule.

Mais… pourquoi restait-elle plantée là à réfléchir à ce qu'elle aurait dû faire, ou aux raisons qui l'avaient empêchée de commettre une folie ? Rien de tout ceci n'était sa faute. Si ce monsieur ne s'était pas comporté comme un goujat, refusant de l'écouter, ils n'en seraient pas là à présent.

— C'est typique des hommes ! lâcha-t-elle donc avec dédain. Vous essayez toujours de blâmer la première femme venue pour vos erreurs.

Il serra les dents. Sous l'éclat pâlot du soleil qui tentait vaguement de percer les épais nuages, elle put voir les muscles de Worsley bouger quand il ravala la remarque acerbe qui venait sans doute de lui traverser l'esprit.

— Peu importe, dit-il au bout d'un moment. Si vous n'êtes pas Miss Watling, alors qui êtes-vous ? Quel est votre nom ?

— Miss Phillips.

Elle fit une brève révérence, comme chaque fois qu'elle se présentait formellement à quelqu'un.

— Lord Worsley, à votre service, répondit-il avec un salut poli qui parut plus que ridicule, au vu des circonstances.

À bien y réfléchir, peut-être que se raccrocher aux normes sociales était au contraire la meilleure solution pour chasser leur embarras.

— Et comment vous êtes-vous retrouvée dans cette auberge avec Gregory ?

Il jeta soudain un coup d'œil autour de lui, semblant se rappeler qu'ils étaient toujours en pleine rue, devant la maison d'un homme furieux qui pourrait sortir à n'importe quel moment pour les menacer davantage.

— Ce n'est sans doute pas l'endroit idéal pour avoir ce genre de conversation, reprit-il en la prenant par le bras pour la reconduire à sa voiture.

Elle eut pour la première fois le temps de remarquer que l'élégant véhicule était tiré par un attelage de quatre chevaux et qu'un valet était perché sur le siège avant, retenant les rênes – et sa langue, à en croire son regard fuyant.

— Je refuse de monter de nouveau dans cette ignoble

voiture ! protesta-t-elle en s'écartant dès qu'il la lâcha pour ouvrir la portière.

Il eut un mouvement d'humeur, puis dut réprimer son envie de la soulever pour la jeter à l'intérieur comme il l'avait déjà fait. Clairement tenté de retrouver ses mauvaises manières, il résista et joignit les mains dans son dos. Était-ce un moyen de se contenir ?

— Dans ce cas, reprit-il d'un air sarcastique, voudriez-vous m'expliquer ce que vous avez l'intention de faire, exactement ? Où comptez-vous aller ? Et comment allez-vous vous débrouiller pour voyager ? À moins que vous ayez de la famille ou des connaissances à Coventry…

Son visage s'illumina un instant, comme s'il espérait qu'elle confirme, qu'elle ait des parents capables de l'accueillir ainsi, au petit jour, sans lui poser de questions. Certes, Dorothy avait toujours considéré que l'honnêteté était une vertu précieuse en toutes circonstances, mais elle fut un instant tentée d'inventer un vague cousin vivant dans les parages. Seigneur, cet homme avait une mauvaise influence sur elle ! Quand on voyait déjà avec quelle imprudence elle agissait depuis leur rencontre…

— Non, je ne connais personne à Coventry, admit-elle.

Même si elle s'était inventé un cousin, comment l'aurait-elle fait apparaître devant Worsley ?

En un éclair, l'espoir qui avait brillé dans les yeux de ce dernier s'évanouit ; et cela la mit hors d'elle. Pensait-il réellement se débarrasser d'elle aussi facilement après l'avoir traînée de force à travers la moitié du pays ?

Elle fit de son mieux pour se redresser et le regarder de haut, même s'il faisait une demi-tête de plus qu'elle.

— J'espère bien que vous agirez en homme d'honneur et que vous saurez réparer le mal que vous m'avez fait, dit-elle plus froidement que jamais. D'ailleurs, auriez-vous la bonté de m'accompagner dans une auberge respectable pour me permettre de manger ?

Si elle ne se restaurait pas très vite, elle risquait de finir comme les Watling, mère et fille, et de s'évanouir honteusement dans les premiers bras masculins qui se présenteraient. Ceux de Worsley, donc. Il était fort et n'aurait aucun mal à la rattraper, mais elle n'avait pas l'intention de lui laisser un tel ascendant sur elle, alors qu'elle venait enfin de reprendre le contrôle de la situation.

— Ensuite, vous m'escorterez de nouveau au Blue Boar pour me permettre de récupérer mes bagages et de poursuivre ma route.

Après tout, ce n'était pas sa faute s'il l'avait obligée à abandonner tous ses biens derrière elle !

— Non, répondit-il en croisant les bras avec fermeté. Je n'aurai pas cette bonté. Je ne vous conduirai pas dans une auberge respectable car je crains qu'on ne vous laisse pas entrer, dépenaillée comme vous l'êtes. Vous n'avez pas de manteau, pas de chapeau, pas de bagages. Et pas même de peigne.

Il l'examina de la tête aux pieds d'un air critique, lui rappelant qu'elle devait avoir une tête à faire peur et donner l'impression d'avoir été malmenée sur le bord de la route.

Seigneur, il avait raison ! Elle aurait dû y penser elle-même… Soudain gênée, elle tira un peu plus autour de ses épaules la couverture qui la cachait.

— À qui la faute ? cracha-t-elle.

— J'admets être en partie responsable de…

— *En partie ?*

— Principalement, concéda-t-il de mauvaise grâce. Mais comment pouvais-je deviner que vous n'étiez pas la conquête de Gregory, étant donné que je vous ai trouvée seule avec lui tandis qu'il vous embrassait les mains ?

— Vous auriez simplement pu poser la question, au lieu de tirer vos conclusions tout seul.

— Eh bien, je le fais maintenant.

Ce n'étaient pas les excuses qu'elle attendait. Au contraire, il semblait lui en vouloir.

— Comment expliquez-vous le fait que vous vous soyez trouvée seule dans cette auberge sans suivante ni compagnon capable de défendre votre honneur ? À moins que…

Il se figea, le visage transformé en masque d'horreur. Sans doute venait-il d'imaginer une domestique anxieuse ou un frère en colère, les attendant au Blue Boar pour le traîner en justice. Dorothy fut tentée de le laisser mariner dans son angoisse ; mais plutôt que lui faire craindre l'intervention d'un sergent de police venu l'arrêter pour enlèvement, elle décida de lui avouer la vérité. Cela valait mieux.

— Je n'ai pas de suivante. Pourquoi en aurais-je ? Nombre de femmes respectables voyagent seules.

— Par exemple ?

— Des gouvernantes.

— Ah. Et êtes-vous gouvernante ? Cela expliquerait bien des choses…

— Que voulez-vous dire ? demanda-t-elle, piquée au vif.

Sans doute allait-il dénigrer sa profession. Sa voix avait pris des accents méprisants, elle l'aurait juré. Allait-il lui dire que sa robe n'était pas à la mode, qu'elle ne l'avait jamais été ? Que la coupe de ses vêtements n'était pas flatteuse ? Après tout, elle n'avait pas prévu de passer la nuit dans sa toilette déjà froissée par la route. Elle avait simplement eu l'intention de manger et de se déshabiller avant de prendre un repos bien mérité. Sa pauvre robe devait à présent ressembler à un sac fripé ceinturé autour de sa taille…

— Je parle de votre comportement, reprit-il à sa grande surprise. Vous me parlez comme si j'étais l'un de vos élèves, et pas le plus intelligent.

Oh. Ce n'était pas tout à fait un compliment, mais c'était mieux que les insultes auxquelles elle s'était attendue.

— Mais je ne suis pas stupide, poursuivit-il. Pas au point de ne pas voir qu'il est grand temps de vous emmener loin d'ici.

Il jeta un coup d'œil dégoûté à la demeure des Watling.

— Et comme je ne pense pas qu'on vous reçoive dans un établissement respectable, je vais être contraint de vous conduire dans une auberge moins reluisante.

— *Quoi ?*

À l'instant où elle pensait se laisser adoucir par ses paroles, voilà qu'il la choquait de nouveau.

— Comment osez-vous ? Je…

— Je ne cherchais pas à vous offenser, reprit-il sèchement. Je pensais juste que vous vous sentiriez plus à l'aise dans un endroit habitué à recevoir une clientèle moins… huppée. Au moins, on ne remarquera pas votre apparence… négligée.

De toute évidence, il prenait soin de bien choisir ses mots, et elle ne put s'empêcher de l'écouter avec attention.

— Je vous promets de veiller à votre sécurité, reprit-il.

Cette fois, elle ne pouvait pas le laisser parler sans lui asséner une remarque bien sentie !

— Veiller à ma sécurité ? Vous n'avez fait que troubler mes projets, depuis hier soir. Vous venez même de me traîner sur les routes dans la direction opposée à celle que j'empruntais !

Elle aurait pu en dire beaucoup plus, mais son bon sens l'arrêta. C'était un fait : dans son état actuel, n'importe quel établissement renommé la jetterait à coup sûr dehors.

Les tavernes populaires, en revanche, se moquaient bien de l'identité de leur clientèle.

Et elle avait faim, sans pour autant avoir plus de quelques sous dans son réticule.

Bref, Worsley était sans doute sa seule chance de regagner le Blue Boar pour y retrouver ses affaires.

— J'imagine que je n'ai pas le choix, admit-elle le cœur lourd. J'espère en tout cas que vous avez l'intention de me ramener là où vous m'avez trouvée.

— Oui, répondit-il avec un soulagement évident. Du moins, si vous acceptez de remonter dans ma voiture sans protester. Je vous promets de vous dédommager pour tout le désagrément que je vous ai causé.

Il plaça une main sur son cœur.

— Je vous en fais la promesse solennelle, sur la vie de tous les chevaux que je possède dans mes écuries.

Elle était bien obligée de le croire sur parole. Elle ne connaissait personne ici et n'avait de toute manière pas assez d'argent sur elle pour entreprendre un tel voyage seule.

Mais elle était encore trop en colère pour l'admettre à voix haute. Il était hors de question de laisser croire à ce goujat qu'il s'en tirerait à si bon compte.

Elle lâcha donc un reniflement de dédain, redressa le menton et se tourna vers la voiture. Quand Lord Worsley lui ouvrit la portière, elle monta à bord sans lui adresser le moindre mot.

Chapitre 4

Worsley se hissa sur le siège du cocher, près de son valet, et invita d'un claquement de langue ses chevaux à avancer. Plus vite ils s'en iraient d'ici, mieux cela vaudrait. Il n'avait pas l'intention d'entacher son nom en exposant la situation à la police locale.

Certes, le comportement de Gregory le décevait beaucoup, mais au moins le garçon avait eu le bon sens de s'enfuir avec une femme qui *voulait* l'épouser. Miss Phillips avait eu raison d'accuser Worsley de plonger sa vie dans le chaos en l'entraînant loin de ses bagages et en l'empêchant de poursuivre son voyage. Il ne l'aurait pas blâmée de le gifler là, sur le trottoir, quand il lui avait demandé des explications avec sa brusquerie coutumière. Il était certain que l'idée l'avait traversée, d'ailleurs. Cependant, elle s'était drapée dans sa dignité comme dans un châle et avait exigé qu'il répare ses erreurs. Elle n'avait pas perdu un seul instant en récriminations inutiles, comme ses sœurs l'avaient fait si souvent devant ses mauvaises manières – et pourtant, jamais il ne leur avait causé autant de tort qu'à cette pauvre Miss Phillips…

Pauvre Miss Phillips ? Oh non, elle n'était pas aussi fragile que cela ! Elle n'avait pas pleuré, n'avait pas perdu son sang-froid, et ne s'était même pas plainte de sa brutalité. Elle se contrôlait beaucoup mieux que ses sœurs et, contrairement à ces dernières, ne semblait pas chercher à attirer l'attention sur elle.

Cela valait mieux, compte tenu des circonstances. S'il voulait avoir une chance de conclure cette triste affaire sans provoquer une foule de rumeurs malveillantes à son sujet, il avait sans doute choisi la bonne jeune femme à enlever. Non pas qu'il ait eu de prime abord l'intention d'enlever qui que ce soit… Bref, elle était capable de baisser les armes et de faire preuve de prudence quand la situation l'exigeait. Sa tenue même incitait les hommes à détourner les yeux sur son passage. Pas très étonnant de la part d'une gouvernante, songea-t-il. Il retrouvait en elle l'allure des femmes autrefois employées pour dompter le caractère de ses sœurs.

À bien y réfléchir, elle n'était pas vêtue comme une demoiselle pressée de séduire un jeune homme naïf. Pourquoi diable l'avait-il soupçonnée, dans la salle du Blue Boar ? Ne l'avait-il donc pas regardée ?

Hélas, il connaissait la réponse. Dès l'instant où il l'avait découverte en compagnie de Gregory, telle une reine acceptant l'hommage d'un chevalier, il avait été attiré par elle. Et dans sa colère et son aveuglement, il avait été incapable d'agir avec raison, convaincu qu'elle était responsable de la folie de son pupille. Il avait trouvé ce dernier en compagnie d'une belle femme, donc elle ne pouvait être que *la* femme !

D'ailleurs, si cela avait été le cas, Worsley aurait pu comprendre Gregory et n'aurait sans doute pas été aussi opposé à leur union, qui que puissent être les parents de la demoiselle. Elle possédait une sorte de… dignité qui l'aurait sans peine rendue capable de devenir la future comtesse de Worsley – bien qu'elle soit plus âgée que son pupille.

Bien sûr, rien de tout cela n'excusait le comportement

qu'il avait eu. Il lui avait promis de se racheter et elle l'avait cru. Malgré tout ce qui venait de se passer entre eux. Sans doute parce qu'elle était aussi pressée que lui de fuir la demeure des Watling. Il ne lui restait plus qu'à espérer qu'elle ne change pas d'avis en découvrant la façade plus que modeste du Bird in Hand…

Quand il s'y était arrêté pour changer de chevaux durant la nuit, l'écurie lui avait paru correcte et les bêtes bien soignées ; mais c'était tout ce qu'il avait vu du lieu. À présent, en entrant dans la cour, il fut choqué par la simplicité de l'établissement. Miss Phillips allait-elle accepter d'entrer dans une telle auberge ?

Il n'avait néanmoins pas le choix et descendit de son siège pour lui ouvrir la portière. Sans lui adresser le moindre regard, elle examina rapidement le bâtiment principal. Puis elle descendit à son tour, appuyée sur le bras de Worsley, chassant de son front une mèche de cheveux emmêlée. Elle se dirigea d'un pas vif, la tête toujours obstinément levée, vers la maison basse qui occupait un des côtés de la cour. Pourquoi avait-il douté d'elle ? Bien sûr qu'elle serait capable d'affronter le genre de clients qui s'arrêtaient dans ce lieu !

Quand ils passèrent la porte, le tenancier campé derrière le bar les examina d'abord de la tête aux pieds d'un air surpris, mais retrouva bien vite son expression neutre.

— Bonjour ! dit-il. En quoi puis-je vous être utile ?

— Nous aimerions prendre un petit déjeuner, répondit Worsley tandis que Miss Phillips examinait la salle étroite et basse de plafond.

L'aubergiste contempla la jeune femme avec une moue dubitative.

— Je peux vous en servir un, bien sûr, et aussi vous

apporter une chope de ma meilleure bière pour vous désaltérer, milord. Mais je ne saurais pas quoi offrir à boire à la demoiselle. Nous n'avons pas de thé, ou quoi que ce soit d'autre adapté aux goûts d'une dame, par ici.

Worsley ne s'étonna pas de voir qu'il prenait Miss Phillips pour une aristocrate, en dépit de sa tenue et de la couverture qui lui servait encore de manteau. Peu de femmes étaient capables de garder un maintien aussi… royal, dans un établissement de ce type. En fait, toutes celles qu'il connaissait auraient été mortes de honte d'être vues dans une telle tenue. Ses sœurs, par exemple, ne quittaient jamais la maison sans passer des heures à s'assurer qu'elles étaient vêtues selon la dernière mode, et parées d'ornements qui coûtaient plus que les gages annuels de la plupart des travailleurs.

Comment Miss Phillips parvenait-elle donc à donner à une couverture couverte de poils de cheval l'allure d'une mante d'opéra ?

— Que boivent les femmes qui viennent se restaurer ici, d'habitude ? demanda-t-elle, tirant Worsley de ses réflexions.

— C'est bien le problème : nous ne recevons pas de dames de qualité, juste des femmes de fermiers les jours de marché.

— Et que leur servez-vous ?

— Certaines apprécient un verre de cidre…

— Cela me semble parfait, merci, répondit-elle avant de s'asseoir à l'unique table propre, libre de chopes ou d'assiettes vides.

L'aubergiste s'essuya bien vite les mains sur son tablier qui avait connu des jours meilleurs, et disparut dans une autre pièce, sans doute pour préparer leur déjeuner. Et servir leurs boissons.

Worsley prit place en face de Miss Phillips, chassant quelques miettes d'un revers de la main.

— Merci de ne pas avoir fait de scène, dit-il au bout de quelques instants. J'ai conscience que vous ne devez pas avoir l'habitude de descendre dans un établissement de ce genre.

— Vraiment ? Quelle étrange affirmation, puisque vous ne savez rien de moi…

Ah. C'était donc ainsi qu'elle comptait affronter la situation, en réservant ses bonnes manières à tout le monde sauf lui. De toute évidence, elle gardait une bonne dose de bile en réserve…

— De toute manière, reprit-elle, je vais devoir me plier aux coutumes des domestiques, puisque je vais en devenir une.

— N'êtes-vous pas gouvernante depuis longtemps ?

— En fait, je ne le suis pas encore, répliqua-t-elle sèchement. Vous… euh… m'avez empêchée d'aller prendre mon premier poste.

— Mais vous…

Il commit l'erreur de baisser les yeux sur la robe simple de Miss Phillips, que l'on devinait entre les plis de la couverture.

— J'ai déjà l'apparence d'une gouvernante ? lâcha-t-elle. Une robe sans intérêt, des regards glaçants et toutes ces choses liées à mon métier ?

— Eh bien…

— Oui, vous m'avez dit que je vous donnais l'impression d'être un mauvais élève, l'avez-vous oublié ?

— C'est en effet de cela que je parlais, pas de votre toilette. Je pensais à votre comportement. Vous avez l'air d'être rompue à l'exercice de l'autorité. Quand j'ai arrêté la voiture pour m'occuper de mes chevaux et m'assurer de votre… confort, je m'attendais à vous trouver en larmes sur un coin de la banquette. Mais vous vous êtes adressée à moi comme si j'étais un enfant désobéissant. À votre place, d'autres femmes auraient supplié et sangloté.

— Et à quoi cela aurait-il pu me servir ? Quand un homme est capable d'enlever une femme par la force, on peut supposer que des pleurs ne l'impressionneront pas. Mieux vaut garder la tête haute et agir. En tout cas, c'est ce que je dis toujours.

— Parlez-vous d'expérience ?

Avait-elle été maltraitée avant ? Cette idée le bouleversa.

— Un homme vous a-t-il déjà causé du tort ?

— À part vous, voulez-vous dire ?

Bon sang. Il avait tendu le bâton pour se faire battre…

— Navrée, s'empressa-t-elle d'ajouter. C'était méchant de ma part. Je ne sais pas pourquoi, mais vous semblez avoir le don d'éveiller les facettes les plus détestables de mon caractère.

— D'après ce que l'on m'a dit, vous n'êtes pas la seule dans ce cas.

Depuis son enfance, un nombre incalculable de personnes lui avaient répété qu'il était insupportable.

— Je deviens souvent cassante, quand j'ai faim, dit-elle d'une voix plus calme. Ou quand je n'ai pas assez dormi.

Elle se passa une main lasse sur les tempes.

— Inutile de me rappeler que je suis responsable de tous ces désagréments.

Il fut soulagé de voir l'ombre d'un sourire se dessiner furtivement sur les lèvres de Miss Phillips.

— Oui, c'est en effet inutile. Vous n'êtes pas aussi stupide que votre comportement l'a laissé croire, n'est-ce pas ?

— Je n'ai pas l'habitude de malmener des femmes, et encore moins de leur faire subir tout ce que vous avez dû endurer depuis hier. Mais qui d'autre a… ?

— Oh ! personne. Je n'ai jamais été malmenée

personnellement. J'ai juste été témoin de la détresse de nombreuses femmes, aux prises avec les hommes de leur famille. Certaines venaient demander l'aide de mon père, couvertes d'hématomes ou affamées parce que leur époux préférait jouer et boire plutôt que nourrir femme et enfants…

— Votre père ?

— Il était vicaire à Lower Withering, près de Manchester.

— Ah. Je ne suis pas étonné de voir que vous êtes issue d'un tel milieu. Vous avez bien dit *était* ? Votre père est décédé ?

— Oui, juste avant Noël. C'est pour cela que je suis en deuil, répondit-elle en indiquant d'un geste sa robe noire.

Le retour de l'aubergiste les interrompit un instant. Il déposa deux chopes sur la table et annonça :

— Le repas arrive dans un instant.

Quand il fut reparti, Miss Phillips prit son verre avec un soupir de soulagement.

— J'ai tellement soif !

Elle but une longue gorgée de cidre – ce qui fut clairement une erreur car ses yeux s'emplirent de larmes et elle s'étouffa dans une quinte de toux brutale.

Ce ne fut qu'en la voyant s'essuyer les joues d'un revers de manche, puis prendre le coin de la couverture pour achever le travail, que Worsley songea à lui tendre son mouchoir. Au moins, celui-ci était propre.

— Tenez, dit-il.

Elle l'accepta avec un sourire, après avoir cessé de tousser.

— Merci. Je ne pensais pas que le cidre serait si fort. Quand il a dit que les femmes de fermiers en buvaient, je m'attendais à quelque chose qui ressemblerait à de la limonade.

— Voulez-vous que je demande au tenancier une boisson moins… euh… puissante ?

Elle secoua vivement la tête.

— Non, je ne souhaite pas le mettre mal à l'aise. Il fait clairement de son mieux, et le goût n'est pas si désagréable quand on s'y habitue. Je n'aurais sans doute pas réagi comme cela si j'avais bu avec plus de retenue. Je vais essayer de me montrer plus prudente.

Sur ce, elle prit une seconde gorgée, brève et délicate. Elle grimaça peut-être, mais ne s'étouffa pas, cette fois.

— Donc…

Worsley prit un instant pour songer à la situation tandis qu'elle savourait son cidre brut à petites lampées.

— J'imagine que le nouveau vicaire s'est installé chez vous avec sa famille. Vous avez certainement dû trouver une nouvelle maison. Est-ce pour cela que vous avez été obligée de quitter les vôtres pour travailler ?

Elle acquiesça.

— Durant les semaines qui ont suivi la mort de mon père, Timothy, l'aîné de mes frères, et moi avons étudié nos finances de très près, et nous avons été contraints d'en tirer une douloureuse conclusion… Papa ne nous a pas laissé assez d'argent pour nous permettre de maintenir notre train de vie. L'un d'entre nous serait obligé de travailler pour nourrir les plus jeunes.

— Les plus jeunes ?

— Nous sommes cinq : trois filles et deux garçons. Timothy est un peu plus jeune que moi ; il est encore à l'université. Quand il a parlé d'abandonner ses études pour prendre un emploi, je… Je ne pouvais pas le laisser gâcher son avenir alors que je… Bref.

Elle haussa les épaules d'un air soudain las.

— J'avoue que je n'ai jamais vraiment travaillé. Je me contentais de prendre soin de ma famille et de m'occuper des bonnes œuvres de la paroisse. Il était donc logique que ce soit moi qui parte. J'ai une certaine expérience de l'enseignement, que j'ai pratiqué dans l'école de notre village, et j'ai une personnalité… affirmée. Mon frère a pensé que le meilleur emploi pour moi serait une place de gouvernante.

Pourquoi donc n'avait-elle jamais envisagé d'autre destin que s'occuper de ses proches ? Sans doute n'avait-elle pas de dot, si Worsley en croyait ce qu'elle venait de dire au sujet de la situation financière de sa famille. Était-ce pour cela qu'elle semblait renoncer au mariage, qui était l'ambition habituelle de la plupart des jeunes femmes respectables ? Il n'osa néanmoins pas poser la question. Ayant lui-même deux sœurs, il savait mieux que personne qu'un tel sujet de conversation pouvait vite devenir dangereux… Il but donc une grande lampée de bière et préféra revenir à leur discussion de départ.

— Quand je vous ai rencontrée au Blue Boar, vous étiez donc en route pour rejoindre vos premiers employeurs ?

— Oui. Timothy s'était arrangé pour que je dorme là-bas, car j'avais déjà passé une bonne partie de la journée à installer mes jeunes sœurs dans leur nouvelle pension.

— Je ne suis plus étonné de vous voir si fatiguée…

— Hmm, répondit-elle en se calant au fond de sa chaise. Je suis très tentée de vous rappeler une fois de plus que tout cela est votre faute, mais je préfère m'abstenir tant que vous n'aurez pas payé mon petit déjeuner. De plus, je ne devrais pas oublier mes bonnes manières.

— En dépit de la situation, ajouta-t-il avec solennité.

— Mais parfois, il est très difficile de réprimer les paroles que l'on voudrait prononcer, non ?

— Pas dans mon cas. Je dis toujours ce que je pense.

Elle l'examina un instant, puis haussa les épaules.

— Vous pouvez vous permettre d'être impoli, puisque votre taille doit décourager vos adversaires.

— C'est en partie vrai. Je pense aussi que cela est lié à mon rang. Les gens réfléchissent à deux fois avant de contrarier un comte.

— Sauf les gouvernantes, apparemment.

— Mr Watling non plus n'a pas mâché ses mots…

— En effet. À l'entendre, on aurait pu croire qu'il a des problèmes avec la notion même d'aristocratie.

— Il a peut-être des raisons d'agir de la sorte. Mes pairs et moi pouvons parfois nous montrer très égoïstes. Voyez de quelle manière je vous ai traitée, par exemple, dit-il avec amertume. J'aurais au moins dû vous demander si vous aviez faim ou soif. J'étais juste si pressé de vous ramener chez vous avant que l'on apprenne la vérité… Sauf que vous n'aviez rien à voir avec ce scandale, n'est-ce pas ?

— Non. Et j'ai bien remarqué que vous preniez mieux soin de vos chevaux que de moi, cette nuit.

— J'avoue que je n'ai pas l'habitude de me préoccuper des désirs ou des sentiments des autres.

— Vraiment ? Je ne l'aurais jamais deviné !

— Je vous ai tout de même donné une couverture.

— Uniquement quand je vous l'ai demandée.

Elle s'interrompit brusquement et prit une profonde inspiration.

— Seigneur, voilà que je recommence, alors que je m'étais promis de rester polie. Vous avez au moins le mérite d'essayer de me ramener là où je dois aller…

— Je vous comprends : il doit être difficile de garder son calme face à un homme aussi agaçant que moi, dit-il à sa place en voyant qu'elle s'agitait sur son siège pour résister à la tentation d'en dire plus.

— Je… Je n'ai pas affirmé que…

— Non, mais je vois que vous en mourez d'envie.

De toute manière, d'autres personnes m'ont déjà tenu ce genre de discours depuis mon enfance.

— Comment ? s'écria-t-elle, clairement choquée. Pas quand vous étiez petit garçon, tout de même ?

— Oh si, c'est même à cette époque que les critiques ont été les plus virulentes. Mon père était particulièrement déçu de moi. Je n'étais pas très studieux, voyez-vous…

Devant son regard interrogateur, il s'expliqua :

— J'étais son seul fils, et tous ses espoirs se sont portés sur moi dès ma naissance. Il voulait que je devienne un dirigeant important, que je prenne ma place au sein de l'État, comme lui. Mais vous avez déjà compris que je ne suis qu'un imbécile…

Aujourd'hui encore, il lui arrivait de faire des cauchemars en repensant à son enfance. Il se revoyait assis seul dans la salle de classe glaciale installée au dernier étage du manoir familial, écoutant les autres habitants vaquer librement à leurs occupations. On riait et discutait dans les couloirs avec une aisance qu'il n'avait jamais su maîtriser ; même quand son précepteur le faisait descendre au salon pour saluer ses parents ou leurs invités. Seulement, dans ses rêves, la salle n'avait pas de porte. Il ne pouvait pas échapper à l'interminable suite de leçons de grec, de latin et d'algèbre.

— Pour vous dire la vérité, je ne me sens bien qu'à cheval.

Jamais encore il ne s'était autant confié à qui que ce soit – encore moins à une inconnue au caractère bien affirmé…

— Seigneur ! soupira-t-il. Je ne sais pas pourquoi je vous raconte tout cela.

— Peut-être pour les mêmes raisons qui m'ont poussée à vous expliquer les circonstances dans lesquelles j'ai entrepris ce voyage, répondit-elle avec une surprenante douceur. Nous sommes fatigués, perturbés, et nous avons du mal à maintenir la distance habituelle avec les autres. De plus, nous nous retrouvons ensemble dans cette étrange situation. Je pense que cela crée une certaine… *intimité* entre nous – même si ce terme n'est sans doute pas le plus adapté.

Elle baissa les yeux et ajouta très vite :

— De toute manière, je ne pense pas que nous serons amenés à nous revoir, après notre arrivée au Blue Boar. Cette certitude nous permet de nous épancher sans craindre les conséquences de nos paroles.

Elle haussa les épaules, sans le regarder en face.

— Vous avez peut-être raison, dit-il en contemplant sa chope à moitié vide. Néanmoins, je ne rejetterais pas l'idée que la bière locale ou le cidre sur un estomac vide ait pu nous délier la langue.

— Si c'est ce que vous craignez, je pense que le remède arrive à point nommé.

En effet, l'aubergiste revenait avec un plateau rempli de viande, d'œufs, de pain frais, de fromage et de fruits. Ils se jetèrent sur leurs assiettes et, pendant quelques minutes, abandonnèrent toute velléité de conversation, sauf pour se demander le pain ou le fromage.

Étrangement, la situation n'était pas gênante ; du moins, jusqu'à ce que Miss Phillips morde dans une pêche trop mûre qui laissa couler son jus sur son menton.

Elle s'empressa de récupérer sur la table le mouchoir qu'il lui avait prêté, et s'essuya rapidement.

— Heureusement que j'ai ceci, dit-elle d'un air d'excuse avant de rougir jusqu'aux oreilles.

— Oui, sans quoi j'aurais été obligé de…

Il s'interrompit, choqué par ce qu'il avait été sur le point de dire. Il ne pouvait pas lui proposer de *lécher* le jus sur sa joue avant de goûter à la saveur de ses lèvres, si tentatrices avec leur forme charnue de cerises rouges ! Et pourtant, l'idée le hantait depuis qu'elle avait commencé à manger. Il ne pouvait pas non plus admettre que la vue de ces gouttes sucrées coulant au coin de sa bouche venait de réveiller en lui un désir irrépressible. Peu lui importait qu'elle soit mal coiffée et enveloppée dans une couverture qui sentait le cheval. Il avait juste envie de l'embrasser…

Mais c'était impossible. Il était hors de question qu'elle le soupçonne d'avoir de telles pensées, alors qu'elle dépendait entièrement de lui pour l'instant. Ne lui avait-il pas promis de se racheter, après sa brutalité inconcevable de la nuit ? Écouter ses désirs et profiter de la faiblesse actuelle de Miss Phillips alors qu'elle avait confiance en lui aurait été l'acte du pire des gredins.

Heureusement, l'arrivée inopinée de Pawson lui épargna de devoir trouver une conclusion acceptable à sa phrase maladroite.

— Les chevaux frais sont harnachés et prêts à partir quand vous le souhaiterez, milord, annonça-t-il.

Miss Phillips sursauta et leva les yeux d'un air coupable.

Avait-elle deviné ses pensées secrètes ? S'était-il trahi sans même s'en apercevoir ? Elle avait rosi, n'est-ce pas ? Ce qui voulait dire que…

— Avez-vous au moins pris le temps de manger ? demanda-t-elle au valet.

— Ne vous en faites pas pour moi, Miss. J'ai soupé en route, hier soir, et l'aubergiste m'a apporté du pain et du fromage pendant que je m'occupais de l'attelage.

— Vraiment ?

La jeune femme se tourna vers Worsley, qu'elle dévisagea d'un air soupçonneux.

— Ai-je donc été la seule à avoir dû jeûner, cette nuit ?

— Non, je n'ai pas mangé non plus, répondit-il.

Seulement, contrairement à elle, cela avait été son choix.

— Y allons-nous ? Avez-vous terminé votre déjeuner ?

— Oui, déclara-t-elle en se levant d'un air décidé. Plus vite nous partirons, plus vite je pourrai reprendre le cours de ma vie.

Sur ce, elle tourna les talons et rejoignit la cour où attendait la voiture.

Worsley ne put s'empêcher de soupirer. De toute évidence, leur fragile trêve était terminée…

Chapitre 5

Dorothy eut l'impression que le voyage de retour fut bien plus long que l'expédition de la veille jusqu'à Coventry. Il fallait admettre qu'à l'aller, Worsley avait été pressé de se débarrasser d'elle – de *Pansy*, en tout cas. Les routes étaient également plus chargées de jour, l'obligeant sans doute à faire preuve de prudence. D'ailleurs, les différentes auberges où ils s'arrêtèrent pour changer de chevaux étaient aussi plus animées.

Contrairement à leur premier trajet nocturne, Worsley prit soin de venir lui demander si elle avait besoin de quoi que ce soit chaque fois qu'il faisait halte dans un village. Cela rendit le voyage bien plus confortable pour elle. D'autant plus qu'elle n'était plus révoltée par un sentiment d'injustice… Il avait commis une erreur, certes, mais il faisait tout son possible pour réparer ses torts et se libérer de cette responsabilité. Bientôt, il n'aurait plus jamais besoin de la côtoyer. Et elle ne le reverrait plus non plus.

Tout ce qui lui resterait de cette aventure épique serait un mouchoir de lin taché et quelques souvenirs. L'image d'un homme plus à son aise avec les chevaux qu'avec ses pairs, ce qui n'avait rien de surprenant quand on connaissait l'étendue de la maltraitance qu'il avait subie de la part de ses parents. Il n'était pas stupide. Loin de là. Il était juste… Elle soupira. Il était trop beau pour son propre bien, et trop habitué à obtenir tout ce qu'il désirait. À en croire la brutalité de l'enlèvement et les réactions de Worsley quand elle avait refusé de coopérer avec docilité, il était même prêt à tout pour parvenir à ses fins.

Sans doute serait-il soulagé de pouvoir enfin lui dire adieu.

Néanmoins, quand ils atteignirent le Blue Boar et quand Worsley vint ouvrir la portière de la voiture pour l'aider à en descendre, il ne paraissait pas si rassuré que cela de voir leur aventure toucher à sa fin. Étonnamment, elle ne se sentait pas plus tranquille non plus. À présent, elle allait tout de même devoir poursuivre sa route et endosser le pesant rôle de gouvernante dans une nouvelle famille. Qui pourrait rêver de cela avec impatience ?

— Je vais m'assurer que l'on vous réserve une place dans la première diligence en partance pour votre destination, dit-il. Je paierai aussi votre chambre, cette nuit, pour que vous ne soyez pas ruinée par mon… euh… comportement d'hier. Ai-je raison de penser que vous ne souhaiterez pas poursuivre votre voyage ce soir ?

Au moins faisait-il l'effort de lui demander son accord avant de prendre une décision à sa place, cette fois. Elle fut heureuse de le voir plus conciliant.

— Oui, en effet, vous voyez juste, répondit-elle. Je serais ravie de pouvoir me reposer dans un vrai lit au lieu d'être ballottée sur la route, de me laver et d'enfiler enfin une robe propre. Je ne souhaite pas rencontrer mon nouvel employeur dans une toilette souillée par plusieurs jours de voyage.

Surtout pas par cette chaleur ! songea-t-elle.

— Dans ce cas, permettez-moi de vous accompagner à l'intérieur, dit-il en lui tendant le bras.

Elle s'y appuya pour s'extirper de la voiture et eut soudain l'impression que quelque chose de… d'extraordinaire s'achevait. Une aventure certes inconfortable, mais qui l'amuserait sans doute beaucoup, avec un peu de recul. Qui l'émouvrait peut-être aussi. Ce n'était pas tous les jours qu'une femme de sa condition avait l'occasion de passer une nuit entière avec un beau comte !

Hélas, quand ils parvinrent à la porte de l'établissement, le tenancier se campa devant eux, les bras croisés, et les dévisagea avec une profonde hostilité.

— Si vous pensez que je vais vous laisser entrer chez moi avec votre catin, vous vous mettez le doigt dans l'œil, cracha-t-il.

Catin ?

— Je ne me laisserai pas insulter de la sorte ! s'écria Dorothy, révoltée. Comme vous le savez, je suis… gouvernante !

Du moins, elle le deviendrait bientôt, dès la fin de son voyage.

— Non : vous *l'étiez*. Hier, répliqua-t-il. Mais c'était avant que cette brute vienne vous enlever pour passer la nuit avec vous Dieu seul sait où.

Il jeta un regard venimeux à Worsley.

— Maintenant, vous n'êtes plus que sa catin, et je n'accueille pas les femmes de votre acabit chez moi !

— Écoutez un instant, commença Worsley.

— Non, *vous* allez m'écouter, interrompit l'autre. Je tiens une auberge respectable et je refuse que l'on traîne ma réputation dans la boue.

Worsley s'écarta violemment de Dorothy, qui s'agrippait encore à sa manche, et serra les poings. Il dévisagea le tenancier d'un œil assassin ; mais celui-ci, au lieu de reculer, maintint sa position avec plus de fermeté.

— Je vous en supplie, ne faites pas de scène, lui murmura Dorothy. N'est-ce pas justement pour éviter un scandale que vous êtes venu ici, hier ?

Il ne bougea pas, respirant très fort. Pendant quelques instants, elle eut peur qu'il frappe le tavernier, juste pour se soulager. Mais il finit par soupirer.

— Merci de me le rappeler, lui dit-il avant de se retourner vers l'autre homme. Je serai ravi de conduire cette *dame* dans un autre établissement, dès que vous lui aurez rendu ses bagages.

— Navré, dit l'aubergiste sans la moindre sincérité. Si vous parlez de sa malle, je ne peux pas faire cela.

— Que voulez-vous dire ? s'étrangla Dorothy, qui avait de plus en plus de mal à contenir sa colère. J'ai laissé mes affaires dans ma chambre. Pourquoi ne pourriez-vous pas me les rendre ?

— Parce que le jeune couple les a emportées en partant, quand je les ai mis à la porte.

— Non ! Tout ce que je possède au monde était dans cette malle !

Certes, elle n'avait aucun objet de valeur, rien que l'on puisse vendre. Mais c'était tous ses biens.

— Vous… les avez chassés ? gronda Worsley.

En cet instant, il avait tout d'un lion prêt à bondir sur sa proie.

— Bien sûr, répondit le tenancier avec un sourire ironique. N'avez-vous pas dit qu'ils fuyaient leurs familles et que l'un d'entre eux, au moins, était mineur ? Que vous me ruineriez si je leur apportais mon aide ? Je n'ai pas eu le choix.

Il écarta les mains, dans une parodie de geste d'impuissance et de désolation.

— Comme je viens de vous le signifier, je tiens un établissement respectable. Je n'accueille ni jeunes fugueurs, ni débauchés, ni catins.

— Cela n'a rien à voir avec la réputation de votre auberge, répliqua Dorothy, exaspérée. Vous essayez juste de vous venger bassement de quelques menaces en l'air prononcées par Lord Worsley hier soir.

Toute cette affaire n'avait-elle réellement duré qu'une nuit ? Elle avait l'impression d'enchaîner les drames depuis des jours…

— Et vous me faites payer ceci aussi, alors que vous savez parfaitement bien que je ne suis pas responsable de ce qui est arrivé ici. Quel genre d'homme êtes-vous donc ? Non, ne répondez pas : je le sais déjà !

Elle redressa le menton avec défi.

— Venez, dit-elle à Worsley, qui s'était muré dans un étrange silence. Inutile de perdre notre temps à argumenter avec ce gros imbécile. De toute manière, le service de cette auberge laisse à désirer. Je n'ai jamais eu l'occasion de manger le dîner que j'ai pourtant payé.

Ce n'était sans doute pas une insulte bien cinglante, comparée à celle que l'on venait de lui faire, mais elle était au moins heureuse d'avoir le dernier mot. Sans un regard en arrière, elle tourna les talons et rejoignit la voiture.

Worsley la rattrapa vite et ouvrit la portière pour elle. Quand elle s'installa sur la banquette, il n'alla pas tout de suite rejoindre son siège de cocher pour quitter la cour. Au contraire, il s'attarda quelques instants, une main sur la poignée et l'autre appuyée au bois du véhicule.

Son visage était sombre, fermé.

— Je vous ai déshonorée, dit-il.

— Pas du tout. Ne vous laissez pas abattre par les paroles de cet homme méprisable. Vous savez aussi bien que moi que nous n'avons rien fait de condamnable.

Worsley secoua la tête avec tristesse.

— Cela ne compte pas. Quand un homme passe la nuit avec une femme…

Il se passa les doigts dans les cheveux, laissant quelques mèches ébouriffées se dresser sur ses tempes.

— J'y pensais, sur la route depuis Londres. Je songeais à abandonner ma poursuite de Gregory. Si j'avais réussi à rendre la petite Watling à ses parents avant que leur fugue soit découverte, j'aurais pu… Mais j'ai échoué. Maintenant qu'elle a été en compagnie de mon pupille toute la nuit, et quoi que je pense d'elle, de son avenir, il n'a plus d'autre choix que de l'épouser. Et je serai le premier à m'assurer qu'il le fasse.

— Bien sûr, je comprends, mais…

— C'est la même chose pour nous. Nous avons été ensemble depuis hier soir, ce qui m'oblige à vous épouser pour sauver votre honneur. Cet aubergiste vous a traitée de… Votre réputation est en jeu et, si rien n'est fait, vous perdrez tout.

— Non, je ne…

— Si ! Écoutez, que pensez-vous qu'il vous arriverait, si je vous laissais partir maintenant ? demanda-t-il. Croyez-vous sincèrement que votre employeur vous acceptera chez lui, une fois que la rumeur sera lancée ? Vous l'avez dit vous-même : vous ne voulez pas arriver en robe sale, sans bagages. On va vous demander des explications et, avec tout mon respect, je n'ai pas l'impression que vous soyez très versée dans l'art du mensonge.

— Non, c'est faux, je…

— Et il serait bien pire de dire la vérité, croyez-moi. Vous avez entendu cet homme, tout à l'heure. N'est-ce pas ce que tout le monde va penser, même si ce n'est pas vrai ?

— Oh ! non… Impossible.

Le cœur de Dorothy se serra. Elle savait hélas qu'il avait raison. Les gens n'aimaient rien de plus que les ragots croustillants – la paroisse de Lower Withering en était un parfait exemple.

— C'est pourtant ce qui va arriver. Nous devons nous

rendre à l'évidence : si vous refusez la protection de mon nom, vos difficultés ne font que commencer.

Elle se mordilla la lèvre. Il était hors de question qu'elle admette la chose, même si sa conscience lui criait que c'était la vérité.

— Je… Je…

Que dire ? Que répondre à tout cela ?

En face d'elle, Worsley soupira.

— Je sais bien que m'épouser est sans doute la dernière chose que vous souhaitiez, après mon comportement abject de cette nuit. Mais… acceptez-vous au moins d'y réfléchir ? Vous me répondrez quand nous serons arrivés.

— Arrivés où ? Connaissez-vous une autre auberge, dans les environs ?

Une moue de révulsion accueillit cette question.

— Pour vous conduire dans un autre établissement de ce genre ? Certainement pas ! Je ne souhaite pas répondre à de nouvelles inquisitions au sujet de… de votre allure, du manteau qui vous manque, de vos bagages, ou de…

Il ravala sa salive et contempla ce qui avait été l'une des plus belles robes de Dorothy.

— J'ai l'intention de vous emmener chez l'une de mes sœurs. Elle vit à deux heures de route d'ici et elle pourra vous prêter une chemise de nuit, ainsi que tout ce dont vous pourriez avoir besoin.

Dorothy aurait dû protester ; mais ce n'était pas une si mauvaise idée que cela, au fond. La sœur de Worsley pourrait en effet lui fournir de quoi se laver et s'habiller convenablement. Et si celle-ci s'inquiétait à moitié autant de son frère que Dorothy d'elle-même, elle serait sans doute facilement convaincue de ne pas ébruiter l'affaire.

À la vérité, elle n'avait jamais eu envie de devenir gouvernante. Elle avait accepté de postuler pour cet emploi parce qu'elle ne voulait pas voir Timothy sacrifier sa carrière pour venir en aide à leurs jeunes frère et sœurs. De plus, après avoir appris à contrôler une classe entière au village, s'occuper de quelques enfants dans une demeure familiale ne lui avait pas paru insurmontable. Seulement, elle n'avait pas été certaine de pouvoir supporter l'autorité de ses employeurs – surtout si leurs ordres s'avéraient absurdes, ou contraires à ses principes. Depuis toujours, elle avait eu l'habitude de diriger sa vie, de n'écouter que son propre jugement…

Worsley se pencha soudain vers elle et lui prit les mains.

— Vous n'avez pas à me craindre, dit-il avec une sincérité touchante. Mon comportement d'hier… ne me ressemble pas. En temps normal, je n'aurais jamais abusé de ma force d'une telle manière !

Il rougit, mais ne baissa pas les yeux.

— Je ne serai pas un époux autoritaire ou violent, vous avez ma parole.

— Je n'ai pas peur de vous, répondit-elle avec dédain.

Une femme plus sensible qu'elle aurait sans doute été terrifiée, dans de telles circonstances ; mais pas une seule fois elle n'avait été inquiète en compagnie de cet homme. Elle n'avait craint que les conséquences de ses actions. Elle avait songé que son nouvel emploi pourrait être menacé ou que l'on pourrait lui voler sa malle. Mais elle n'avait pas eu peur de *lui*.

— Vous avez des nerfs d'acier, dit-il.

— Oui. Ou plutôt…

Plutôt, pas de nerfs du tout. Pas de sensibilité. Pas de délicatesse.

— Dans ce cas, c'est décidé, reprit-il sans le moindre éclat de triomphe dans la voix.

Pourquoi aurait-il été heureux, au fond ? Il avait voulu empêcher son pupille de s'enfermer dans un mariage désastreux. Non seulement il avait échoué, mais il se retrouvait lui-même contraint d'épouser une femme qu'il connaissait à peine.

— Attendez ! lança-t-elle.

Trop tard. Il avait déjà refermé la portière.

Une fois de plus, Dorothy se résigna à rester seule à réfléchir au lieu de bondir dehors pour empêcher Worsley de commettre une grave erreur. *Une de plus.*

Et pourquoi ? Parce qu'un étrange frisson la parcourait chaque fois qu'il la touchait. Parce que, des années plus tôt, avant de comprendre qu'aucun homme ne supporterait ses nombreux défauts, elle avait rêvé de se marier et d'avoir des enfants à elle.

Certes, elle avait toujours été une sorte de seconde maman pour ses frères et sœurs, depuis que leur mère était morte. Mais ce n'était pas la même chose.

Voilà pourquoi l'idée d'accepter un poste de gouvernante l'avait tant bouleversée : il lui interdisait tout espoir de fonder une famille.

Bien sûr, cet espoir avait toujours été ténu. Elle n'avait jamais vraiment pu s'imaginer en femme mariée, alors qu'elle avait la responsabilité de sa fratrie et devait s'occuper du presbytère comme une maîtresse de maison. De toute manière, aucun jeune homme de Lower Withering ou des alentours n'avait jamais manifesté le moindre intérêt pour elle. Elle n'était pas jolie. Elle se montrait souvent sèche, comme avec Worsley, ce qui laissait les gens penser qu'elle était une vraie harpie. Timothy avait bien essayé de la rassurer en lui disant qu'elle avait juste du mal à supporter l'idiotie chez les autres. Que ceux qui la connaissaient vraiment appréciaient son bon sens, son grand cœur et sa générosité naturelle. Que l'on pouvait toujours compter sur elle, quoi qu'il arrive. Mais les célibataires de la région n'avaient aucune envie d'apprendre à la connaître. Ils ne cherchaient pas les qualités enfouies en elle. Ils ne voyaient que sa sévérité de façade.

Même si la proposition de Worsley ne correspondait pas vraiment au moyen idéal de trouver un époux, ce n'était pas comme si elle avait jusque-là eu la moindre chance en suivant les traditions. Les hommes de son cercle social l'avaient trouvée trop directe, trop masculine, ou juste trop grande.

Seulement, ces défauts ne semblaient pas troubler son prétendant actuel. Il était aussi franc et brut qu'elle. Plus grand, aussi. Et…

Et, oh, Seigneur ! La voiture se mettait en branle ! Il était trop tard pour sortir et lui proposer de discuter posément de tout cela, de trouver une autre solution. Bien qu'il n'y en ait sans doute pas de meilleure pour elle.

Quoi qu'il en soit, avant d'arriver chez la sœur de Worsley, Dorothy comptait bien mettre son argumentaire sur pied. Elle le devait. Elle ne pouvait pas laisser cet homme l'épouser, alors que c'était sans doute la dernière chose qu'il désirait.

Chapitre 6

Worsley grimpa péniblement sur le siège, près de son valet, et se laissa retomber avec lourdeur. Quand Pawson voulut lui confier les rênes, il refusa d'un geste. Pour la première fois de sa vie, il sentait qu'il n'aurait aucun plaisir à diriger lui-même son attelage. Pas quand il pensait au destin qui l'attendait au bout de ce voyage.

— Allons-nous donc chez Lady Waddesdon, milord ? demanda Pawson, qui avait dû surprendre une partie de sa conversation avec Miss Phillips.

Comment lui en vouloir ? Il n'avait sans doute pas eu besoin de les espionner pour entendre les paroles échangées entre son maître et cette pauvre jeune femme.

Worsley acquiesça, trop bouleversé pour répondre. Tilly allait adorer cela… Être la première personne à rencontrer celle qui allait devenir sa comtesse serait le soleil de sa journée – voire de son année. Surtout quand elle saurait dans quelles circonstances ils s'étaient trouvés. D'un autre côté, Tilly était sans doute la mieux placée pour faire preuve de compassion et non de dédain en voyant dans quel état lui arrivait sa future belle-sœur. Après tout, n'avait-elle pas enchaîné les aventures risquées avant d'épouser Waddesdon et de se ranger sous son autorité ? Plus jeune, elle était déjà tombée d'un arbre, et même dans un étang… sans compter les jeunes hommes indignes d'elle qu'elle avait embrassés. Après tout cela, elle ne pourrait pas rejeter Miss Phillips ou la regarder de haut.

Ce que sa sœur lui dirait, à *lui*, en revanche… Il tressaillit. Il songea à toutes les femmes qu'elle lui avait présentées et qu'il avait repoussées, tout comme il avait éconduit les prétendantes qui s'étaient offertes à lui d'elles-mêmes.

Seigneur, sans doute allait-elle penser qu'il s'agissait d'une sorte de vengeance divine…

Tandis que Pawson manœuvrait habilement pour sortir de la cour de l'auberge, Worsley était perdu dans ses pensées. Était-ce ce que les aristocrates de France avaient ressenti, impuissants dans les charrettes qui les conduisaient à la guillotine, sous les quolibets de la populace ? Une foule de paysans en colère ou un gros aubergiste moraliste, c'était du pareil au même. Sans doute les condamnés de la Révolution avaient-ils espéré, comme lui, que l'on fasse ralentir les chevaux pour repousser l'heure de vérité, ou bien avaient-ils prié pour que l'on se hâte de les soustraire aux huées de la foule.

Une fois de plus, il fut heureux que la femme qu'il avait si malencontreusement enlevée ne soit pas du genre à se faire remarquer. Si elle ne l'avait pas arrêté à temps, il aurait sans doute provoqué une véritable bagarre dans la cour du Blue Boar et aurait attiré la foule des clients dehors. Jusqu'où les rumeurs se seraient-elles répandues ensuite, nul ne pouvait le dire… De plus, il n'aurait pas été le seul touché par ce scandale. Miss Phillips et Gregory auraient été atteints aussi, car les voyageurs de passage à l'auberge auraient tenu à savoir pourquoi le jeune homme y avait fait escale et pourquoi il avait sympathisé avec cette femme, qu'il ne connaissait pourtant pas. Toute la vérité aurait éclaté, si Miss Phillips n'avait pas été là pour mettre un frein à sa colère. Oui, il lui était reconnaissant pour cela.

Mais, bon sang ! Jamais il n'avait envisagé de se marier ! Les femmes cherchaient toujours à transformer leur époux à leur guise. Celles qu'il avait pu fréquenter ne lui avaient trouvé que des défauts, à l'exception de son immense fortune. Elles fondaient en larmes quand il leur disait le fond de sa pensée au sujet des dernières modes qu'elles suivaient avec assiduité – même quand elles lui avaient elles-mêmes demandé son avis – et l'accusaient de méchanceté. Ou bien, elles laissaient éclater leur fureur chaque fois qu'il manquait un rendez-vous parce que, par exemple, l'une de ses juments s'apprêtait à mettre bas. Elles se plaignaient d'être plus mal traitées que ses chevaux. Certes, ce n'était peut-être pas tout à fait faux… Au moins, il comprenait les chevaux et appréciait leur compagnie.

Les humains, en revanche… Les humains étaient trop compliqués pour lui. Ils échappaient à toute logique, affirmant une chose quand ils en pensaient une autre et réclamant toujours plus d'attention, d'argent et de soutien de sa part. En particulier les femmes, et ses sœurs plus que personne. Elles insistaient pour le traîner à des soirées qui ne l'intéressaient pas, pour qu'il s'exprime à la Chambre des lords sur des sujets qu'il ne maîtrisait pas. Pire encore, elles ne cessaient de le pousser au mariage pour qu'il fonde une famille à son tour.

Mais quel bien pourrait-il apporter à un enfant ? Bien sûr, une partie de ses devoirs consistait à élever un digne héritier pour lui succéder. N'était-ce pas pour cela qu'il s'était chargé de l'éducation de Gregory ? Il avait cru que son pupille ferait l'affaire… Il avait pensé que le jeune homme serait enfin à la hauteur pour reprendre le flambeau, le moment venu. Hélas, il n'en était plus aussi sûr, aujourd'hui. Cette histoire de fugue avait prouvé que Gregory laissait parler ses sentiments avant sa raison. S'il poursuivait dans cette voie, serait-il un jour capable de s'occuper convenablement du domaine et des gens placés sous sa responsabilité ?

Worsley soupira. Il avait pensé pouvoir échapper à toutes les complications d'un mariage et d'une vie de famille. Peu lui importaient les arguments de ses sœurs, qui prétendaient que des enfants ne lui causeraient pas plus de problèmes que les bêtes de son écurie. Les bébés n'étaient pas des poulains. Ceux-ci étaient capables de se tenir debout quelques heures à peine après leur naissance, de marcher, de se nourrir ; les bébés, eux, étaient si fragiles ! Il aurait peur de les faire tomber, de les serrer trop fort et de briser leurs petits corps. Quand ses sœurs lui avaient répondu qu'il pouvait très bien se désintéresser de tout cela, laissant le soin des enfants à la mère ou aux domestiques, il avait eu envie de leur demander quel serait l'intérêt de fonder une famille pour s'en détourner immédiatement après.

Et les effets de la grossesse sur la santé d'une femme ? Et ses émotions ? Ses sœurs ne pouvaient pas avoir oublié les multiples fausses couches de leur mère, dans ses efforts pour produire un second fils !

Malheureusement, toutes ces réflexions étaient rendues vaines, à présent. Il devait réparer le tort qu'il avait causé à Miss Phillips, et l'épouser était la seule arme à sa disposition pour cela. Parviendrait-il seulement à lui donner une meilleure opinion de lui, après le désastre de ces dernières heures ? Il en doutait.

Il lui avait déjà promis d'agir avec elle en digne gentleman ; mais il allait devoir lui prouver qu'il n'était pas une brute, qu'il n'avait pas l'habitude de traverser le pays pour enlever des innocentes et les porter sur son épaule comme une sorte de… Viking, de sauvage.

Il avait expliqué à Miss Phillips que le trajet jusqu'à la demeure de Tilly prendrait deux heures ; mais, à force de se perdre dans ses réflexions, il se trouva devant le portail sans même s'en apercevoir.

— Dois-je me rendre directement à l'écurie ? demanda Pawson en s'engageant dans l'allée qui contournait la bâtisse.

— Non, répondit Worsley sans hésiter. Je ferai entrer Miss Phillips par la porte de devant, comme il convient au rang de ma…

Sa gorge se noua, l'empêchant de prononcer le terrible mot « fiancée ».

— Je ne voudrais pas qu'elle croie que j'ai honte d'elle.

Au contraire, c'était de lui-même qu'il devait avoir honte.

Pawson grommela, comme pour exprimer qu'il doutait de la sagesse de cette décision, mais ne dit rien. Worsley ne comprendrait jamais comment cet homme parvenait à insuffler autant de sens dans un seul son.

La voiture s'immobilisa devant l'entrée, et il n'eut plus d'autre choix que de descendre pour aider Miss Phillips à sortir du véhicule. Dès cet instant, la vie qu'il pensait pouvoir mener encore pendant de longues années allait changer du tout au tout.

Dorothy aurait dû se douter que la sœur de Worsley, en tant que fille de comte, serait mariée à un lord. Elle aurait dû s'attendre tout autant à découvrir un manoir somptueux, comme celui qui s'élevait à présent devant elle, au milieu d'un immense parc boisé.

Et pourtant, elle n'avait pas songé à tout cela. Elle avait été incapable de penser à autre chose que… *lui*. Pendant tout le trajet. Elle avait cherché une excuse pour refuser de l'épouser mais, plus les minutes passaient, plus cette perspective lui semblait séduisante.

Hélas, elle allait clairement devoir payer le prix fort pour envisager un mariage plus glorieux que ce à quoi elle était destinée. Worsley allait la conduire au sommet de ces marches, enveloppée dans une couverture de cheval et les cheveux emmêlés. Il allait tenter de franchir la barrière d'un majordome dont le premier devoir était de protéger ses maîtres contre les intrusions de visiteurs indésirables.

Décidément, l'histoire se répétait.

La voiture s'arrêta et Dorothy sentit les essieux rebondir légèrement quand Worsley sauta à terre. Elle se passa une main dans les cheveux, espérant vainement leur redonner un aspect présentable avant de rencontrer leur hôtesse. Comment allait réagir une femme vivant dans une demeure aussi splendide, si on lui imposait la présence d'une inconnue aussi débraillée que Dorothy ? Mal, sans aucun doute.

Son cœur se mit à tambouriner contre ses côtes quand son compagnon ouvrit la portière et lui tendit la main. Elle s'agrippa à lui, sans souci des convenances. Il était *là*, et cela suffisait à la rassurer. Il était si grand, si fort… Non, non, elle ne devait pas songer à ces choses-là. Jamais encore elle ne s'était laissé séduire par ce genre de détails, chez un homme. Et jusque-là, elle n'avait pas non plus été tentée de s'appuyer sur une épaule masculine comme cela. Si elle tenait tant à sa protection, c'était simplement parce qu'il était la seule personne qu'elle connaissait, ici. Seigneur, elle ne savait même pas comment s'appelait sa sœur, ou quel caractère elle avait ! Peut-être que celle-ci se montrerait charmante, après tout. Mais… La peur de l'inconnu la poussa à serrer le bras de Worsley au lieu de déposer simplement sa main sur la manche de ce dernier tandis qu'il la conduisait jusqu'à la porte, et qu'il y frappait avec autorité, du bout de sa cravache.

Elle songea, surprise, qu'elle était plus intimidée par la femme qu'elle s'apprêtait à rencontrer que par cet homme, même lors des premières heures atroces passées en sa compagnie. Elle aurait dû se méfier de lui et se réfugier avec reconnaissance sous la protection d'une autre personne de son sexe. Agacée, elle secoua la tête. Les gens ne lui disaient-ils pas depuis toujours qu'elle était une étrange demoiselle ? À commencer par le marguillier de la paroisse et sa femme ? Ils l'auraient sans doute bien mieux comprise, si elle avait eu l'habitude de s'évanouir de temps à autre, ou de s'asseoir pour pleurer, pour réclamer leur aide, au lieu de remonter ses manches et d'agir face à l'adversité.

Oh ! si seulement elle avait pu perdre connaissance. *Maintenant.* Pour ne pas subir l'humiliation de voir la famille de Worsley et leurs domestiques apprendre la vérité, découvrir leurs fiançailles, alors qu'elle ressemblait à… Elle ne savait même pas de quoi elle avait l'air. Quoi qu'il en soit, son apparence n'avait sans doute rien de celle de la jeune femme capable, bien éduquée, intelligente et même parfois intimidante qui avait quitté Lower Withering la veille.

Malheureusement, elle n'avait plus aucun moyen de fuir. Déjà, elle percevait des pas dans le couloir et, soudain, la porte s'ouvrit devant eux.

— Milord, déclara le majordome en reconnaissant Worsley.

L'homme était en tout point l'incarnation du domestique parfait, digne d'une noble maison.

— Nous ne nous attendions pas à… Je veux dire… Ma maîtresse est encore en train de souper.

— Parfait, répondit Worsley. Nous sommes justement

affamés. Si vous acceptez d'ajouter deux couverts pour nous, nous nous joindrons avec joie à ma sœur pour manger.

Le regard de l'homme s'arrêta un instant sur Dorothy. Il s'éclaircit la voix d'un air gêné.

— Et qui dois-je annoncer, vous accompagnant ?

— Ma fiancée, répliqua Worsley sèchement.

Puis, sans attendre que le majordome revienne de sa surprise, il le poussa pour entrer. Entraînant Dorothy dans son sillage.

— Comme vous pouvez le voir, reprit-il en fermant la porte derrière eux, nous avons besoin d'aide.

— En effet, milord.

L'homme avait enfin réussi à retrouver son masque impassible. Sans doute considérait-il qu'il n'avait pas à commenter l'arrivée inopinée du frère de sa maîtresse accompagné par une femme qui semblait avoir passé la nuit sous une haie et qui sentait le cheval.

Dorothy sentit ses joues s'empourprer. Elle avait rarement connu un tel embarras. Tout en suivant le majordome dans le hall, puis au sommet d'une volée de marches qui les amena sur le seuil d'une immense salle à manger, elle se demanda une fois de plus ce que la sœur de Worsley allait penser d'elle. Une dizaine de chandeliers illuminait l'imposante table chargée de nourriture présentée dans un délicat service en faïence. Un couple, vêtu avec goût, était installé et mangeait en silence. Ce fut alors que Dorothy se sentit réellement mal, pour la première fois – au moment le plus inopportun. Elle avait eu beau souhaiter donner à ces gens une bonne impression, elle fut contrainte de s'effondrer sur la première chaise venue de peur de tomber par terre.

— Seigneur ! cria la femme, qui ressemblait à une version féminine et miniature de Worsley. Qui est-ce ?

L'homme, bien plus âgé que son épouse, se redressa à son tour.

— Pourquoi avez-vous introduit cette femme chez nous, Worsley ?

La maîtresse de maison se précipita auprès de Dorothy, dans un nuage de parfum floral.

— Ne faites pas attention à Waddesdon, ma chère, dit-elle. Je vois bien que vous venez de traverser une terrible épreuve et que Toby vous a amenée ici pour que je vous aide. N'est-ce pas ?

— N… Non. Pas tout à fait, commença Dorothy.

L'homme se leva et s'approcha à son tour.

— Je vous demande pardon, si je vous ai paru impoli ou insensible, Miss. Peut-être aurais-je dû commencer par vous proposer un verre de brandy pour vous aider à retrouver vos forces.

— Non, coupa Worsley. Pas d'alcool. Elle ne le supporte pas très bien.

Son beau-frère, qui avait tenté de paraître amical une fois son premier choc passé, le dévisagea un instant avec colère.

— Est-ce là le problème ? demanda son épouse embaumée. Si c'est le cas, vous ne devriez pas boire autant. Ce qui vous aurait empêchée de vous retrouver dans… cette situation, quelle qu'elle soit.

— Elle ne boit pas, Tilly ! aboya Worsley en se tenant derrière la chaise de Dorothy d'un air protecteur. Et la situation dans laquelle elle se trouve est entièrement ma faute. C'est *moi* qui suis la catastrophe, ici. Le… méchant de l'histoire, si on veut. Elle n'a rien fait de mal et je n'aurais jamais dû la traiter comme si elle avait été coupable de quoi que ce soit.

— Si tu le dis, répondit sa sœur. Mais je ne la jugeais pas. J'essayais juste de lui venir en aide.

— Inutile.

— Si vous ne désirez pas l'assistance de mon épouse, alors pourquoi avoir amené cette femme chez nous ?

— Parce qu'à cause de moi, elle se retrouve sans emploi, sans bagages, et sa réputation est en miettes. J'ai donc l'intention de me racheter en l'épousant.

Dorothy, qui avait commencé à se sentir mieux dès l'instant où elle s'était assise, décida qu'il était temps de s'interposer. D'autant plus que la famille de Worsley semblait maintenant réagir à cette annonce surprenante exactement de la manière qu'elle avait crainte : ils avaient l'air horrifiés.

— Non, certainement pas ! protesta-t-elle, arrachant un petit cri à Tilly, la maîtresse de maison.

— Oh si, je vais le faire.

Worsley se passa un doigt dans le col de sa chemise, comme s'il venait de se sentir étranglé.

— Vous voyez bien que c'est l'unique moyen, pour moi, de réparer mes erreurs.

— C'est absurde ! Vous n'avez pas besoin de consentir à un tel sacrifice. Tant que votre sœur accepte de me loger ce soir et de… de…

— Oui, de quoi ? demanda Worsley. Nous avons déjà compris que j'ai détruit votre réputation en vous jetant dans ma voiture contre votre gré.

— Tu as vraiment *enlevé* cette femme ? demanda Tilly, les yeux écarquillés. Tu l'as jetée de force dans ton véhicule ? Et maintenant, tu veux te racheter en l'épousant ? Que c'est drôle !

D'un seul coup, elle éclata de rire. Worsley soupira et se tourna vers Dorothy.

— Veuillez excuser ma sœur. Si quelqu'un a trop bu, ici, c'est clairement elle.

— Pas le moins du monde, répliqua Tilly en s'essuyant

les yeux avec le coin de la serviette qu'elle avait gardée à la main. Mais tu dois bien admettre que l'ironie de la chose est plutôt cocasse. Quand je pense à toutes les demoiselles qui ont essayé de t'attirer dans leurs filets, à toutes celles que je t'ai présentées… Et voilà que tu enlèves une femme qui ne veut pas de toi !

Elle gloussa de plus belle.

— Je ne l'ai pas fait exprès…

Ses protestations provoquèrent un nouveau raz-de-marée. Entre deux hoquets, sa sœur demanda :

— Et c… comment peut-on enl… enlever une femme par accident ?

— Je croyais qu'elle essayait de fuir avec Gregory.

— Avec Gregory ? Je comprends mieux, glissa l'époux de Tilly sans cacher son sarcasme.

— Oui, parfaitement, répliqua Worsley. Il m'a laissé une lettre mièvre et révoltante m'annonçant qu'il n'avait pas d'autre choix que de sauver Pansy Watling de la persécution de ses parents et, comme j'ai été assez bête pour lui dire que cette femme ne serait jamais la bienvenue chez moi, il a décidé de l'emmener à Gretna Green[1].

Tilly secoua la tête.

— Ce garçon est un idiot, je l'ai toujours dit. D'ailleurs, je ne comprends pas pourquoi tu as tant tenu à en faire ton héritier.

— Worsley n'en a pas *fait* son héritier, corrigea son mari d'un ton sentencieux. Gregory *est* l'héritier, par le droit du sang. Il est le seul enfant mâle encore en vie du frère de l'ancien comte…

— Oui, oui, je sais, coupa Tilly avec impatience. Mais

1. Village du sud de l'Écosse, autrefois célèbre pour la possibilité qu'il offrait aux couples mineurs de s'y marier sans autorisation de leurs parents respectifs.

il ne serait plus l'unique prétendant au titre, si Toby se mariait et avait des enfants. C'est pourquoi nous avons passé tant d'années à essayer de te convaincre. À présent, tu as bel et bien décidé de prendre une épouse, n'est-ce pas ?

Elle coula un regard en direction de Dorothy, qui se tassa sur sa chaise.

— Donc, Gregory ne sera bientôt plus notre problème.

— Excusez-moi, intervint Dorothy en s'obligeant à redresser la tête. Je crois l'avoir déjà dit : je n'épouserai *pas* Lord Worsley.

— Oh si, faites-le, Miss… Vous n'êtes pas la fille qui voulait s'enfuir avec son pupille – Miss Watling, n'est-ce pas ? Puis-je vous demander votre véritable nom ?

— Il s'agit de Miss Phillips, répondit Worsley, lui épargnant la gêne de devoir se présenter elle-même.

— Et je suis Lord Waddesdon, répondit son beau-frère en s'éloignant de la table pour la saluer, avant de se détourner pour reprendre : Un détail me chiffonne encore, Worsley. Je vais peut-être vous paraître très stupide, mais je ne comprends toujours pas pourquoi vous vous êtes senti obligé d'enlever qui que ce soit.

Son regard était froid et distant. Dorothy vit Worsley serrer les dents.

— Je pensais protéger la vertu de Miss Watling en la ramenant à Coventry avant que l'on apprenne sa fugue. Si ses parents prétendaient qu'elle était simplement sortie faire une course tôt le matin, on aurait pu éviter le scandale à peu de frais…

— C'est très noble de votre part, murmura Waddesdon avec ce cynisme qui semblait lui être habituel.

— Et c'est également très noble de demander en mariage cette jeune femme, que tu as compromise, ajouta Tilly avec plus de chaleur.

— Bien sûr, dit Dorothy aussi fermement qu'elle le

put. Ne pensez pas que je sois une ingrate… Mais je suis certaine que vous n'avez pas besoin d'aller jusque-là pour m'aider.

— Je ne vois pas ce que je pourrais faire d'autre.

À l'entendre, il était évident qu'il aurait été ravi de pouvoir corriger son erreur de n'importe quelle autre manière que ce soit, s'il en avait trouvé une. Cette pensée avait quelque chose de triste.

— D'ailleurs, je ne vois pas pourquoi vous protestez tant. Vous n'avez pas hésité à me faire comprendre que j'étais le seul responsable de cette regrettable méprise et qu'il était de mon devoir de compenser toutes les pertes que vous avez subies.

— Oh ! je vous en supplie, épousez-le, intervint Tilly. Vous pourriez le transformer ! Regardez de quelle manière il rampe déjà à vos pieds, alors qu'il a toujours juré qu'il préférerait se faire arracher toutes les dents plutôt que se marier.

— Je n'ai jamais dit cela !

Peut-être pas, songea Dorothy, mais c'était clairement ce qu'il ressentait…

— Je vois bien que vous ne voulez pas de moi, que vous ne voulez pas d'épouse tout court, dit-elle. Il ne serait donc pas correct de ma part de profiter de votre proposition pour…

Non, ce n'était pas ce qu'elle avait voulu dire. Il était hors de question de laisser ces gens deviner à quel point cette offre la tentait.

— Au contraire, profitez-en, Miss Phillips ! s'écria Tilly avant de froncer les sourcils. Même si j'avoue que je ne comprends pas comment mon frère a pu vous prendre pour Pansy. Je l'ai rencontrée, vous savez.

Elle eut une moue désapprobatrice.

— Une petite chose fragile auréolée de boucles blondes,

toujours prête à se pâmer… J'ai trouvé qu'elle était trop ambitieuse et un peu vulgaire, pour être honnête.

— Miss Phillips est fille de vicaire, précisa Worsley.

— Voilà qui est déjà bien plus convenable ! répondit Tilly avant de se tourner vers son époux. Le père de Miss Watling est dans le commerce.

— Et Miss Phillips était en route pour rejoindre la maison de son nouvel employeur, continua Worsley avec insistance, sans prendre en compte les interruptions incessantes de sa sœur.

— Et Gregory l'a jetée entre tes pattes pour sauver sa pitoyable petite Pansy ? C'est exactement le genre de comportement égoïste auquel on peut s'attendre, venant de lui !

— Oui, c'est à peu près ce qui s'est passé.

Worsley soupira. Qu'allait penser Miss Phillips de sa famille ? Gregory l'avait abandonnée, comme une sorte d'agneau sacrificiel, pour mieux s'échapper. Et voilà que Tilly prenait l'affaire comme une immense plaisanterie, tandis que Waddesdon la dévisageait de haut – comme il le faisait avec tout le monde. Un dédain qu'elle ne méritait pas, après toutes les épreuves qu'elle venait déjà de traverser à cause de lui…

— Quand j'ai accusé Miss Phillips de l'avoir séduit, il n'a rien fait pour me détromper. Il est resté planté là, les bras croisés, pendant que je la soulevais sur mon épaule pour l'emmener dans ma voiture. Comment a-t-il pu se comporter d'une manière aussi méprisable ? Ne sait-il donc pas ce que l'on attend d'un gentleman ? Pire encore : quand nous sommes rentrés au Blue Boar pour récupérer la malle de Miss Phillips, nous avons appris qu'il était parti avec. Quand je mettrai la main sur ce voyou…

Il serra les poings. Sans doute serait-il tenté de lui donner une bonne leçon à coups de cravache. Hélas, il était trop tard pour lui inculquer les bonnes manières. Beaucoup trop tard. En dépit de ses efforts, il avait clairement été incapable d'apprendre les valeurs morales à celui qui aurait dû lui succéder.

C'était sa faute. *Tout* était sa faute.

Ce qui voulait dire qu'il devait corriger ce qui était encore réparable, même s'il répugnait à l'idée d'imposer pour toujours sa présence à cette pauvre jeune femme.

— Oh ! s'écria soudain Miss Phillips en levant très haut son petit réticule. Je… J'ai encore la clé de ma malle ici ! Je me souviens de l'avoir rangée après avoir ouvert la serrure pour préparer une infusion de camomille, afin de calmer Pansy. J'avais peur de la perdre. Je comprends mieux, maintenant, pourquoi Gregory et elle n'ont pas voulu laisser mes bagages à l'auberge. Le tenancier avait un air… pas très honnête. Peut-être ont-ils pensé qu'il valait mieux qu'ils emportent mes affaires pour me les rendre plus tard, quand…

— Quand ils sauraient où vous les envoyer ? Connaissaient-ils l'adresse de votre employeur ? demanda Worsley.

— Non, mais Gregory vous a vu m'emmener, et j'imagine qu'il pensait me retrouver grâce à vous. Honnêtement, je ne crois pas que ce garçon soit aussi mauvais que vous le dites. Vous n'avez pas vu dans quel état était la pauvre demoiselle, sans quoi vous auriez compris qu'il soit prêt à sacrifier une inconnue pour la protéger. Elle était à bout de nerfs quand je suis arrivée à l'auberge. J'ai décidé de l'emmener dans ma chambre pour lui laisser le temps de reprendre ses esprits, et, quand vous avez fait irruption, je venais de redescendre pour annoncer à Gregory qu'elle s'était assoupie. D'ailleurs, si vous vous souvenez bien, il a bel et bien essayé de vous dire que vous vous trompiez.

— Il n'a pas vraiment insisté, grommela-t-il.

Pourquoi tenait-elle tant à prendre le parti d'un gamin stupide qui l'avait jetée aux loups dès la première occasion ? D'un autre côté, Worsley était un peu soulagé d'apprendre que Gregory avait eu des circonstances atténuantes et il fut reconnaissant à Miss Phillips de les lui expliquer. À sa place, d'autres femmes auraient au contraire énuméré tous les torts qu'on leur avait causés pour demander réparation.

— C'est vrai. Ce qui prouve qu'il vous connaît bien, non ? Il a vu que ses protestations ne mèneraient à rien.

— Touché ! s'écria Tilly, qui semblait s'amuser comme au théâtre.

— S'il te plaît, reste en dehors de cela.

— Si tu ne veux pas m'entendre, pourquoi l'as-tu amenée ici ? répliqua-t-elle.

— Parce qu'à cause de moi, Miss Phillips ne possède plus que les vêtements qu'elle porte.

— Et une couverture.

Il réprima un soupir exaspéré. Il avait su que sa sœur apprécierait sa déconfiture et qu'il allait devoir la laisser savourer ce petit triomphe s'il voulait son aide. Il desserra donc les poings et fit de son mieux pour retrouver son calme.

— Couverture ou pas, la situation reste la même : elle se retrouve sans ressources, par ma faute. Je l'ai amenée pour que tu lui offres un lit et que tu lui prêtes ce dont elle pourrait avoir besoin, avant de l'emmener en ville pour lui acheter des vêtements plus décents.

Il s'interrompit un instant, puis reprit à mi-voix :

— J'espérais aussi pouvoir compter sur vous deux et votre loyauté familiale pour étouffer toute rumeur qui pourrait naître de mon mariage soudain et inattendu.

— Oh ! tu peux être sûr que je suis prête à dépenser tout ton argent pour lui donner l'apparence d'une future comtesse digne de toi, répondit Tilly avec un sourire mutin.

Miss Phillips se redressa d'un coup, l'air terrifiée.

— Non, non, non, et non ! Je ne veux pas être dépendante de votre générosité ! Je suis parfaitement capable de gagner ma vie toute seule. J'ai juste besoin…

— Mais vous ne pourrez plus travailler honnêtement après cela, lui rappela Worsley. Et j'assume la responsabilité de ce drame.

— N'ayez pas non plus peur de le ruiner, ajouta Tilly. Il est si riche qu'il ne sait même plus quoi faire de sa fortune. Quand je pense aux cadeaux qu'il a faits à sa dernière conquête ! J'étais hors de moi, avant que Waddesdon me rappelle que cela ne risquait pas d'entamer…

— C'est assez, Tilly ! aboya Worsley. Seigneur, comment peux-tu parler de ce genre de femme devant ma promise ?

Sa sœur rougit et se plaqua une main sur les lèvres.

— Je vous demande pardon, Miss Phillips. Je m'oublie un peu, parfois. Je vous en supplie, n'en prenez pas ombrage. Vous savez que je souhaite juste vous convaincre d'accepter la proposition de mon frère. Maintenant que j'y pense… vous a-t-il fait peur en vous traînant ainsi sur les routes comme un sauvage ? Vous deviez être terrifiée. Oh !

En un éclair, son comportement changea du tout au tout. Au lieu d'aborder la situation comme une vaste plaisanterie, elle baissa les yeux d'un air fautif.

— Ma pauvre. Je n'y avais pas pensé. Si c'est le cas…

— Si c'est le cas, intervint Lord Waddesdon, considérez notre maison comme un refuge. Ni ma femme…

Il lui adressa un regard sévère.

— … ni moi ne vous blâmerons d'hésiter à vous lier à un homme qui s'est comporté avec une telle brutalité à votre égard. Nous cesserons aussi de vous dire que vous n'avez pas d'autre choix que de l'épouser, car ce n'est pas le cas. Si vous haïssez Lord Worsley, et ce serait compréhensible vu les circonstances, je promets de vous protéger du scandale qui pourrait résulter de sa conduite indéfendable.

— Non !

Miss Phillips croisa les bras avec force ; un geste que Worsley n'eut aucun mal à interpréter, en dépit de ses difficultés à comprendre les émotions des gens : elle était sur la défensive.

— Je veux dire… Je vous remercie, mais vous vous trompez. Je n'ai jamais été effrayée par votre frère, Lady Waddesdon. Pas une seule fois.

Elle se tourna vers le beau-frère de Worsley avant de poursuivre :

— Et je n'ai aucune intention d'accepter votre charité, alors que nous ne nous connaissons même pas. Je préférerais encore travailler comme blanchisseuse, si je le devais !

— Mais vous devez trouver un moyen de subvenir aux besoins de vos frères et sœurs, non ? lui rappela Worsley. Ne pourriez-vous considérer le mariage comme une autre sorte d'emploi, pour vous ? Un emploi qui vous ferait gagner plus d'argent que celui de gouvernante. Ou de blanchisseuse…

Elle serra les mains sur ses genoux.

— Seulement, aucun de nous deux ne souhaite se marier. Vous avez dit que vous préféreriez vous faire arracher toutes les dents plutôt que…

Elle ravala sa salive d'un air gêné.

— Si nous prenons le temps de réfléchir ensemble au problème, je suis sûre que nous pourrions trouver une autre solution !

D'un seul coup, il eut l'un de ces rares éclairs de lucidité que son père décrivait autrefois avec mépris comme des ruses basses et abjectes.

Il se massa le menton en faisant semblant de réfléchir sérieusement à la proposition qu'il s'apprêtait à formuler.

— J'imagine que je pourrais me contenter d'acheter votre silence. Cet argent vous permettrait de nourrir votre famille. Je suis assez riche pour cela… Mais vous détesteriez cette suggestion plus que tout, n'est-ce pas ? L'idée d'accepter « ma charité », pour reprendre vos termes ?

Miss Phillips l'étudia de la tête aux pieds.

— Êtes-vous vraiment assez riche pour qu'un mariage ne fasse aucune différence à vos yeux et ne perturbe pas votre style de vie ?

Oui, en effet, cela ne changerait pas grand-chose pour lui – en ce qui concernait son confort physique, en tout cas.

— Il pourrait se permettre de prendre douze épouses ! glissa Tilly avec humour. Si l'on excepte le fait qu'il a juré de ne jamais se marier.

— Et le fait que la polygamie est punie par la loi, ajouta-t-il sèchement.

Sur sa chaise, Miss Phillips s'était de nouveau tassée et secouait la tête lentement.

— Non, non, ce ne serait pas bien. Vous ne *voulez pas* d'une épouse.

— Jusqu'à aujourd'hui, non. Je pensais que Gregory serait prêt à prendre ma place, le jour venu. Mais à présent, après tout ce qu'il a fait, je préférerais avoir un fils et l'élever dignement pour en faire mon héritier.

Elle rougit brusquement, lui adressa un petit regard fuyant, et s'empourpra plus encore.

— Ne craignez rien, Miss Phillips, se hâta-t-il d'ajouter. Si nous nous marions, je ne vous presserai pas sur ce point.

Quand bien même il en aurait eu très envie… Depuis que le tenancier du Blue Boar l'avait accusé d'avoir entraîné cette jeune femme dans un lieu peu recommandable pour profiter d'elle toute la nuit, il avait commencé à regretter que les choses ne se soient pas passées comme cela, en effet. Ça aurait sans doute été plus agréable que traverser le pays au grand galop pour une quête de toute manière vouée à l'échec.

Non, s'il était honnête, son désir s'était éveillé plus tôt que cela. Dans la salle du Bird in Hand, quand il avait vu cette goutte de jus de pêche lui couler sur le menton, il avait été saisi par une envie soudaine de la lécher avant de goûter à la saveur fruitée des lèvres de Miss Phillips. Oui, elle lui avait plu – même débraillée, sale et enveloppée par une forte odeur de cheval. La violence de sa propre concupiscence l'avait choqué. À présent, si elle acceptait de devenir sa femme, il pourrait la lécher… non, pardon, *l'embrasser* quand il le voudrait. Une fois qu'elle se serait habituée à sa présence, bien sûr.

— Je sais que vous allez sans doute avoir besoin d'un peu de temps pour vous faire à cette idée, puisque vous étiez jusqu'ici bien décidée à rester célibataire. En fait, nous allons *tous deux* avoir besoin de temps pour apprendre à nous connaître.

Elle pencha la tête sur le côté, songeuse.

— Si jamais je devais consentir à ce mariage, m'accorderiez-vous une pension dont je pourrais disposer à ma convenance ? Ou bien serez-vous l'un de ces époux qui insistent pour que toutes les factures vous soient envoyées et qui malmènent leur femme quand elle achète des choses qu'ils n'approuvent pas ?

Il poussa un grognement. Il aurait dû se douter que la question de l'argent serait soulevée, tôt ou tard. D'ailleurs, maintenant qu'il y pensait, elle n'avait commencé à abandonner l'idée de rester célibataire que lorsque Tilly avait mentionné sa fortune.

D'un autre côté, si elle avait prévu depuis des mois de gagner sa vie par son travail, il était logique qu'elle tienne à garder le contrôle de ses finances. Depuis le début, elle lui donnait l'impression d'être une femme particulièrement indépendante.

— Si vous y tenez à ce point, oui. Je vous accorderai une pension et ne vous poserai pas de questions la concernant, dès que le contrat de mariage sera signé. J'en parlerai à mon avoué et…

— Vous lui en parlerez *avant* la cérémonie, coupa-t-elle sèchement.

Peut-être n'était-ce pas qu'une question d'autonomie, en fin de compte. Peut-être était-elle simplement aussi avide que toutes les autres femmes qu'il avait rencontrées. Il ne savait plus que penser d'elle ! La seule chose dont il était certain, c'était qu'il avait hâte que cette journée de cauchemar se termine.

— Très bien, soupira-t-il, las. Je ferai le nécessaire. Mais pas tout de suite. Pour l'instant, je ne souhaite qu'un bon souper et j'imagine que vous aussi.

Comme si cela avait été prévu, le majordome réapparut au même instant et toussa avec discrétion, comme tous les domestiques qui cherchent à attirer l'attention de leur maître.

— J'ai pris la liberté de faire préparer une chambre pour la fiancée de Lord Worsley, annonça-t-il d'un ton d'excuse. Mrs Cousins y a fait monter un bain et des vêtements propres.

— Un bain ! s'écria Miss Phillips. Oh oui, j'ai besoin d'un bain !

Elle se leva brusquement et rougit de plus belle.

— En fait, je n'aurais même pas dû m'asseoir sur une aussi belle chaise, dans l'état dans lequel je suis…

Tilly s'approcha et lui prit le bras avec douceur.

— Je vais vous accompagner et vous aider à vous installer.

Sur ce, elle l'entraîna avec autorité hors de la pièce.

Au moins, il avait réussi à faire une bonne action, aujourd'hui, songea Worsley. Tilly était peut-être un peu futile, mais elle avait bon cœur. Elle prendrait soin de Miss Phillips. Il pouvait s'en remettre à elle pour cela. Pour l'instant, en tout cas.

Chapitre 7

Dorothy était arrivée au milieu du grand escalier quand elle se mit à trembler violemment.

Tilly s'empressa de lui passer un bras autour de la taille pour la soutenir.

— Oh ! Seigneur ! J'aurais dû vous laisser vous nourrir d'abord. C'est juste que la conversation devenait si gênante que je pensais…

— Ce n'est pas de la faim, protesta Dorothy, malgré son estomac qui gargouillait. Je viens juste de me rendre compte que, si j'épousais votre frère, je deviendrais comtesse.

Et elle n'avait aucune idée de ce que l'on pouvait attendre d'une femme d'un tel rang.

— Je sais. N'est-ce pas délicieusement cocasse ? gloussa Tilly. Quand je pense que Toby a enlevé une gouvernante ! Après tout ce que nous avons pu infliger aux nôtres, qui ont fini par quitter cette maison en hurlant, je peux vous assurer que vous n'auriez pas du tout aimé ce genre de travail.

— T… Toby ?

— Mon Dieu, l'ai-je appelé Toby ? Étrange. Cela fait des années que nous ne l'appelons plus que Worsley. Il a hérité du titre alors qu'il n'était qu'un jeune garçon, vous savez. Mais notre nom de famille est Spenlow.

Elle parlait très vite, comme si elle tenait à tout prix à combler le silence tandis qu'elles montaient à l'étage.

— Et il aurait dû vous apprendre tout cela lui-même. Pour être franche, mon frère me désespère, parfois. Il est vraiment irrécupérable, pour ce genre de choses.

Elle les engloba toutes deux d'un geste vague, comme pour faire comprendre à Dorothy qu'elle parlait des convenances sociales.

— Et je tiens à ce que vous m'appeliez Tilly, puisque nous allons devenir belles-sœurs. Lady Waddesdon est un nom bon pour une duchesse douairière, ne croyez-vous pas ? Puis-je vous demander votre prénom ?

— Oui, murmura-t-elle, surprise par la gentillesse de Tilly. C'est Dora. Je veux dire : Dorothy. Mais ma famille et mes amis m'appellent Dora.

— Dans ce cas, vous serez Dora pour moi aussi. J'ai horreur des formalités d'usage, comme vous l'avez compris.

Elle poursuivit son babillage tout en la guidant dans un long couloir, puis dans une chambre où attendait non seulement le bain promis, fumant et embaumé, mais aussi une bonne qui installait un copieux souper sur la table.

— Oh ! merci, Peters, dit Tilly à une autre domestique qui disposait des brosses et un peigne sur la coiffeuse. Oh ! regardez ! Elle vous a même apporté l'une de mes chemises de nuit.

La femme de chambre nommée Peters fit une révérence.

— Si vous voulez bien laisser votre robe sur cette chaise, Miss, dit-elle en indiquant le paravent derrière lequel se trouvait un siège tendu de toile dorée aux pieds si fins que les frères de Dorothy l'auraient réduit en miettes en quelques minutes, je la laverai et la repasserai pour demain matin.

Mais, voyant l'état de la toilette de Dorothy, elle pinça soudain les lèvres.

— Si elle est encore mettable, bien sûr. Sinon, je suis certaine que la femme du jardinier acceptera de vous prêter sa robe du dimanche. Elle fait à peu près votre taille. Hélas, je crains que les toilettes de ma maîtresse ne vous aillent pas, ajouta-t-elle quand Tilly ouvrit la bouche pour objecter.

— Vous avez raison, concéda celle-ci. Miss Phillips est bien plus grande que moi. Mes robes ne lui arriveraient même pas à la cheville et ne se fermeraient sans doute pas à la taille…

Elle passa une main sur la courbe fine de son corps et Dorothy eut soudain l'impression désagréable d'être une sorte de géante gauche et sans charme.

— Nous avons une excellente couturière au village, reprit Tilly. Je la ferai appeler demain pour qu'elle s'occupe de votre robe de mariée.

Ciel, oui… Dorothy n'avait certes jamais tenu à se vêtir selon la dernière mode, mais elle aurait détesté devoir se marier dans une robe empruntée à la femme du jardinier. Ou dans celle qu'elle portait à présent, si par miracle Peters parvenait à en faire disparaître toutes les taches. Elle aurait besoin d'une nouvelle garde-robe si elle ne voulait pas passer ses premières semaines en tant que comtesse fagotée comme une domestique.

— Eh bien, si vous pensez pouvoir vous dispenser de moi, je crois que je vais redescendre avant de rater la suite de cette affaire !

Tilly adressa à Dorothy un sourire mutin avant de quitter la chambre.

Une fois seule, Dorothy s'attabla et dévora tout ce qu'on lui avait apporté, avant de se déshabiller et de se plonger avec bonheur dans le bain déjà un peu tiède. Elle n'avait encore jamais connu un tel plaisir : pouvoir se débarrasser de la crasse d'un voyage de deux jours et en émerger propre, les cheveux parfumés.

Enveloppée dans une serviette, elle s'approcha du lit et contempla ce que Tilly avait appelé une chemise de nuit, accompagnée par sa robe de chambre. À ses yeux, cela ressemblait plus à deux coupons de dentelle parfaitement indécents ornés d'empiècements en soie. Elle ramassa la chemise et la tendit à bout de bras. Comment pouvait-on dormir en ne portant qu'une toilette aussi légère et transparente ? La soie était si fine qu'elle laissait passer la lumière presque aussi bien que la dentelle… Et comment allait-elle enfiler cela sans déchirer l'étoffe si délicate ? Non seulement le vêtement paraissait aussi solide qu'une vulgaire toile d'araignée mais, comme l'avait dit la bonne, Dorothy était bien plus grande que Tilly. Et plus… large.

Hélas, si elle n'essayait même pas, elle serait condamnée à dormir dans ses propres sous-vêtements. Ses sous-vêtements auréolés de transpiration. Et si une domestique entrait avant qu'elle se lève, si elle la voyait ainsi, elle la soupçonnerait de mépriser un prêt pourtant très généreux. Qui préférerait se coucher dans des vêtements sales plutôt qu'accepter une main tendue ?

Elle plaqua la chemise de nuit contre son corps et constata que les petits rubans noués, qu'elle avait pris pour de simples décorations, étaient en fait des laçages. Tant mieux : elle allait au moins pouvoir ajuster le vêtement au niveau de sa poitrine et de ses hanches. Bien sûr, la dentelle ne cachait pas grand-chose de son corps, mais elle serait sous les draps et personne ne pourrait voir ses bras ou ses jambes nus. De plus, la nuit s'annonçait chaude. Si jamais elle était gênée par un courant d'air, elle pourrait toujours fermer les rideaux du baldaquin ; ce qui lui permettrait d'oublier qu'elle n'était pas emmitouflée dans sa confortable et décente chemise en flanelle.

Du moins, ce fut ce qu'elle se répéta en se préparant pour la nuit. Mais elle découvrit bien vite que la soie ne lui donnait pas du tout la même sensation que la flanelle. L'étoffe trop fine glissait sur son ventre et ses cuisses, éveillant de nouvelles sensations sur sa peau. La chemise sans manches laissait ses bras étrangement nus. Jamais encore elle n'avait pris conscience de son propre corps de cette manière. Elle avait presque l'impression de ne plus être elle-même.

En fait, elle ne s'était pas sentie elle-même depuis l'instant où Worsley l'avait soulevée de terre pour la faire basculer sur son épaule. Elle en avait été littéralement retournée. Et voilà qu'il allait l'épouser. Pire encore : elle le laissait faire. Elle avait bien conscience de la justesse des arguments qu'il invoquait. Ce mariage pourrait non seulement réparer sa réputation abîmée par l'impétuosité de Worsley, mais il réglerait aussi tous ses problèmes immédiats.

Ne lui avait-il pas promis une pension dont elle disposerait à sa guise ? Une somme qui dépasserait sans doute de loin les gages qu'elle avait espéré gagner en tant que gouvernante. Grâce à cela, elle s'assurerait que Paul et les filles puissent profiter des cours supplémentaires qui n'étaient pas inclus dans leurs frais scolaires de base ; et Timothy pourrait terminer ses études sans se soucier de ses cadets. Toute la fratrie resterait certes éparpillée à travers le pays, chacun dans son école, mais ils ne manqueraient de rien – ce qui était déjà beaucoup, étant donné que la mort de leur père les avait laissés dans la misère.

Les premiers temps, Dorothy avait pensé pouvoir veiller sur les plus jeunes comme elle l'avait toujours fait, dans une petite maison louée… Mais non. Leur père avait passé sa vie à lui répéter l'importance de ses devoirs envers sa famille, et pourtant lui-même n'avait pas rempli les siens.

Il ne s'était pas assuré de leur laisser assez d'argent pour leur permettre de vivre ensemble sous le même toit. Et, s'ils avaient pu envisager cet emploi de gouvernante pour elle, ce n'était que grâce à la générosité de quelques parents éloignés ; et ce projet n'avait rien à voir avec ce qu'elle, ou ses frères et sœurs, désiraient réellement.

À présent, en revanche, si elle parvenait à s'attirer l'affection de Worsley, elle espérait qu'il lui permettrait un jour de faire revenir Paul et les filles chez eux pour les vacances, au lieu de les envoyer chez les amis qui avaient accepté ce fardeau avec réticence.

Non, non, elle ne devait pas attendre trop de choses de ce mariage précipité. Worsley n'avait peut-être pas d'affection à lui donner. Et il n'aurait sans doute aucune envie de voir la famille de sa femme envahir sa demeure, alors qu'il rechignait déjà à abandonner ses habitudes de garçon. Depuis leur rencontre, sa réticence s'était lue dans chacun de ses gestes, dans sa manière de rester aussi éloigné d'elle que possible, dans la façon dédaigneuse dont il lui avait tendu son mouchoir pour qu'elle puisse essuyer le jus de pêche qu'elle avait bêtement laissé couler sur son menton.

De plus, elle n'avait pas arrangé l'humeur de Worsley en s'opposant à chacune de ses décisions et en dénonçant ses erreurs de jugement.

Si seulement elle avait été de ces femmes qui savent instinctivement comprendre les hommes… Hélas, ce n'était pas le cas. Dans son village, on connaissait bien sa nature indépendante – et à quoi bon essayer de lutter contre cela ? Dès dix ans, à la mort de sa mère, elle avait endossé le rôle de maîtresse de maison et s'était occupée des plus jeunes. C'était d'ailleurs ce qui avait poussé Timothy à croire qu'elle ferait une bonne gouvernante : elle ne se laissait jamais dicter sa conduite par qui que ce soit.

Seigneur… Worsley la prenait sans doute déjà pour une mégère, après son comportement de ce soir. Elle était passée d'une « nature indépendante » à l'impolitesse la plus scandaleuse. Craignait-il de devoir vivre le reste de ses jours dans le conflit ?

L'image fragile et pâle d'un bébé niché entre ses bras s'évanouit peu à peu devant ses yeux. L'idée de pouvoir avoir un jour des enfants avait peut-être été le facteur qui l'avait décidée, qui pour elle avait fait pencher la balance en faveur de ce mariage, mais elle prit soudain conscience qu'il se passerait de longues années avant qu'ils puissent envisager de fonder une famille. Ne l'avait-il pas prévenue qu'il ne serait pas « pressant » et qu'il leur faudrait du temps pour s'habituer l'un à l'autre ? Elle savait très bien ce que cela voulait dire…

Il n'envisageait pas un seul instant de partager son lit.

Quoi qu'il en soit, il était inutile de perdre son temps à penser à ce qui aurait pu arriver entre eux, dans d'autres circonstances. Elle avait toujours été dotée d'un grand sens pratique. Et, d'après son expérience, passer ses journées à rêvasser ne faisait que la rendre plus consciente de ce que les autres avaient et qu'elle ne possédait pas. Mieux valait se concentrer sur… eh bien… sur ses devoirs. Et réfléchir à la meilleure manière de les accomplir.

Aujourd'hui, donc, son premier devoir était… Oh ciel ! Elle avait tant de choses à faire, maintenant que la destinée se refermait sur elle. Si elle ne dressait pas une liste, elle risquait même d'en oublier. Il ne s'agissait pas que de commander une robe de mariée. Elle allait aussi devoir s'atteler à des tâches d'un ordre plus trivial : trouver une brosse à dents, un chapeau, des gants… Elle bâilla. Il lui faudrait aussi des bas neufs et quelques jupons ; ainsi qu'une ou deux robes, car qui savait combien de temps il faudrait à Worsley pour récupérer sa malle ?

Elle s'assurerait seulement de ne rien demander de trop coûteux à la couturière, même si son fiancé pouvait se permettre de lui offrir une nouvelle garde-robe. Elle ne voulait pas profiter de lui – en dehors de ce qu'elle faisait déjà en l'épousant. Elle décida aussi de le remercier de sa générosité en faisant tout son possible pour être la meilleure des femmes.

À force de songer à leur union, elle se mit à imaginer son trajet jusqu'à l'autel au bras de Worsley. Elle le revit tel qu'il lui était apparu la veille, quand sa silhouette s'était encadrée dans la porte, d'une si grande taille qu'il avait dû se pencher pour entrer dans la salle de l'auberge. Puis elle sentit de nouveau son estomac compressé contre l'épaule de Worsley. Elle songea à sa manière de crisper et détendre les poings tandis qu'il s'était tenu près de sa chaise, ce soir, dans la salle à manger. Enfin, elle vit sa main tendue, ferme et puissante, lorsqu'il lui avait offert son mouchoir élégant.

Cette main qu'il allait lui accorder, dans quelques jours à peine.

Elle ravala sa salive, se retourna et enfouit le visage dans l'oreiller de plumes, inhalant le parfum de propre du savon et de l'amidon. Pauvre homme. Il n'avait jamais envisagé de se marier, et voilà que ses actes impulsifs – mais bien compréhensibles, quand on savait qu'il essayait juste de protéger son naïf pupille – allaient l'enchaîner à une femme bourrue et autoritaire. Alors qu'un homme de son rang, aussi riche que lui et ressemblant à un dieu nordique avec ses yeux bleus, ses cheveux blonds et ses muscles d'acier, aurait pu s'attirer les faveurs de n'importe quelle demoiselle du pays…

D'après le peu qu'elle savait de la pensée masculine, elle n'aurait pas été étonnée d'apprendre qu'il avait profité de son départ de la salle à manger pour se jeter sur la première bouteille venue et essayer d'y noyer son chagrin.

Ce fût sur cette dernière pensée dérangeante qu'elle trouva enfin le sommeil.

Hélas, à force de songer aux mains de Worsley et de sentir la chemise en soie frotter sa peau avec sensualité, échauffée et à demi nue dans ce lit inconnu, elle fut agitée de rêves très perturbants. Des rêves impliquant les paumes à la fois rudes et tendres de son promis, qui éveillèrent en elle des désirs troublants.

Et parfaitement inconvenants.

Chapitre 8

Le lendemain matin, à son réveil, Dorothy découvrit une bonne debout près de la fenêtre de sa chambre, occupée à ouvrir les rideaux, et une autre qui venait d'entrer avec un plateau. Comme la lumière envahissait l'espace, la magnificence de la pièce la frappa. Elle avait été trop fatiguée la veille pour faire autre chose que se laver et se coucher. Le lit avait d'ailleurs été remarquablement confortable, une fois qu'elle s'était habituée à la délicatesse de sa chemise de nuit empruntée. De toute évidence, les aristocrates avaient un faible pour la soie, songea-t-elle en observant la toile élégante tendue aux murs, assortie aux coussins des sièges. Si c'était ainsi que Lord et Lady Waddesdon décoraient une simple chambre d'amis, à quoi pouvaient bien ressembler leurs appartements ?

Elle n'eut pas le temps de réfléchir sur ce point, car la domestique chargée de son plateau s'approchait du lit, laissant sur son passage une odeur appétissante qui semblait venir d'une petite théière en argent.

Du chocolat chaud !

Dorothy se mit à saliver bien malgré elle. Personne ne lui avait encore jamais apporté de chocolat au lit… Cela méritait presque de subir l'humiliation d'être chargée sur l'épaule d'un homme et jetée dans une voiture comme un vulgaire sac pour traverser le pays enveloppée dans une couverture puante.

Mais le chocolat n'était pas le seul délice qu'on lui avait préparé, ce matin. Le plateau était chargé de toasts grillés, de beurre et d'un confiturier en argent rempli à ras bord.

Cela ne fut que le point de départ de deux merveilleuses journées pendant lesquelles elle dut souvent se pincer pour s'assurer qu'elle n'était pas en train de rêver. Si tout s'était passé comme elle l'avait prévu, elle aurait dû commencer à travailler pour une famille qu'elle ne connaissait pas, dans une maison dont elle n'avait jamais entendu parler avant que la femme du marguillier vienne lui présenter le poste comme l'un des meilleurs qu'elle pourrait trouver sans expérience ou références – si elle tenait à ce point à travailler.

Au lieu de cela, Tilly fit défiler une myriade de commerçants dans sa chambre pour lui présenter un luxe d'accessoires. Dorothy se laissa vite convaincre d'acheter bien plus que les quelques éléments de base dont elle avait besoin, comme des brosses et des bas. Elle succomba à la tentation d'acquérir quelques coupons de tissus raffinés, dont elle n'aurait jamais osé rêver avant sa rencontre avec Lady Waddesdon.

— Bien entendu, vous pourrez acheter vos robes à Londres, après votre mariage, lui dit celle-ci. Mais vous ne voudriez tout de même pas avoir l'air d'un épouvantail quand je vous présenterai à mes modistes, n'est-ce pas ?

— Je ne suis pas sûre de me préoccuper à ce point de mon apparence, commença Dorothy timidement.

Hélas, Tilly n'en démordit pas.

— Vous allez faire vos débuts en société en tant que nouvelle comtesse de Worsley. Les gens vont se poser des questions au sujet de votre apparition soudaine dans la vie de Toby, c'est inévitable. Mais nous pouvons en revanche nous assurer que personne ne le soupçonne d'avoir commis une erreur en vous choisissant ! Et cela passe par une garde-robe qui clamera que vous avez votre place dans les plus hauts cercles.

Dorothy doutait de jamais se sentir réellement à sa place aux côtés de Worsley. Elle n'était pas l'épouse qu'il aurait librement choisie s'il avait *voulu* chercher une prétendante digne de son rang – ce qui n'était pas le cas. Pire encore, elle n'avait rien pour elle : elle n'était ni jolie, ni féminine, ni issue d'une famille telle que celle de son fiancé. Oui, elle allait sans doute devoir faire un effort pour paraître au moins plus élégante qu'à son habitude et ne pas lui faire honte. C'était la moindre des choses. N'avait-elle pas décidé de devenir la meilleure des épouses ?

Gardant ce vœu en tête, elle finit par acheter des tissus de teintes qu'elle n'aurait jamais portées dans son ancienne vie.

Lorsque la couturière du village vint à son tour, elle lui présenta une toilette exquise et pleine de fantaisie faite de soie ambrée.

— J'espère ne pas vous offenser, Miss, mais voici une robe que j'avais préparée pour une autre cliente, et j'ai de bonnes raisons de penser qu'elle ne viendra jamais faire ses derniers essayages. Je pourrai faire quelques petites modifications pour vous d'ici ce soir, si vous le souhaitez. En temps normal, je n'oserais jamais proposer à une amie de Lady Waddesdon une robe cousue pour une autre cliente, mais vous disiez que vous aviez un besoin urgent de nouveaux vêtements…

Dorothy fit de son mieux pour ne pas grimacer. Oh ! non pas parce que la robe avait été créée pour une autre femme, mais parce qu'elle était présentée avec une chemise et un jupon de satin jaune citron. N'était-ce pas un peu… tape-à-l'œil ?

Mais Tilly acquiesça d'un air convaincu et insista pour qu'elle l'essaie afin que la couturière puisse marquer les ajustements nécessaires. Quand Dorothy se retrouva debout devant son miroir, elle fut heureuse de ne pas avoir formulé ses doutes à voix haute.

— Oh ! s'écria Tilly en frappant dans ses mains. Ce mélange de couleurs est parfait pour vous ! Du moins, il le sera quand vous aurez un châle à draper sur vos épaules et des gants longs…

— Oui, admit Dorothy en contemplant les manches ballon un peu enfantines. Je vais devoir songer à me couvrir les bras.

— Les couvrir ? Seigneur, non ! s'écria Tilly. Vous devez les *mettre en valeur*, au contraire. Ils sont si bien formés et votre peau est si veloutée ! Je tuerais pour avoir des bras comme les vôtres, avec la mode actuelle des manches courtes. Les miens ressemblent à des ailes de poulet.

Elle se fendit d'une moue pour accentuer son propos.

Dorothy n'avait en fait jamais vraiment pensé à ses bras ou à la texture de sa peau, puisqu'elle les protégeait en général sous des couches de coton ou de lainage. Elle fut rassurée d'apprendre qu'elle n'avait pas besoin d'en avoir honte.

Plus tard, quand le flot de marchands commença à se calmer, elle demanda du papier et une plume à son hôtesse.

Il était temps pour elle d'écrire à la famille qui l'attendait depuis la veille pour expliquer… non, *s'excuser* de son absence.

Elle allait aussi devoir informer son jeune frère Paul et ses sœurs du changement radical dans ses projets : au lieu de devenir gouvernante, elle s'apprêtait à être comtesse ! Ces quelques lettres ne seraient sans doute pas trop difficiles à rédiger. Elle pourrait toujours leur donner l'impression que ce qui s'était passé était l'une de ces aventures qu'ils adoraient découvrir dans les romans, avec un héros et une héroïne qui tombent amoureux au premier regard. Son message à Timothy, en revanche, allait être plus délicat. Peut-être pourrait-elle insister sur le fait que Worsley n'avait agi que dans l'intérêt de son pupille, pour empêcher le jeune homme de conclure une alliance désastreuse ? Oui, Timothy comprendrait que l'on cède à l'impulsivité pour protéger ceux que l'on aime de leurs erreurs de jeunesse, puisque c'était exactement le rôle qu'il lui avait demandé d'assumer. Il comprendrait aussi que Worsley ait tenu à se racheter en lui proposant de l'épouser.

Du moins, elle l'espérait…

Le soir venu, on organisa un petit dîner informel, puisque Dorothy n'avait que la robe empruntée à la femme du jardinier et ne pouvait apparaître ainsi en public. Waddesdon se montra poli, mais réservé. De son côté, Tilly ne parut pas trouver l'attitude de son mari inhabituelle et entreprit de distraire l'assemblée avec son bavardage insouciant. Elle obtint même de son époux qu'il paie l'affranchissement des lettres que Dorothy avait écrites et de toutes celles qu'elle pourrait vouloir envoyer à l'avenir.

La journée du lendemain se déroula de la même manière que la première. La couturière revint pour livrer deux robes à Dorothy. Tilly insista pour que son invitée porte la toilette de soie ambrée le soir même, car on espérait voir Worsley rentrer à temps pour le repas. D'ailleurs, Dorothy avait hâte de lui montrer ce que Tilly et elle avaient réussi à accomplir en l'espace de deux jours.

— Je vous en prie, vous devez aussi laisser ma femme de chambre vous couper les cheveux et vous coiffer, déclara Tilly.

Dorothy avait déjà décidé que toute protestation serait vaine et ne répondit rien. Son hôtesse semblait beaucoup s'amuser à faire d'elle une gravure de mode, pour la rendre digne d'épouser son frère. Elle s'installa donc docilement devant sa coiffeuse tandis que la domestique s'approchait avec ses ciseaux et ses pinces.

Moins d'une demi-heure plus tard, Tilly poussa un petit cri de joie.

— Voilà ! C'est terminé.

La femme de chambre tendit un miroir à Dorothy, qui eut du mal à croire que l'image qu'il lui renvoya était bien la sienne.

Une chose était sûre : elle n'avait plus du tout l'allure d'une gouvernante. Jamais une simple domestique n'aurait porté un nuage de boucles bien dessinées lui encadrant le visage ou un chignon haut rassemblant le reste de ses cheveux en un empilement élaboré chargé d'épingles. En particulier une gouvernante qui était déjà plus grande que la plupart des hommes.

Tilly adressa un sourire approbateur à sa femme de chambre.

Tant de gentillesse à mon égard, moi qui ne suis qu'une simple invitée, songea Dorothy.

Une immense bouffée de gratitude l'envahit.

Enfin, le moment de s'habiller pour le dîner arriva. Allait-elle réellement revoir Worsley ? Elle n'avait pas encore entendu le pas de son cheval dans la cour.

D'un seul coup, une angoisse la saisit. Il pourrait très bien changer d'avis envers elle, décider de ne pas rentrer. Allait-il l'abandonner là ?

La bonne qui lui avait monté son petit déjeuner l'aida

à se préparer tandis que Tilly faisait de même dans sa propre chambre.

— Voulez-vous jeter un coup d'œil au miroir avant de descendre, Miss ? demanda la domestique, un peu nerveuse, quand elle eut terminé. C'est la première fois que j'habille une femme de votre rang, et je ne voudrais pas que vous pensiez… Je veux dire… J'espère que mon travail vous satisfera.

Elle lui fit une révérence empressée, et Dorothy soupira, gênée par l'inquiétude de la jeune femme. Elle se tourna vers le grand miroir, qu'elle n'avait plus osé regarder depuis qu'elle avait découvert, ébahie, le petit miracle que la femme de chambre avait accompli avec ses cheveux.

Elle marqua un temps d'arrêt. Les efforts de Tilly avaient clairement payé. Dorothy ressemblait à présent beaucoup plus au genre de femme que Worsley pourrait envisager d'épouser. Sa nouvelle coiffure, sa robe élégante – et hors de prix – lui donnaient l'air… Elle pencha la tête et fit de son mieux pour rester objective. Oui. Elle était *très* à la mode.

Cette idée lui donna envie d'éclater de rire. Elle était fille de vicaire, par tous les saints ! Pas une demoiselle de la haute société, même si elle avait apparemment une peau douce et veloutée. Sa transformation était due à sa toilette, rien de plus.

— Merci, Maud, dit-elle à la bonne. Vous avez très bien travaillé.

Que disait le proverbe, déjà ? « Ce sont les belles plumes qui font les beaux oiseaux » ? Elle avait peut-être l'allure d'une élégante femme du monde, mais, à l'intérieur, elle restait toujours la même. Et rien sans doute ne pourrait changer sa nature.

Elle descendit néanmoins jusqu'au salon, la tête haute et les épaules en arrière. Si Worsley n'était pas encore arrivé, elle ne voulait pas que ses hôtes puissent la croire contrariée. Et s'il était là, elle refusait de céder à l'envie de s'excuser pour avoir chamboulé sa vie. Des deux, il n'était pas le seul à avoir vu son existence bouleversée. Et s'il n'avait pas réellement tenu à l'épouser, eh bien, il n'aurait pas dû tant insister, voilà tout.

D'un autre côté, rien ne l'avait obligée à accepter son offre non plus…

Mais épouser cet homme lui permettrait d'offrir à ses frères et sœurs une vie bien plus confortable que ce qu'elle aurait pu leur apporter en restant gouvernante.

Ce n'était pourtant pas la seule raison qui l'avait poussée à céder, si ? Dès le départ, l'idée de travailler dans une autre famille l'avait perturbée. Elle n'avait pas été certaine de pouvoir s'y faire. De plus, ce mariage lui permettait d'espérer, au moins un peu, pouvoir un jour serrer dans ses bras son propre bébé…

Dès qu'elle passa la porte du salon, Tilly bondit de son fauteuil et se précipita vers elle.

— Ah, Miss Phillips ! s'écria-t-elle. Vous êtes absolument ravissante ! Waddesdon, dites-lui qu'elle est charmante.

— Vous l'êtes, bien entendu, affirma-t-il avec un petit salut poli. Mais je tiens à réitérer mon offre, Miss Phillips. Si jamais vous avez changé d'avis au sujet de cette union avec mon beau-frère, je suis prêt à vous offrir un refuge sous mon toit aussi longtemps que vous le désirerez. Après tout, qui pourrait vous en vouloir d'hésiter, après le traitement honteux qu'il vous a réservé ?

Une moue réprobatrice lui échappa, et ses narines se dilatèrent un instant.

— Ma femme trouve cet incident amusant, mais je ne peux pas prendre un tel outrage à la légère. Si tous les hommes se permettaient d'enlever des femmes avec une telle brutalité…

— Oh ! taisez-vous, mon cher, coupa Tilly. Vous allez mettre Miss Phillips mal à l'aise.

— Non, ne vous disputez pas, je vous en prie, intervint Dorothy avec douceur. Ce mariage est la meilleure chose à faire, j'en suis convaincue.

Pour elle, en tout cas. Worsley, lui, n'avait rien à gagner avec leur union… Elle avait presque l'impression de profiter de lui, mais il était hélas trop tard pour reculer. Elle devait penser à l'avenir de ses frères et sœurs, comme elle l'avait toujours fait.

— Ne vous tourmentez pas pour moi. Je ne suis pas assez fragile pour me laisser submerger par une petite mésaventure comme celle-ci. À aucun moment je n'ai eu peur de Lord Worsley. Pas vraiment, du moins. Si j'ai eu des inquiétudes, ce n'était pas à cause de lui. Je sais qu'il n'a agi que par souci pour son pupille et, comme j'ai de jeunes frères et sœurs, je comprends qu'il ait été prêt à tout pour le protéger.

— Vous voyez ? lança Tilly à son mari sur un ton de triomphe. Elle est faite pour tenir tête à mon frère. Moi, je dis que le destin les a rassemblés.

La conversation fut soudain interrompue par l'arrivée du majordome, qui vint annoncer le retour de Lord Worsley. Il ne l'avait pas abandonnée !

Le soulagement de Dorothy fut néanmoins de courte durée. Quand il pénétra dans le salon, vêtu d'un élégant costume pour la soirée, elle en eut le souffle coupé. Il était absolument magnifique. Elle savait déjà qu'il était grand et très musclé ; mais ce soir, pour une raison qu'elle ne s'expliquait pas, son regard intense posé sur elle lui fit prendre conscience de sa virilité écrasante. Et de son propre manque de féminité, de grâce… Elle était peut-être drapée de soie et de satin, coiffée comme les gravures des gazettes, mais elle restait la femme qu'elle avait toujours été. Trop grande. Trop obstinée. Trop *masculine* au regard des critères de la bonne société.

Et pourtant, elle s'apprêtait à devenir la femme de cet homme. Leurs vies allaient bientôt être unies pour toujours. Et elle ne savait rien de lui ! Était-il du genre conservateur ou en faveur de réformes ? Était-il dévot, ou bien n'entretenait-il que les apparences de la foi, comme tant d'autres ? Était-il doux ? Adepte des jeux d'argent ? Était-il un débauché ? Tilly avait mentionné à demi-mot des maîtresses aux goûts dispendieux, ce qui laissait Dorothy pencher pour cette dernière possibilité. De toute manière, elle avait souvent entendu dire que les aristocrates tendaient à entretenir de tels vices, bien plus que les classes modestes – sans doute parce que les simples travailleurs ne pouvaient pas se permettre ce genre de dépenses futiles, eux qui luttaient chaque jour pour se nourrir.

Worsley avait empêché sa sœur de s'étendre sur la nature de ses relations, ce qui pouvait malgré tout indiquer une certaine sensibilité.

Ou bien, maintenant qu'elle avait accepté sa demande en mariage, tentait-elle juste de se rassurer comme elle le pouvait ?

Chapitre 9

Sa fiancée était splendide. *Renversante, même*, songea Worsley dès qu'il passa la porte de la salle à manger.

Tilly avait trouvé à Miss Phillips une robe qui mettait en valeur sa silhouette à couper le souffle, avec un corsage croisé qui attirait le regard sur les courbes sensuelles de son décolleté. Il se souvint soudain de la poitrine généreuse qu'il avait sentie pressée contre son dos quand il l'avait portée jusqu'à sa voiture, au Blue Boar. À présent qu'il savait qu'elle allait l'épouser, il était d'ailleurs libre d'y songer à sa guise…

Il s'arracha néanmoins à sa contemplation avant de la gêner – du moins l'espérait-il – et remarqua que Waddesdon le dévisageait de haut, par-dessus l'arête fine et réprobatrice de son nez. Worsley se redressa de son mieux et lui rendit son regard, avantagé par sa stature. Tous deux s'affrontèrent ainsi en silence pendant quelques secondes, et il n'eut aucun mal à lire les pensées de son beau-frère. Ou à entendre les accusations que ce dernier retenait à grand-peine, et qu'il aurait exprimées sans hésiter si les femmes n'avaient pas été présentes.

Tilly mit fin à cette confrontation en s'approchant de Worsley pour lui déposer un petit baiser sur la joue, aussi souriante qu'à son habitude.

— Alors, qu'en penses-tu ? demanda-t-elle en indiquant d'un geste Miss Phillips qui se tenait immobile, très droite et les joues rouges. N'ai-je pas accompli un petit miracle ?

— Non, lâcha-t-il sèchement.

Elle s'était contentée de faire ressortir des qualités qui étaient *déjà* présentes en Miss Phillips. Elle l'avait vêtue d'une robe qui la mettait en valeur au lieu de la cacher. On ne pouvait pas parler de miracle…

— Toby, franchement ! Ce n'est pas très galant de ta part ! s'écria-t-elle, outrée.

De toute évidence, sa fiancée partageait ce sentiment, car elle venait de se redresser un peu plus, le menton levé et les yeux hantés par un mélange de colère et de souffrance. Voilà. C'était pour cela qu'il n'avait jamais voulu se marier. Il finissait toujours par commettre un faux pas et heurter la sensibilité des demoiselles.

Waddesdon ferma les yeux et secoua la tête d'un air atterré.

— Nous avons passé les deux derniers jours à retourner de fond en comble les ateliers de la région à la recherche des meilleures robes, nous l'avons coiffée, tout cela pour qu'elle soit belle quand elle te rejoindra à l'autel, rétorqua Tilly.

— Elle l'était déjà avant que tu la couvres de fanfreluches, répliqua-t-il avec une virulence qui réduisit sa sœur au silence. Mais j'imagine que cette toilette est plus en vogue…

— Oui. Apparemment, déclara Miss Phillips d'un ton glacial en ajustant le châle qui tenait en équilibre précaire au creux de ses coudes. Il semblerait que les couvertures de chevaux ne soient pas très prisées, cette année.

Waddesdon lâcha un bruit étouffé qui ressemblait fortement à un éclat de rire. Tilly se tourna vers lui et prit une profonde inspiration ; mais, avant que la conversation puisse devenir plus tendue, le majordome les sauva en annonçant le début du repas.

Worsley s'approcha de Miss Phillips et lui offrit poliment son bras.

— Laissez-moi vous accompagner jusqu'à la salle à manger.

Un éclair traversa le regard de Miss Phillips. Était-elle sur le point de lui répliquer qu'elle était parfaitement capable de se déplacer sans l'aide d'un homme, en particulier quand il était aussi odieux que lui ? Non, ses yeux s'attardèrent un instant sur Tilly, qui posait la main au creux du coude de son époux, et, après un bref instant d'hésitation, elle fit de même avec Worsley – non sans pincer les lèvres d'un air agacé.

Elle avait peut-être pris son bras, mais elle ne lui adressa pas le moindre regard en traversant le hall. Elle parvint même à l'ignorer quand il tira sa chaise pour elle avant de s'installer à ses côtés.

Rien de tout cela n'était vraiment étonnant. Elle n'avait pas encore eu le temps de se remettre de ses émotions, après qu'il l'avait enlevée et abandonnée comme un sac de charbon dans un coin de sa voiture, bouleversant tous les projets qu'elle avait conçus… Et elle venait de passer deux jours en compagnie de Tilly, qui n'arrêtait jamais de parler. Pour couronner le tout, il l'avait contrariée en refusant de complimenter les efforts qu'elle avait clairement faits pour paraître digne de lui. Il était directement responsable de sa fureur.

Le simple fait qu'elle accepte de s'asseoir à table avec lui au lieu de se réfugier dans sa chambre pour pleurer ou respirer des sels était une preuve supplémentaire de sa force de caractère.

Néanmoins, elle avait les joues rouges et ne cessait de jouer avec ses couverts ou de remonter le châle qui glissait de ses épaules à chaque mouvement. Elle n'était pas simplement en colère. Elle était *nerveuse.*

Il fit signe à l'un des valets de Waddesdon de remplir son verre de vin et but une gorgée pour se détendre. Il ne pouvait pas lui en vouloir de se méfier de lui, même si la rage qu'elle ressentait n'avait sans doute rien à voir avec celle qu'il nourrissait pour lui-même. Quel genre d'homme se permettait de se servir de sa force pour prendre une femme et l'entraîner sur un chemin qu'elle n'avait aucune intention de suivre ? Inutile d'essayer de se convaincre qu'il avait agi dans l'intérêt de celle qu'il avait prise pour Miss Watling, qu'il avait voulu la sauver du déshonneur en la rendant à ses parents, quitte à employer les grands moyens pour cela. Car ce n'était pas *Miss Phillips* qui avait eu besoin d'être sauvée. C'était Pansy – et, sur ce point, il avait lamentablement échoué.

D'ailleurs, il n'osait même pas espérer que sa future femme puisse un jour lui pardonner. Et, si elle essayait tout de même, en bonne fille de vicaire, elle ne partagerait probablement jamais les sentiments tendres qui naissaient déjà en lui.

Les sentiments ? Il secoua la tête, agacé. Pourquoi se voiler la face et refuser de mettre un mot sur ses émotions ? Ce qui animait son cœur en ce moment n'était certainement pas respectable – ou même simplement tendre. Il avait beau se promettre de s'assagir et de lui prouver qu'il était un gentleman, pas un sauvage, ce qu'il avait ressenti en la voyant ce soir était…

Il reposa son verre d'un geste brusque, étonné de le voir déjà vide. Et tout aussi surpris de constater que les valets avaient déposé plusieurs plats sur la table.

Il était grand temps qu'il se reprenne !

— Puis-je vous servir un peu de poulet ? demanda-t-il à Miss Phillips.

— Merci beaucoup, répondit-elle sans même lever les yeux sur lui.

Tandis qu'il remplissait son assiette, il ne put s'empêcher de remarquer qu'elle ne sentait pas le cheval, ce soir, mais le savon et le linge propre. Non pas que cela fasse la moindre différence pour lui. Seulement, cette fois, au lieu d'avoir envie de lécher du jus de pêche sur son menton, il fut saisi d'un violent désir de la nourrir lui-même pour qu'elle puisse lécher la sauce sur ses doigts.

Oh ! Seigneur ! Il fallait à tout prix qu'il trouve un moyen de se débarrasser de ces pensées indécentes ! Ou du moins, qu'il s'arrange pour que Miss Phillips ne se doute jamais des envies choquantes qui le traversaient, sans quoi, elle s'enfuirait à toutes jambes et il ne pourrait pas la blâmer pour cela. Il était peut-être soulagé d'être à ce point attiré par la femme qu'il se retrouvait contraint d'épouser, mais elle ne pensait probablement pas de même. Il était facile, pour un homme, d'imaginer partager le lit d'une belle femme. En revanche, une demoiselle bien élevée ne pouvait pas se permettre ce genre de folies avec qui que ce soit, même si elle trouvait son compagnon à son goût. De plus, elle ne lui avait encore jamais laissé supposer qu'elle était sensible à ses charmes, même un peu. Et pourquoi l'aurait-elle été ? Il était un inconnu pour elle. Un inconnu qui l'avait traitée avec une violence méprisable.

Bien au contraire, il était logique de penser que la perspective de leur mariage angoissait Miss Phillips. Quoi qu'il en soit, il devait tout de même trouver un moyen de discuter avec elle de certaines choses. Et de la tranquilliser concernant ses exigences d'époux. Certes, il la trouvait belle et pourrait sans peine envisager de rendre leur union complète, normale – en temps voulu –, mais il n'avait aucune intention de réclamer ses droits conjugaux, selon la formule consacrée, dès la fin de la cérémonie.

Durant ces deux derniers jours, tandis qu'il parcourait les routes pour achever les préparatifs du mariage, il avait passé son temps à se maudire pour sa brutalité et à chercher un moyen de se racheter. Finalement, il avait décidé de traiter Miss Phillips comme une jument sauvage et caractérielle : avec prudence. Il ne ferait aucun mouvement brusque, ne lui donnerait aucune raison d'être encore plus inquiète qu'elle ne l'était déjà. Pour pousser la comparaison, il la placerait dans un pâturage paisible et verdoyant, où elle pourrait évoluer en paix le temps de s'habituer à sa nouvelle vie. Avec un peu de chance, elle finirait par le laisser approcher et lui passer son harnais – métaphoriquement, bien sûr…

Et si ce moment devait ne jamais arriver ?

Eh bien, ce n'était pas comme s'il avait eu l'intention de se marier, n'est-ce pas ? Ils trouveraient un arrangement confortable pour mener leurs vies suivant des lignes parallèles et clairement séparées, voilà tout. Certes, cette idée n'était guère réjouissante, mais elle lui rappela durant tout le repas l'importance de se montrer poli et civilisé, ne serait-ce que pour essayer d'éviter d'en arriver là. De toute manière, avec tant de domestiques allant et venant autour de la table, il était plus prudent de se montrer courtois.

Tilly et son mari animèrent l'interminable repas, et Worsley fit de son mieux pour participer à la conversation, en dépit de son peu d'intérêt pour les sujets banals abordés à table. De son côté, Miss Phillips parla rarement, n'énonçant que quelques platitudes de circonstance quand elle le devait. Elle mangea également très peu, remarqua-t-il. Et quand Tilly lui demanda si elle avait terminé, pour se retirer avec elle au salon un moment, elle posa ses couverts avec un soupir de soulagement.

Dès que les femmes eurent quitté la pièce, le masque poli de Waddesdon s'évanouit.

— Worsley, j'ai une ou deux choses à vous dire, commença-t-il sur un ton de menace.

— Ne vous fatiguez pas : je viens déjà de passer deux jours à m'accuser de tous les vices imaginables.

— Hmmph. Néanmoins, avant de rejoindre ces dames, je tiens à…

— Je ne veux pas vous écouter, coupa Worsley en se levant de sa chaise.

Waddesdon était peut-être un peu plus âgé que lui, mais Worsley refusait de subir ses remontrances comme s'il n'était qu'un gamin désobéissant.

— La seule personne à qui je dois parler, ce soir, est Miss Phillips.

Sur ce, il rejoignit la porte, obligeant son beau-frère à lui emboîter le pas.

Ils trouvèrent Miss Phillips debout près du piano, derrière Tilly qui fouillait dans ses partitions comme si cette soirée était parfaitement normale et habituelle pour elle.

— J'espère que tu ne vas pas demander à Miss Phillips de tourner les pages pour toi, lança Worsley. J'ai besoin de discuter avec elle.

— Et tu le feras, répliqua sa sœur avec douceur. Mais je ne vois pas pourquoi nous ne pourrions pas agir de manière civilisée et…

Miss Phillips haussa un sourcil, comme si la dernière chose à laquelle elle s'attendait de la part de son fiancé était de le voir agir en être civilisé.

— Ma promise a besoin de savoir exactement ce à quoi s'attendre avec ce mariage, protesta-t-il. Je n'ai pas l'intention de la faire patienter pendant que tu t'amuses à rendre la situation encore plus compliquée.

Il se tourna vers Miss Phillips et demanda poliment :

— Accepteriez-vous de vous asseoir un moment avec moi pour que nous puissions parler de… certaines choses ?

Elle redressa vivement le menton. Allait-elle insister pour écouter Tilly jouer du piano, juste pour le provoquer ? Non, elle finit par s'avancer jusqu'à lui d'un air de défi et par s'asseoir sur l'un des sièges.

— J'ai obtenu une licence spéciale, annonça-t-il quand elle fut installée, et j'ai parlé avec le vicaire de St. Andrew, qui a accepté de nous marier dès demain. Après la visite de mon avoué, comme promis.

— Demain ? s'écria Tilly depuis sa place.

Elle referma son livre de musique d'un coup sec.

— Mais la couturière n'a pas terminé sa robe de mariée, et nous n'avons pas…

— Peu importe la toilette de Miss Phillips, coupa-t-il en jetant un coup d'œil à la tenue splendide que celle-ci portait ce soir.

Pourquoi ne pouvait-elle pas se marier ainsi ? Elle était ravissante en jaune.

Waddesdon tressaillit, puis s'assit sur l'un des divans, à l'autre bout de la pièce, et croisa les bras comme s'il s'interdisait toute intervention.

— Le temps ne joue pas en notre faveur, reprit Worsley. Plus vite nous en aurons terminé et plus vite l'annonce de notre union apparaîtra dans les colonnes de *La Gazette*, moins nous serons victimes de rumeurs malveillantes.

Sa conscience lui interdisait de laisser les gens parler dans son dos et dénigrer sa fiancée. Il était donc essentiel de régler le problème avant que l'on apprenne sa présence chez sa sœur.

— Et tu la présenteras ensuite en société ? Oh !

s'écria Tilly en frappant dans ses mains. Je serais ravie de l'accompagner ! Ce serait un vrai bonheur. Aimeriez-vous cela, Miss Phillips ?

— Hum…

Cherchait-elle un moyen de faire comprendre avec tact à Tilly que c'était bien la dernière chose qu'elle voulait ? Quelle preuve de bon sens. Après tout, elle n'avait encore jamais vécu à Londres, et il n'était pas aisé pour une jeune épouse de trouver ses repères dans une communauté si dangereuse. Surtout quand la demoiselle en question ne savait presque rien de son mari – ou plutôt, quand elle ne connaissait de lui que ses pires côtés. Après tout, il l'avait enlevée et malmenée comme un maraudeur de l'ancien temps. Elle n'avait sans doute résisté à l'envie de le gifler ou de le griffer qu'en se raccrochant à son bon sens et à son impressionnante dignité. Elle ferait un jour une comtesse remarquable, c'était certain ; du moins, si elle choisissait d'assumer pleinement ce rôle. Quoi qu'il en soit, il refusait de l'obliger à faire des choses qui lui déplaisaient – en dehors de cette histoire de mariage, bien entendu.

— Il est beaucoup trop tôt pour cela, dit-il donc. Miss Phillips aura besoin de temps et de calme pour s'habituer à sa nouvelle vie. Nous ne devons pas l'abandonner aux griffes de l'aristocratie trop tôt.

Pas avant qu'elle ait compris qu'il n'était pas une brute, en dépit des apparences…

— J'ai une langue et je peux m'en servir, vous savez, intervint-elle sèchement. J'ai aussi mes propres opinions, si jamais l'un de vous a envie de les entendre !

Elle rougit d'un coup, et baissa aussitôt la tête.

— Je vous demande pardon, c'était impoli de ma part… Je sais que vous essayez simplement de faire ce qu'il y a de mieux pour moi.

C'était vrai, mais cela ne les avait pas empêchés de tenter de régenter sa vie. Une fois de plus. La réaction de Miss Phillips éveilla en Worsley l'image d'un petit chiot effrayé qui cherchait vainement le moyen de se défendre face à un gros chien. Elle avait peur, c'était évident. Et elle se protégeait avec la seule arme à sa disposition : ses mots. Du moins, il préférait penser cela plutôt que croire qu'elle avait simplement mauvais caractère. Il espérait parvenir à s'attirer son affection, un jour, à force de la traiter convenablement ; mais, pour l'instant, aucun d'eux n'avait eu l'occasion de découvrir l'autre sous son meilleur jour. Il n'avait pu qu'entrapercevoir quelques rayons de soleil sous la rage et la froideur de celle qu'il allait épouser…

Quoi qu'il en soit, quitte à devoir se marier, il préférait que ce soit à une femme capable de défendre son propre point de vue, plutôt qu'à une demoiselle qui pleurait et faisait des caprices pour parvenir à ses fins. C'était plus honnête, plus franc, et il appréciait ces qualités.

Avec un peu de chance, quand elle aurait enfin compris qu'elle n'avait rien à craindre de lui, elle finirait par rentrer ses griffes.

Et, si ce moment devait ne jamais arriver, il n'aurait que lui-même à blâmer pour avoir fini lié à une épouse en colère.

— Ne vous excusez pas, Miss Phillips, dit Tilly. Vous venez de traverser d'atroces épreuves, et notre famille n'est pas connue pour sa délicatesse.

Elle quitta son tabouret de piano et vint poser un bras autour des épaules de sa nouvelle amie. Worsley, lui, resta debout et contempla celle-ci, se demandant toujours quel genre de caractère elle avait réellement.

— Très bien, Miss Phillips, reprit-il au bout d'un moment. Dans ce cas, laissez-moi vous exposer mes propositions et vous pourrez ensuite me donner votre opinion. Ne vous retenez pas : je peux encaisser.

Elle leva lentement la tête et le dévisagea. Un vague sourire timide se dessina au coin de ses lèvres.

— Je promets de ne pas refuser toutes vos suggestions par simple esprit de contradiction.

— Brave fille, répondit-il.

En l'entendant, Waddesdon se plaqua une main sur les yeux et secoua la tête de plus belle. Un geste inutile… À peine Worsley avait-il prononcé ces mots qu'il comprit son erreur. Le sourire de Miss Phillips s'effaça, et elle plissa les yeux d'un air agacé.

Comme ses précédentes tentatives d'excuses avaient toutes été considérées comme des offenses, il préféra enchaîner, de peur de passer la nuit à parlementer sans parvenir à quoi que ce soit.

— Ce que je vous propose, dit-il donc très vite, serait d'entamer notre vie commune à Maybush House, dans l'Essex. Nous ne serions pas très éloignés de Londres, si jamais vous souhaitez vous y rendre pour faire les boutiques, car j'ai conscience que vous n'avez pas eu assez de temps pour acquérir tous les articles dont vous avez besoin. De plus, notre éloignement n'étonnera personne, puisque la haute société se retirera bientôt à la campagne pour l'été, ou à Brighton pour profiter du bord de mer.

— Seigneur, Worsley, quelle idée lumineuse ! glissa sa sœur.

— Merci, mais ce n'est pas ton opinion que je sollicite pour le moment. J'aimerais savoir ce qu'en pense Miss Phillips.

— Je…

Elle jeta un regard hésitant à Tilly avant de revenir vers lui.

— Je pense que nous retirer à la campagne dans un premier temps serait une bonne chose.

Puis, se tournant une nouvelle fois vers la sœur de Worsley, elle ajouta :

— Plus tard, j'apprécierais que vous m'introduisiez en société. Mais je crois qu'il serait en effet plus facile pour moi de m'habituer à… euh… ma vie d'épouse loin des regards indiscrets.

— Très bien. Nous irons donc dans l'Essex. Je tiens à vous prévenir qu'il ne s'agit pas de ma plus grande propriété. Je n'y ai songé que parce que son emplacement m'a paru pratique et parce que son isolement devrait nous offrir une plus grande intimité.

Miss Phillips se redressa brusquement sur son siège.

— Pas votre plus grande… Voulez-vous dire que vous avez plus d'une maison ?

— Oui, répondit-il d'un air grave. En dehors de Maybush House, je possède une demeure à Londres, le manoir de mes ancêtres dans le Sussex, des écuries de course dans le Suffolk et deux autres maisons dans le Nord, mais elles sont louées pour le moment.

— Comment parvenez-vous à occuper toutes ces propriétés ? demanda-t-elle, les sourcils froncés.

— Je ne les occupe pas à proprement parler, mais je m'y rends de temps à autre.

— Et qui donc y vit, quand vous n'y êtes pas ?

— Juste quelques domestiques, qui entretiennent les lieux et les préparent avant mon arrivée.

Une expression indéchiffrable passa sur le visage de Miss Phillips. Ce n'était pas vraiment de l'envie, ou de l'excitation ; mais ce fut quelque chose d'étrange qui provoqua chez lui une soudaine déception. Elle ne paraissait enthousiaste à l'idée de l'épouser que lorsque était mentionnée l'étendue de sa fortune…

Au fond, n'était-ce pas ainsi que marchait le monde ? La plupart des personnes de sa condition ne se mariaient que pour s'enrichir ou obtenir un titre, une meilleure place en société. Il aurait dû être heureux de constater qu'une part de lui, au moins, éveillait chez elle autre chose que de la révulsion. Qu'une part de lui rendait la perspective de leur mariage plus acceptable à ses yeux.

Il aurait été fou d'espérer se faire aimer d'elle pour ce qu'il *était*, et non pas pour ce qu'il possédait.

Chapitre 10

L'avoué de Worsley rendit visite à Dora dès le lendemain matin, comme promis. Lorsqu'il lui annonça le montant de la rente que son fiancé envisageait de lui accorder, elle fut heureuse d'être déjà assise – surtout quand il lui expliqua que ce ne serait pas une pension annuelle, mais *trimestrielle*.

D'un seul coup, son cœur se mit à tambouriner dans sa poitrine. Elle avait l'impression de vivre un conte de fées ! Une de ces histoires enfantines où tous les vœux se réalisent à la fin.

Elle n'avait plus besoin de s'inquiéter pour le financement de cours supplémentaires pour ses frères et sœurs. Avec une telle somme à sa disposition, elle aurait presque pu leur *acheter* une école. Non pas qu'elle eût envie de faire cela, bien entendu. Néanmoins, elle serait bientôt assez riche pour économiser de belles dots pour ses sœurs et, ainsi, les empêcher de devoir travailler à leur tour, sauf si elles en avaient réellement envie. Elle pourrait même les tirer de leur triste pension pour employer une gouvernante à temps plein… Non, peut-être pas. Il fallait aussi penser à Paul, qui aurait besoin d'un précepteur… D'un autre côté, ne pourrait-elle pas également en payer un ? D'autant plus qu'il ne serait pas nécessaire de louer une maison pour eux. Worsley avait plusieurs demeures qu'il n'utilisait pas, dans tout le pays. Peut-être pourrait-elle lui demander l'usage d'une de ses maisons pour offrir à ses frères et sœurs un véritable foyer. Tenait-elle enfin sa chance de réunir sa famille entière sous le même toit ?

Encore emportée par un flot de gratitude et d'incrédulité face à cette chance inattendue, par ses espoirs et sa culpabilité d'avoir si peu à offrir à l'homme qui lui donnait déjà tant, elle se prépara pour la cérémonie. Elle flottait encore sur un nuage quand elle monta dans la voiture qui allait la conduire à l'église du village.

Elle allait entrer dans la nef au bras d'un lord, en épouser un autre, et devenir comtesse !

Oh ! si seulement sa famille avait pu assister à cela…

Si seulement son père avait encore été là pour l'accompagner jusqu'à l'autel, au lieu d'être remplacé par le sévère Lord Waddesdon.

D'un autre côté, son père n'aurait probablement pas plus approuvé cette union que son futur beau-frère par alliance. Avant de mourir, il lui avait sévèrement conseillé de ne pas songer au mariage avant d'avoir assuré l'avenir de ses sœurs.

« Tu es l'aînée. Il est de ton devoir de placer leurs besoins avant les tiens. »

Sa voix résonnait à chaque pas qu'elle faisait.

Je place leurs besoins avant les miens, se répéta-t-elle tout en marchant. En tant que comtesse, elle pourrait leur offrir une vie bien plus belle que ce que ses gages de gouvernante auraient permis.

Mais comment s'empêcher de songer à ce qu'elle aurait ressenti, si elle avait pu se rendre à l'église en compagnie d'un père qui… qui aurait simplement voulu qu'elle soit heureuse ? Pour y retrouver un fiancé dont le visage se serait illuminé en la voyant ? Si elle avait pu épouser un homme sans lequel elle n'envisageait pas de vivre, et pas un lord qui ne représentait pour elle qu'un moyen d'améliorer le quotidien de ses frères et sœurs ?

Et *elle* ? Quand donc quelqu'un placerait-il enfin ses besoins à elle en premier ?

Arrête, Dora ! Ce n'était pas comme si ce mariage la privait de choses qu'elle désirait sincèrement, au fond. Aurait-elle préféré partir dans une maison inconnue pour enseigner à des enfants qui auraient très bien pu se montrer insupportables ? Aurait-elle aimé ne plus rendre visite à ses frères et sœurs, car une gouvernante ne pouvait s'offrir le luxe d'un congé ou le prix d'un billet de diligence pour traverser tout le pays ?

D'ailleurs, devenir la femme d'un homme qui semblait tout droit sorti d'un roman, avec ses cheveux d'or, son torse puissant, ses épaules aussi larges qu'un manteau de cheminée et ses yeux d'un bleu pur n'était pas une si lourde épreuve, n'est-ce pas ? D'autant plus qu'il avait montré l'étendue de sa générosité en abandonnant sa vie de célibataire pour la sauver du scandale que son instant de folie aurait immanquablement fait naître. Ces réflexions l'aidèrent à retrouver le sourire lorsqu'elle atteignit l'autel. Elle dut même écraser une larme d'émotion sur sa joue, du bout de l'un des gants que Tilly lui avait achetés.

Son cœur battait la chamade. Quand elle leva les yeux sur son promis, elle découvrit un visage tendu, sombre et mal à l'aise. D'un seul coup, son estomac se noua et elle eut un instant peur de se sentir mal à son tour.

Le vicaire ne l'aida pas à se détendre non plus. Durant toute la cérémonie, il sembla pressé de s'enfuir et lut le texte consacré le plus rapidement possible, comme s'il espérait gagner un prix pour sa vitesse, sans se soucier du couple qui se tenait devant lui. Entre le regard froid de Lord Waddesdon, l'austérité de son promis et sa propre mauvaise conscience, elle se sentit de plus en plus gênée d'être là.

Enfin, le service s'acheva, et le vicaire les déclara mari et femme. Tilly eut à peine le temps d'enlacer Dorothy avant que Worsley prenne le bras à son épouse d'un geste autoritaire et l'entraîne vers la voiture qui les attendait déjà dehors.

Il lui avait dit qu'il comptait partir juste après la cérémonie et l'emmener dans l'Essex. Elle ne fut donc pas surprise de se voir poussée dans le véhicule – qu'elle connaissait déjà trop bien – tandis que son époux se mettait en selle, à quelques pas de là.

Cependant, elle fut stupéfaite du changement qui avait été opéré à l'intérieur de la voiture. La dernière fois qu'elle y avait été installée, aucun effort n'avait été fait pour assurer son confort. Mais cette fois, à la place de la couverture de cheval puante que Worsley lui avait jetée sans manières, elle découvrit plusieurs plaids moelleux, ainsi qu'un panier de pique-nique posé sur la seconde banquette et même quelques bouquets de fleurs attachés aux lampes éteintes et aux montants des fenêtres, emplissant l'habitacle d'un parfum suave.

Elle ne put s'empêcher de sourire. De toute évidence, Worsley tenait à lui montrer qu'il était prêt à s'amender, qu'il avait accepté ses erreurs et qu'il essayait de les corriger de son mieux.

Qui aurait pu penser qu'il cachait une nature aussi attentionnée ? Certes, elle avait déjà remarqué que ses dehors brutaux dissimulaient un grand sens moral, sans quoi il n'aurait pas proposé de l'épouser pour remédier au mal qu'il lui avait fait. Oui, cet homme préférait *agir* plutôt que parler. À moins que… Tout cela pouvait-il être le résultat des soins de Tilly ? Était-ce elle qui avait tenu à rendre la chose plus… romantique ?

Oui, c'était sans doute une conclusion plus logique. Worsley n'avait jamais voulu de femme. Comment aurait-il pu songer à la gâter ainsi ?

Mieux valait ne pas fonder trop d'espoirs sur ces fleurs et ce pique-nique. Il était inutile de se laisser emporter par des rêves délicieux, si c'était pour que son mari les anéantisse dès leur arrivée chez lui. Au contraire, elle devait lui être reconnaissante de ne pas lui en vouloir. À moins que… Elle jeta un coup d'œil par la fenêtre. Peut-être qu'il était en colère contre elle, en fin de compte. Sinon, pourquoi aurait-il choisi de faire ce trajet à cheval plutôt qu'en sa compagnie ?

D'un autre côté, il ne l'avait jamais accusée d'avoir gâché sa vie, durant leurs quelques conversations en tête à tête. Pas une seule fois. Il préférait peut-être éviter de s'enfermer avec elle dans ce véhicule pour ne pas être tenté de prononcer des paroles malheureuses. N'avait-il pas dit qu'ils allaient tous les deux avoir besoin de temps pour s'habituer à leur nouvelle existence ?

Sans doute s'y ferait-il plus vite si elle se tenait à bonne distance aussi. Sans doute apprécierait-il de ne pas passer trop de temps avec elle, pour pouvoir continuer à se comporter comme s'il n'était toujours pas marié.

Le paysage qui défilait de l'autre côté de la fenêtre se brouilla un instant devant ses yeux, mais elle se reprit vite et chassa son trouble. En toutes circonstances on pouvait trouver quelque chose de positif, elle en était convaincue. Elle n'aurait sans doute pas survécu jusqu'ici si elle ne s'était pas sans cesse rappelé qu'il n'était pas grave de ne pas pouvoir se promener quand elle le désirait ou de ne pas connaître les aventures excitantes des autres filles de son âge, car certaines familles de son village étaient bien plus à plaindre qu'elle. Elle avait toujours mangé à sa faim, avait eu un toit bien étanche au-dessus de la tête… Certes, son père avait été strict, mais il ne buvait pas, ne jouait pas, ne se montrait pas violent. Donc, même si son nouvel époux n'était pas ravi à l'idée de l'avoir pour femme, il lui épargnait au moins une vie de gouvernante, songea-t-elle. Peut-être même pourrait-elle un jour rassembler sa famille autour d'elle. C'était un motif de gratitude.

Quelques heures plus tard, on s'arrêta pour prendre soin des chevaux, et Worsley ouvrit la portière pour glisser la tête dans l'habitacle.

— Comment allez-vous ? demanda-t-il. Avec cette chaleur, je regrette de ne pas avoir choisi une voiture ouverte pour vous emmener dans l'Essex. Vous devez étouffer là-dedans… Mais j'ai pensé que vous préféreriez avoir un peu d'intimité. Depuis notre rencontre, j'ai eu l'impression que vous n'étiez pas femme à vouloir attirer l'attention sur vous, et les voisins de Tilly ne se seraient pas privés de vous dévisager sur notre passage.

Seigneur. Jamais encore elle ne l'avait entendu enchaîner autant de phrases d'un coup, ni même s'inquiéter à ce point de son bien-être. Il était temps pour elle de lui prouver qu'elle n'avait pas l'intention d'être une épouse plaintive et exigeante.

— Oui, il fait un peu chaud, mais j'ai ouvert la fenêtre. Vous voyez ?

Elle lui montra l'autre portière, dont la vitre était baissée depuis leur départ de l'église.

— Juste assez pour avoir un peu d'air sans subir la poussière de la route, précisa-t-elle.

— Oui, la terre est très sèche et dure. J'espère que les cahots ne vous gênent pas trop.

— Heureusement pour moi, je supporte très bien les voyages.

À peine eut-elle prononcé ces mots qu'elle les regretta amèrement. Ils lui rappelèrent l'inconfort de son premier trajet dans cette même voiture et, à en croire le pincement soudain des lèvres de son époux, il devait s'en souvenir aussi. Il se redressa et recula un peu.

— Je… Euh… Peut-être est-il temps d'ouvrir le panier que j'ai fait préparer pour vous par la cuisinière de Tilly. Je suis certain que vous y trouverez quelques délices, reprit-il d'un air gêné.

Il prit une profonde inspiration, comme s'il se cuirassait avant de commettre un acte très osé, puis se pencha de nouveau dans le véhicule pour soulever lui-même le couvercle du panier.

La première chose que Dorothy vit à l'intérieur fut un assortiment de pêches.

— Oh ! Vous n'avez pas oublié ! s'écria-t-elle avec un sourire timide.

Il contempla les fruits, puis la bouche de Dorothy – et parut se figer.

Dorothy se souvint alors du jus qui lui avait coulé sur le menton, dans l'auberge, et du mouchoir qu'il lui avait tendu avant de retirer sa main de peur de la toucher. De toute évidence, il devait être hanté par cette image lui aussi, car il s'écarta de nouveau avec la même brusquerie embarrassée. S'éclaircissant la voix, il retrouva sa gravité coutumière alors qu'une seconde plus tôt, il lui avait paru presque… amical.

Ciel. Il essayait de la traiter en lady, digne de tous ses égards, et la simple vue d'une pêche avait suffi à lui rappeler le rang inférieur et les mauvaises manières de sa femme. Ce n'était pas étonnant qu'il préfère l'emmener à la campagne, loin de ses pairs et de tous ceux qui pourraient la juger sévèrement. Elle comprit aussi pourquoi il avait préféré l'installer dans une voiture fermée : pour que personne ne puisse voir quelle femme il avait été contraint d'épouser… Il avait *honte* de se montrer avec elle.

Dorothy passa le reste du voyage dans une triste solitude. Elle s'était laissé séduire par les fleurs, le pique-nique, et avait perdu de vue l'amère réalité. Elle s'était pourtant bien mise en garde. Hélas, cela ne l'avait pas empêchée d'espérer que les sentiments de son époux à son égard puissent finir par s'adoucir avec le temps. Non, si elle était honnête, elle devait admettre que cet espoir n'était pas né dans la voiture. Elle avait commencé à imaginer un avenir heureux et paisible la veille, quand il avait dit qu'elle était belle. Aucun homme ne l'avait trouvée jolie, auparavant, et, même s'il avait prononcé ces mots d'une voix agacée, elle n'avait pu s'empêcher de laisser le compliment lui monter à la tête.

Elle aurait dû se douter qu'il cherchait simplement à rattraper sa remarque blessante concernant la robe jaune qu'elle avait portée. Une robe bien trop enfantine pour une femme comme elle, avec ses manches ballon ridicules, ses rubans et ses dentelles. C'était une toilette trop raffinée pour une fille de vicaire – même quand celle-ci s'apprêtait à devenir comtesse. « Une chèvre vêtue de soie reste toujours une chèvre », comme le disait le proverbe.

Elle renifla et se redressa au milieu des coussins tassés sous elle. Il était inutile de se laisser sombrer ainsi. Elle refusait de céder à ses idées noires. Elle ne tirerait aucune conclusion hâtive du comportement de son époux ou de ses remarques maladroites. Elle saurait se montrer sensée et rationnelle, comme à son habitude. Elle se rappellerait aussi que sa naissance la destinait plus à devenir gouvernante qu'épouse. Et encore moins comtesse !

Lorsqu'ils arrivèrent enfin à destination, elle fut stupéfaite de découvrir la demeure promise. Ce n'était pas du tout ce à quoi elle s'était attendue. Worsley avait décrit sa propriété comme une « petite » maison, mais le bâtiment était au moins quatre fois plus grand que le presbytère dans lequel elle avait grandi. Il s'élevait au bout d'une allée droite d'un demi-mille de long. Son architecture semblait élisabéthaine, ou peut-être jacobine, avec ses briques rouges remplaçant le bois visible sur les constructions plus anciennes, ses cheminées rondes gravées de spirales alambiquées et ses nombreuses fenêtres à petits carreaux en forme de losanges.

— Soyez la bienvenue à Maybush House, annonça Worsley en ouvrant la portière avant de lui tendre la main pour l'aider à descendre.

Elle la saisit et fut traversée par une flamme qui lui embrasa tout le corps. Oh ! Seigneur… Toutes ses bonnes résolutions s'envolèrent. Comment rester rationnelle, face à un homme aussi beau que lui ? Un homme aussi envoûtant ? Elle regretta soudain de ne pas l'avoir rencontré dans d'autres circonstances, de ne pas être mignonne, délicate, maîtresse dans l'art de s'habiller et de se coiffer.

Elle se détourna très vite de lui, de peur qu'il lise son trouble au fond de ses yeux. Elle aurait été humiliée qu'il devine son attirance pour lui, alors qu'à n'en pas douter il la considérait comme étant aussi séduisante qu'un essaim de guêpes ! En observant de nouveau la façade de la maison, elle remarqua un groupe de personnes soigneusement alignées sur les marches du perron, devant la lourde porte de chêne restée ouverte.

— Oh ! il semblerait que votre personnel soit sorti pour vous accueillir, dit-elle.

— *Notre* personnel, corrigea-t-il. Et tous ces gens ont hâte de rencontrer leur nouvelle maîtresse.

Il l'accompagna jusqu'à la maison et lui présenta Mrs Warren, une femme osseuse qui cumulait apparemment les postes de femme de charge et de cuisinière.

Après avoir salué la nouvelle comtesse, Mrs Warren lui présenta à son tour le reste du personnel. Il y avait une bonne, un garçon qui travaillait comme valet, ainsi que trois hommes plus âgés à la peau tannée qui prenaient soin des extérieurs.

— J'imagine que vous souhaiterez vous rafraîchir dans votre chambre, suggéra-t-elle ensuite, avec une réticence à peine perceptible.

Dorothy fut tentée de répondre : « Oui, si cela ne vous dérange pas trop. » Mais, si elle se montrait timide et embarrassée dès le premier instant, l'autre femme se sentirait sans doute en position de force. Dorothy était peut-être devenue comtesse par accident, mais elle refusait de laisser qui que ce soit penser qu'elle n'était pas à la hauteur. Ce n'était pas dans sa nature.

— Merci, répondit-elle donc simplement.

— Je connais bien la maison, donc je crois que je vais vous laisser entre les mains capables de Mrs Warren pour le moment, dit Worsley. Je vais m'assurer que les chevaux sont bien installés avant de vous rejoindre.

Il n'y avait que trois hommes pour s'occuper du domaine, et l'un d'entre eux au moins devait être jardinier, pas garçon d'écurie. Comme l'attelage comptait quatre chevaux, il était donc logique que son époux veuille…

Non, ce n'était pas *logique*. Son valet taciturne et un cocher l'accompagnaient. À eux deux, ils étaient certainement capables de prendre soin des bêtes sans son aide.

Elle se mordilla la lèvre. Elle avait décidé de ne pas se montrer exigeante avec lui et ne devait donc pas commencer à s'agripper à son bras juste parce que la femme de charge semblait de mauvais poil.

— Je vous verrai donc au dîner, n'est-ce pas ? murmura-t-elle d'une voix aussi confiante que possible.

— Nous servirons le repas à 18 heures, glissa Mrs Warren sans laisser à son maître le temps de répondre. Nous ne vivons pas au même rythme que les gens de la ville, ici, à Maybush House.

— Bien entendu, répondit Dorothy.

Worsley se contenta d'acquiescer et de suivre la voiture, qui disparaissait déjà au coin du bâtiment.

— Je vous ai préparé la chambre toujours utilisée par les maîtresses de cette demeure, annonça Mrs Warren en remontant jusqu'à la maison.

Sans se retourner pour voir si Dorothy la suivait, elle traversa le hall d'entrée et s'engagea dans un vaste escalier de chêne menant au couloir de l'étage habillé de bois sombre.

— Comme le veut la tradition, Lord Worsley occupera la chambre voisine, reprit-elle avec une pointe de mépris mal dissimulée. N'hésitez pas à revenir vers moi si ces dispositions ne vous conviennent pas.

Elle ouvrit une porte discrète qui se noyait dans les panneaux du mur et s'effaça pour laisser Dorothy inspecter ses nouveaux appartements.

— Nous avons trois autres chambres disponibles à cet étage et j'aurais sans doute pu les mettre en ordre, si j'avais su plus tôt que vous aviez l'intention de vous installer ici, indiqua Mrs Warren.

Trois autres chambres ? Et il ne s'agissait que du premier étage ? Cela faisait déjà un lit pour Mary, Martha et Paul !

— J'apprécierais de les voir, déclara Dorothy tandis que l'idée de fonder un réel foyer avec ses frères et sœurs ici même s'enracinait en elle.

— Je ne vais pas avoir le temps de vous les montrer aujourd'hui, répliqua sèchement Mrs Warren. Il me faut encore préparer le repas. Julie est la seule ici capable de m'aider, et si je ne garde pas un œil sur elle à chaque instant…

Elle s'interrompit le temps de prendre une profonde inspiration.

— J'ai à peine eu le loisir d'aérer ces deux pièces et d'envoyer Frinsham au village pour trouver de quoi nourrir dignement Lord Worsley, ce soir.

— Je comprends que notre décision soudaine de venir ici ait pu vous causer de l'embarras, répondit Dorothy, saisissant enfin d'où venait tant de mauvaise humeur. Mais je trouve ma chambre ravissante.

En effet, l'antique lit à baldaquin encadré par ses quatre colonnes avait un certain charme désuet. Le reste du mobilier, tout aussi solide et vieillissant – bien qu'entretenu avec soin –, donnait à l'ensemble un aspect rassurant et, par la fenêtre, on pouvait apercevoir un vaste gazon bordé par une rangée d'arbres vénérables.

— Vous pourrez me faire visiter le reste de la maison demain, poursuivit-elle, et nous en profiterons pour voir ensemble s'il convient d'embaucher plus de personnel pour vous assister pendant notre séjour.

— Hmmph, lâcha la femme de charge en croisant les bras. Je vais envoyer le garçon vous monter de l'eau pour vos ablutions. Nous dînons à 18 heures.

Pourquoi donc avait-elle tenu à le lui rappeler une nouvelle fois ? Cette femme craignait-elle qu'elle soit en retard pour le repas ? Sans plus de manières, Mrs Warren tourna les talons et quitta la chambre.

Chapitre 11

Dorothy s'était presque attendue à ce que le souper consiste en un simple poulet rôti et quelques légumes trop cuits, étant donné l'attitude réticente de Mrs Warren. Mais quand elle passa la porte de la salle à manger, à 18 heures précises, elle comprit que la femme de charge et cuisinière, aussi sèche soit-elle, savait faire honneur à ses maîtres.

La table était garnie de plusieurs tourtes, d'une fricassée de lapin et d'un jambon, ainsi que de volaille soigneusement dressée. Le tout s'accompagnait d'une impressionnante variété de légumes.

Son époux, qui était déjà là, tira une chaise pour elle et annonça :

— Je vais passer la nuit ici, si cela ne vous dérange pas. Je suis bien trop fatigué pour poursuivre ma route ce soir.

Poursuivre sa route ? N'avait-il pas dit qu'ils entameraient leur vie de couple ici, à la campagne ? *Ensemble ?* À présent, il semblait au contraire qu'il ait simplement eu l'intention de la… déposer ici en passant.

Elle prit une profonde inspiration, ravalant sa déception. Il était hors de question de se plaindre, ou d'exiger la moindre explication.

— Pourquoi cela me dérangerait-il ?

Il lui avait donné son nom, un foyer et une rente généreuse. Elle n'avait pas le droit d'exiger également son temps. D'ailleurs, elle refusait de lui réclamer quoi que ce soit, s'il n'était pas prêt à le lui offrir.

— Cette propriété vous appartient. Vous pouvez bien en faire ce que vous voulez.

— À partir de maintenant, j'aimerais que vous considériez cette demeure comme la *vôtre* également, répondit-il. Votre autorité sera reconnue comme la mienne. Dès aujourd'hui, vous êtes la maîtresse absolue de ces lieux. Me comprenez-vous ?

— Oui…

En effet, elle le comprenait très bien. Il l'abandonnait ici et n'avait sans doute pas l'intention de revenir la voir régulièrement.

Qu'il était facile, pour un homme aussi riche, de contourner l'obstacle que représentait une épouse non désirée ! Tout ce que l'on avait à faire était de l'installer dans une de ses plus « petites » propriétés, puis la laisser y vivre sa vie tandis que l'on partait ailleurs.

D'un autre côté, pourquoi lui en voulait-elle tant ? Elle avait su dès le départ qu'il n'avait pas envie de se marier avec elle – ou plutôt de se marier tout court. Jamais il n'apprécierait sa présence. Et puis… elle ne l'avait pas épousé pour cela, de toute manière !

Non, elle avait accepté sa proposition parce que c'était la meilleure solution pour elle, au vu des circonstances. C'était son unique chance de pourvoir aux besoins de ses frères et sœurs – et, dans cette maison, elle n'aurait aucun mal à y parvenir. Il y avait bien assez de place pour eux tous. Elle jeta un coup d'œil aux meubles solides et noircis par les ans qui avaient déjà survécu à des générations d'enfants agités, à en croire certaines profondes éraflures dans le bois. Oui, cette demeure serait idéale.

Plus important encore, puisqu'il insistait pour qu'elle

se rende maîtresse absolue des lieux, elle n'aurait pas besoin de lui demander sa permission avant de retirer les filles de leur école pour les faire venir ici, avec elle.

Bien sûr, il allait falloir qu'elle leur trouve une gouvernante ; mais elle allait de toute manière devoir engager plus de personnel pour soulager Mrs Warren. La pension que son époux lui accordait suffirait amplement à couvrir de telles dépenses.

Worsley se servit un peu de consommé de carottes au beurre, tandis que celle qui était son épouse depuis moins d'une journée se laissait emporter par une sorte de rêverie. Des pensées des plus agréables, à en juger par le petit sourire qui se mit à flotter sur ses lèvres. Il n'était peut-être pas très doué pour comprendre les gens – du moins, c'était ce que Tilly lui répétait souvent –, mais il n'eut aucun mal à comprendre que sa femme retrouvait sa bonne humeur pour la première fois depuis qu'ils avaient prononcé leurs vœux. Ce changement était apparu quand il lui avait annoncé son intention de partir de Maybush House et de lui laisser les rênes de la maison.

Sans doute serait-elle encore plus soulagée s'il lui confiait qu'il n'avait jamais eu l'intention de la contraindre à accomplir son devoir conjugal, alors que ce soir serait leur nuit de noces et qu'il était en droit de l'exiger d'elle… Mais ce genre de sujet n'était pas approprié à table.

Il trouverait un meilleur moment pour le lui dire. Quand ? Il n'en savait hélas rien.

De toute manière, elle comprendrait sans doute en voyant qu'il ne la rejoignait pas dans sa chambre, ce soir. Dans ce cas, pourquoi en parler et risquer d'assombrir son regard devenu si doux ? L'un d'eux, au moins, passait une bonne soirée.

— Je partirai demain dès l'aube, reprit-il. Nous ne nous verrons peut-être pas avant mon départ, si vous n'aimez pas vous lever tôt.

— Oh ?

Que voulait-elle dire par « oh » ? Elle aurait tout de même pu lui demander où il comptait aller ! Qu'elle se pose la question ou non, il décida de s'expliquer. Cela lui permettrait peut-être de remonter dans l'estime de Dorothy.

— Je m'en vais dans le Nord pour essayer de retrouver Gregory et sa… femme. En tout cas, j'espère qu'ils sont mariés, à cette heure.

Le visage de Dorothy trahit soudain une certaine inquiétude.

— J'espère que vous ne serez pas trop dur avec eux.

— Après tout le tort qu'ils nous ont fait ? Je…

Le regard de sa femme était empreint de tant de compassion qu'il sentit sa volonté faiblir.

— Oh ! très bien. Je les aborderai en douceur, puisque vous insistez.

Un franc sourire se dessina sur les lèvres de Dorothy.

— Merci.

Oh ! qu'elle était rayonnante ! On avait envie d'accomplir des miracles, rien que pour voir ce beau sourire fleurir de nouveau.

— Bref, reprit-il, si je tiens tant à les retrouver, c'est surtout pour récupérer votre malle. Vous paraissiez si triste à l'idée qu'elle ait disparu…

— Je l'étais. Oh ! merci du fond du cœur. Il n'y a aucun objet de grande valeur à l'intérieur, vous comprenez : son contenu n'a d'importance que pour moi. J'y ai glissé quelques souvenirs de ma mère. Son livre de prières, par exemple, et les gants longs qu'elle portait le soir où elle a rencontré mon père… Non pas que je puisse les mettre. Elle devait avoir des mains très fines.

Elle baissa les yeux sur les siennes d'un air frustré.

Worsley n'avait pas l'habitude de complimenter les femmes mais il comprit que c'était le moment ou jamais de parler, ne serait-ce que pour atténuer le jugement sévère qu'elle portait sur sa personne.

Réfléchis un peu, mon vieux, réfléchis !

— Je ne suis pas très sensible au charme des petites femmes fragiles, dit-il avec brusquerie. À mes yeux, vos mains sont beaucoup plus attirantes. Elles paraissent fortes et capables.

Elle le dévisagea avec une moue.

— Je vous remercie.

— On dirait que vous ne me croyez pas.

Il se laissa aller contre le dossier de sa chaise, les paumes à plat de part et d'autre de son assiette.

— Sachez que je ne dis *jamais* rien qui ne soit pas sincère. Je ne vois simplement pas l'intérêt de mentir.

— Est-ce pour cela que les gens vous trouvent impoli ? demanda-t-elle, songeuse.

— Oui, j'imagine.

Un demi-sourire se dessina au coin de la bouche de Dorothy.

— On a souvent prétendu que j'étais trop franche aussi. Pour une femme.

— Et c'est un trait qui me plaît, chez vous. Ainsi, si jamais ma présence vous dérange, je vous invite à me le signifier sans prendre de pincettes. Car je suis certain que cela arrivera tôt ou tard. Je ne suis pas doué pour les relations sociales. Je comprends très bien les chevaux, mais les humains…

Il secoua la tête.

Worsley avait pourtant cru que la soirée de la veille s'était bien passée, mais sa femme ne vint pas le saluer avant son départ. Elle n'avait clairement pas eu l'intention de bouleverser ses habitudes et de se lever aux aurores pour le voir partir.

De toute évidence, il était encore trop tôt pour espérer la voir agir en épouse. D'un autre côté, même Tilly, qui prétendait être très attachée à Lord Waddesdon, n'aurait sans doute pas quitté son lit avant 11 heures du matin pour ce dernier, même lorsqu'ils résidaient à la campagne.

Il attendait simplement trop de choses de ce mariage. Et trop vite.

Heureusement pour lui, les semaines qui suivirent le tinrent bien assez occupé pour qu'il ne pense pas à cette femme, qu'il n'avait pas prévu d'épouser. Ou pour qu'il ne se demande pas ce qu'elle allait faire de tout l'argent qu'elle avait déjà dépensé en rêve le soir juste avant son départ, au lieu d'essayer de lui parler.

Il se passa trois semaines avant qu'il ait une chance de se demander si Miss Dorothy Phillips – non, *Lady Worsley*, désormais – accepterait de le recevoir de nouveau à Maybush House. Il hésita pendant plusieurs jours. Devait-il lui écrire pour la prévenir de son arrivée ? Ou bien trouverait-elle cela trop cavalier de sa part ? Sans doute serait-il plus judicieux de lui demander la permission de venir. Mais s'il faisait ça, il risquait de recevoir une réponse qui ne lui plairait pas. Et il serait obligé de respecter la volonté de Dorothy, puisqu'il lui avait promis qu'elle serait maîtresse en sa demeure.

Bien sûr, il tenait à ce qu'elle se sente en sécurité, à ce qu'elle prenne les rênes de sa destinée. Seulement…

Bon sang ! Il n'était pas habitué à tergiverser ainsi

pendant des jours avant de prendre la moindre décision ! Il avait toujours agi selon son bon vouloir. Hélas, la vie lui avait donné une bonne leçon de prudence en le faisant bouleverser l'existence de Dorothy à tout jamais, juste parce qu'il n'avait pas pris le temps de réfléchir ou d'écouter ce qu'elle avait à lui dire.

Mais ce n'était tout de même pas la même chose, cette fois ! Il n'avait pas l'intention d'investir les lieux avec l'autorité d'un tyran. Il voulait juste la voir et s'assurer qu'elle se portait bien. L'accueil glacial que Mrs Warren avait réservé à Dorothy lui causait du souci. Il n'avait aucune envie que son épouse lutte seule face à une femme qui ne paraissait pas prête à lui obéir. Il ne voulait pas non plus qu'elle soit obligée de trouver sa place dans une maison où elle ne se sentait pas la bienvenue.

Et puis, n'était-il pas son mari, que diable ? Il avait fait vœu de la chérir, de prendre soin d'elle. Comment pourrait-il honorer sa parole en vivant dans le Suffolk alors qu'elle était dans l'Essex ?

Il fit retomber sa chope sur la table de la salle à manger et appela son majordome pour lui donner quelques ordres avant d'aller préparer lui-même son cheval. Il se mit en selle et prit la route de Maybush House sans se laisser le temps d'hésiter davantage.

Il arriva aux environs de minuit et trouva la demeure plongée dans l'obscurité. Tout le personnel devait dormir depuis longtemps. Sans doute les portes étaient-elles également verrouillées.

Il conduisit son cheval à l'écurie et le pansa lui-même. Comment sa femme réagirait-elle, s'il se mettait à tambouriner à la porte pour demander qu'on lui ouvre ? Les domestiques seraient sans doute effrayés par un tapage aussi tardif. Puis, quand il serait obligé d'admettre qu'il n'y avait eu aucune urgence, qu'il était juste venu sur un coup de tête…

Marmonnant quelques jurons dans sa barbe, il contourna la maison et découvrit bientôt une fenêtre qui céda sous ses efforts. Sans un bruit, il se faufila à l'intérieur, se déchaussa et trouva son chemin le long des couloirs à la lumière de la lune qui déversait ses rayons par les fenêtres. Il parvint sans peine à la chambre qu'il avait occupée quelques semaines plus tôt.

Sa femme devait dormir dans la pièce voisine…

Puisque personne ne l'attendait, le lit n'était évidemment pas fait. Il ne lui fallut cependant que quelques instants pour dérouler le matelas. La nuit était douce, la maison n'avait jamais été humide, ce qui voulait dire qu'il n'avait pas réellement besoin de draps. En fait, il faisait même chaud dans la chambre. Il alla ouvrir l'une des fenêtres avant de s'allonger. L'air frais de la nuit entra, portant les sons paisibles de la campagne – un hululement de chouette, le cri aigu d'une renarde…

Pour la première fois depuis qu'il avait épousé une femme destinée à travailler comme gouvernante, Worsley s'endormit sans peine. Alors que ses paupières se refermaient, il eut l'impression de sentir le poids des angoisses et des soucis s'envoler de ses épaules.

Il fut réveillé en sursaut par un bruit de verre brisé et le choc de quelque chose de lourd atterrissant sur la coiffeuse, sous la fenêtre ouverte, puis roulant au sol.

Il se redressa d'un bond, ne reconnaissant pas immédiatement la pièce dans laquelle il avait dormi et se demandant pourquoi il y faisait si clair alors qu'il était arrivé au milieu d'une nuit d'un noir d'encre. Il fit basculer ses jambes par-dessus le rebord du lit et se souvint de son voyage au clair de lune jusqu'en Essex. Sur le moment, il lui avait paru parfaitement logique d'entrer dans la maison par effraction au lieu d'annoncer simplement son arrivée. Ce qui voulait dire que la balle de cricket qui avait arrêté sa course près de ses bottes n'avait sans doute pas été lancée exprès à travers la fenêtre, pour le contrarier.

Il se pencha et la ramassa. Le seul moyen de savoir ce qui se passait ici était encore de se lever et de descendre mener son enquête. Inutile de passer la tête par la fenêtre pour essayer de voir le jardin : tout ce côté de la pièce était constellé d'éclats de verre, les restes éparpillés d'antiques carreaux Tudor détruits par l'entrée fracassante de la balle…

Il alla jusqu'à la porte avant de songer qu'il devait au moins enfiler une chemise pour se rendre présentable. Son épouse allait être assez surprise comme cela par son apparition soudaine sans qu'il l'offense davantage en passant la porte de la salle à manger nu comme un ver. Sans compter qu'il risquait de croiser la femme de charge. Cette dernière idée le poussa à prendre un instant pour enfiler également son pantalon de la veille.

Il remonta le couloir pieds nus et atteignit le hall du rez-de-chaussée en quelques secondes. La porte d'entrée était grande ouverte, tout comme celle de derrière, provoquant un frais courant d'air dans toute la maison. Il se dirigea vers l'arrière de la demeure, puisque c'était de ce côté qu'était venue la balle de cricket. Là, dehors, sur l'immense gazon, se tenaient les coupables. Trois adolescents, presque des enfants, en train de se disputer, comme les jeunes savaient si bien le faire après avoir provoqué une catastrophe.

Worsley quitta l'ombre du porche et s'avança vers eux d'un pas vif.

— Qui est responsable de ceci ?

Tout en marchant, il lançait la balle en l'air et la rattrapait, pour bien leur montrer de quoi il parlait.

Le groupe se scinda immédiatement en trois. Il y avait là deux filles vêtues de tabliers et un garçon maigrichon. Ce dernier se redressa d'un air soupçonneux et fit barrage de son corps devant les filles.

— Excusez-moi, dit-il, mais qui êtes-vous ? Et que faites-vous dans la maison de ma sœur ?

— Je vous renvoie la question : qui êtes-vous et que faites-vous sur *ma* propriété ?

Avant que l'adolescent ait pu balbutier des excuses, un pas précipité retentit derrière Worsley.

— Oh ! vous êtes là ? demanda une voix essoufflée.

La voix de sa femme. Il se retourna et la vit traverser la pelouse en courant, les traits tendus par une angoisse évidente. Il remarqua immédiatement qu'elle portait la même robe que le soir de leur rencontre, celle qui lui donnait des allures de gouvernante. Avait-elle décidé de poursuivre sa profession et se servait-elle de cette maison comme d'une école ?

— Je suis vraiment désolée, dit-elle en posant une main douce sur le bras de Worsley. Vous m'avez dit de faire de cette demeure ce qu'il me plaisait et de la considérer comme mon foyer…

Oui, il avait promis cela. Mais, pour une étrange raison, il eut du mal à lui répondre. La seule pensée qui tournait dans sa tête était qu'elle venait de le toucher volontairement pour la toute première fois. Et c'était… Il relâcha lourdement son souffle. Cela aurait été plus agréable si elle l'avait effleuré par amour, ou par désir – et pas uniquement pour le calmer.

— Voici mes sœurs et l'un de mes frères, expliqua-t-elle

avant de se tourner vers les enfants. Venez, présentez-vous à mon époux.

Ils s'approchèrent timidement, et Worsley constata qu'ils avaient les mêmes yeux que leur aînée, même si leur ressemblance s'arrêtait là.

— Mary a quatorze ans. Paul, mon frère, en a treize et Martha, presque onze.

Le garçon boudeur et les deux filles le saluèrent poliment.

— Maintenant, reprit leur sœur, excusez-vous pour... ce que vous avez fait pour que Lord Worsley se retrouve avec votre balle. Oh ! Seigneur ! Ont-ils brisé une fenêtre ? Je leur ai pourtant dit de ne pas jouer si près de la maison !

— Non, ils n'ont pas brisé de fenêtre.

Pas au sens strict du terme... Leur tir maladroit avait juste fait voler quelques carreaux en éclats.

— La balle est néanmoins passée par la fenêtre ouverte de ma chambre et m'a réveillé.

— Oh ! mon Dieu ! s'écria-t-elle en se plaquant une main contre les lèvres. J'espère que vous n'êtes pas blessé.

Elle parut vouloir le palper à la recherche de bosses mais elle se figea d'un coup, les doigts à quelques pouces de son torse. Il regretta soudain d'avoir enfilé sa chemise, ou qu'elle se soit rendu compte trop tôt de la familiarité de son geste.

— Nous sommes désolés, Dora, dit la plus âgée des filles.

Mary, se rappela Worsley. Elle s'appelait Mary.

— Nous ne pensions pas avoir atteint la maison. Nous avons placé nos buts là-bas, près du grand cèdre.

Tout en parlant, elle indiqua l'autre bout de la pelouse.

Dora. Il aimait bien ce nom... Ces deux syllabes correspondaient étrangement à sa femme. De plus, maintenant qu'ils étaient mariés, il lui était devenu impossible de penser à elle comme « Miss Phillips ». Et il n'arrivait pas non plus à la voir sous les traits de Lady Worsley – pour lui, ce titre reviendrait toujours à sa mère.

— Dans ce cas, pourquoi avez-vous visé dans cette direction ? demanda Dorothy d'un air exaspéré. Si vous aviez seulement pris la peine de vous placer dans l'autre sens…

— La balle aurait terminé au fond du jardin, acheva Worsley en examinant l'allée qui séparait le gazon du reste de la propriété.

— Ou dans l'étang, précisa le garçon.

Paul.

— On a déjà perdu des heures à patauger dedans pour repêcher nos balles, ajouta-t-il avec une moue boudeuse, et on en ressort toujours couverts de vase. Après, tu nous grondes pour avoir sali nos vêtements !

Ah, oui. Worsley avait oublié l'étang. Tout comme les jardiniers, sans doute, s'il était envahi à ce point par la vase…

Il jeta un coup d'œil aux buts de fortune érigés sous le cèdre et haussa les sourcils.

— As-tu vraiment réussi à atteindre la fenêtre de ma chambre depuis cette distance ? demanda-t-il à Paul.

— Ce n'était pas moi, milord. C'était Mary.

Il se tourna vers la plus grande des filles, qui tenait en effet sa batte à la main. Elle redressa le menton dans un geste qui rappelait tellement Dorothy que l'on ne pouvait plus douter de leur parenté.

— J'imagine que vous allez refuser de le croire, dit-elle. Que j'essaie de protéger mon frère, ou une sottise de ce genre. Comme si les filles n'étaient pas capables de frapper une balle aussi bien qu'un garçon.

— Je n'allais rien dire de tel, répondit-il, amusé par sa véhémence.

Elle l'avait attaqué de front, sans écouter son avis sur la question. Un trait de famille, sans doute.

— J'allais juste vous suggérer d'utiliser des balles de tennis pour jouer si près de la maison. Elles sont assez molles pour ne pas causer de dégâts.

— Nous n'en avons pas, répliqua Mary.

— Dans ce cas, j'en ferai venir une pleine caisse de Londres.

Dorothy poussa un petit cri désemparé.

— Oh ! pourquoi n'y ai-je pas pensé plus tôt ?

Les filles accueillirent sa suggestion avec un grand sourire ; mais leur frère, clairement décidé à détester Worsley et à ne pas lui accorder la moindre confiance, secoua la tête.

— Ce serait encore pire. Des balles de tennis rouleraient plus loin et nous passerions des heures à les chercher.

— Je vois. Peut-être devrais-je aussi vous offrir un chien. Un labrador, par exemple…

En un éclair, le visage du garçon s'illumina.

— Un chien ? J'ai toujours voulu un chien !

Worsley avait toujours été fasciné par la rapidité avec laquelle un garçon pouvait retrouver le sourire. Avec Gregory, cela avait toujours été la même chose : la promesse d'un chiot, d'un chien de chasse ou, plus tard, d'un nouveau fusil était arrivée à bout de tous ses caprices.

— Si vous tenez à les soudoyer en leur offrant un chien, autant leur promettre un terrier, intervint Dorothy sèchement.

Il n'essayait pas de les soudoyer ! Il tentait juste d'agir en… grand frère. Après tout, ils étaient sa famille par alliance. Ce qui voulait dire qu'il devait s'assurer de leur bien-être. En fait, il y *tenait*. Tout comme il avait souhaité rendre son jeune cousin heureux quand celui-ci était arrivé à Brinkley Court, orphelin et solitaire. Il avait même espéré lui proposer la main de l'une de ses sœurs, en temps voulu.

— Dora, s'il te plaît, dis oui ! On aimerait tant avoir un chien, supplia la plus petite des deux filles, qui s'était jusqu'à présent tenue à l'écart pour observer Worsley avec méfiance.

D'un seul coup, il comprit son erreur. Il avait beau s'être juré d'améliorer son comportement, voilà qu'il imposait sa volonté à sa femme. *Encore.* Pire, il interférait dans des affaires familiales qui ne le concernaient pas vraiment, sans même lui demander son avis.

Hélas, il n'eut pas le temps de songer à des excuses. Elle soupira, le prenant de court, et se massa la tempe d'un air las.

— Si Worsley est assez bon pour vous acheter un chien, ou plutôt *des* chiens, car je pense vraiment que nous aurions bien besoin d'un terrier pour s'occuper des rats…

— Des rats ?

Il y avait *des rats* sur sa propriété ? Avait-il abandonné son épouse dans une demeure infestée de rongeurs ? Ne pouvait-il donc rien faire de bien pour elle ?

— Oui, il y en a quelques-uns dans les lambris, dit-elle. Du moins, je crois que ce sont des rats. Nous les entendons cavaler, la nuit.

Worsley était stupéfait. Elle ne lui avait pas écrit pour se plaindre de l'état de la demeure, de ses promesses vides, de sa goujaterie – qu'elle avait pu constater dès leur première rencontre – ou pour lui dire qu'elle regrettait de l'avoir épousé…

Le garçon les dévisageait toujours d'un air soupçonneux, son regard passant de l'un à l'autre.

— Mais sous quelles conditions aurons-nous droit à un chien chacun ? demanda-t-il.

— Personne n'a parlé d'un chien pour *chacun* d'entre

vous ! répliqua Dorothy. *Un* labrador et *un* terrier nous suffiront amplement. Et, puisque tu poses la question, j'allais vous faire promettre de vous en occuper vous-mêmes et de les dresser convenablement.

— C'est juré ! s'écrièrent-ils tous en chœur.

— Je ne vous crois pas, soupira-t-elle, non sans laisser échapper un petit sourire attendri. Du moins, vous le ferez peut-être au début, mais qu'en sera-t-il quand vous retournerez à l'école ? J'en serai responsable en votre absence.

— Mais tu as dit que nous ne serions pas obligés de retourner à l'école, protesta Mary, la plus grande. Tu as dit que tu engagerais une gouvernante, si nous le voulions. Et on préférerait de loin rester ici plutôt qu'à Bowden !

— Je vais y réfléchir, répondit Dorothy. Maintenant, rentrez et allez vous laver les mains. Le petit déjeuner sera bientôt servi.

Alors que les adolescents se détournaient déjà, elle rappela Mary.

— Donne-moi aussi cette batte, dit-elle, comme si elle la soupçonnait de vouloir causer plus de dégâts à l'intérieur.

Le trio ne protesta pas davantage. De toute évidence, la perspective d'avoir un chien et de ne pas être contraints de retourner dans leurs écoles respectives suffit à les convaincre de ne pas exaspérer leur aînée. Sans doute avaient-ils peur qu'elle revienne sur sa parole.

Une fois qu'ils eurent sagement disparu dans la maison, Worsley et Dorothy se contemplèrent un moment en silence. Il lui fallut un instant avant de se rendre compte avec horreur qu'il n'était toujours pas habillé convenablement. En fait, il ne portait presque rien sur lui.

— Je… euh… Je m'excuse d'être sorti dans une tenue aussi inconvenante, commença-t-il.

Elle rougit.

— Au moins, vous avez pris le temps d'enfiler un

pantalon, et je vous en remercie. Pour la pudeur de mes sœurs, bien sûr.

Son regard se fit plus insistant, interrogateur. Worsley ne put s'empêcher de crisper les orteils dans l'herbe tondue. Son mouvement attira l'attention de sa femme, qui rougit de plus belle.

Intéressant…

Chapitre 12

— Je vous remercie également de ne pas vous être emporté contre mon frère et mes sœurs, ajouta Dorothy en pressant la batte contre sa poitrine comme un bouclier. Je suis sûr que votre réveil brutal n'a pas été des plus agréables, et je sais qu'avant leur petit déjeuner, la plupart des hommes sont…

Elle s'interrompit d'un air entendu, comme si elle avait l'habitude de côtoyer beaucoup d'hommes au saut du lit. Worsley se demanda soudain quelles expériences son épouse avait bien pu connaître avant leur mariage – et cette interrogation le mit un peu mal à l'aise.

— Je veux dire que mon père… Eh bien, nous avons souvent dû nous faire très discrets pour ne pas le contrarier, le matin.

En entendant cela, Worsley sentit un poids quitter ses épaules.

— J'étais en colère au début, c'est vrai, admit-il. Inutile de vous le cacher. Mais, quand je les ai vus ensemble, l'air si coupable avec cette batte de cricket bien en évidence dans la main de votre sœur, je n'ai pas pu m'empêcher de songer à ma propre enfance. À ces moments où j'avais moi-même une batte et une balle, mais si peu d'espace pour jouer.

Et personne avec qui jouer, surtout, songea-t-il sans le dire.

— Je ne dirais pas que cette pelouse est petite, gloussa-t-elle. Je pensais au contraire qu'elle leur offrirait un terrain idéal pour se défouler avant de manger.

Il jeta un coup d'œil au grand cèdre, puis à la fenêtre de sa chambre.

— J'ai aussi été impressionné par la puissance du tir, pour être honnête. Je n'aurais pas cru que l'on puisse atteindre la maison d'aussi loin. C'est un exploit.

— Surtout pour une fille, c'est ça ?

— Non, pour n'importe qui. La précision qu'il a fallu pour que la balle passe entre les battants de la fenêtre ouverte…

— Ils ne l'ont pas fait exprès ! protesta-t-elle, comme pour les défendre.

— Non… J'imagine que c'est impossible, répondit-il en faisant rebondir la balle dans sa main. Ce serait un véritable miracle.

Dorothy regarda soudain par-dessus son épaule, d'un côté puis de l'autre, avant de s'approcher de lui.

— Voulez-vous essayer… ? demanda-t-elle dans un murmure à peine audible. Pendant que personne ne nous voit ?

Il baissa les yeux sur ses lèvres. Oh oui, il le voulait ! Il avait envie de l'embrasser depuis le jour de leur rencontre. Et quand elle avait mordu dans cette pêche, à l'auberge…

— Les chambres des enfants sont toutes de l'autre côté de la maison et Mrs Warren doit être trop occupée avec la préparation du petit déjeuner pour nous espionner.

Le cœur de Worsley se mit à battre plus fort. Il fit un pas vers elle, les muscles tendus.

— Êtes-vous certaine de vouloir le faire ? Cela ne vous choque pas ?

Elle lui adressa un sourire complice, presque conspirateur.

— Bien sûr que non ! D'après mon expérience, aucun homme ne peut voir une jeune fille accomplir un exploit sportif sans brûler d'envie de prouver qu'il est capable de la surpasser.

Du sport ? Une jeune fille ? De quoi parlait-elle ?

— À moins que vous trouviez cela… infantile, ajouta-t-elle en baissant soudain les yeux, les joues empourprées. Vous avez raison. Oubliez ce que je viens de vous dire. C'est juste que parfois – oh, pas souvent – mes responsabilités me lassent. J'aimerais pouvoir me permettre de jouer au cricket de temps à autre, pour oublier les comptes de la maison ou les menus de la semaine. C'est ridicule, je sais.

Son visage trahissait une telle tristesse que Worsley en fut ému…

Du cricket. Elle voulait jouer au cricket.

D'accord. Ils étaient partis de deux idées opposées… Mais maintenant qu'il devinait son envie de lancer une balle jusqu'à sa chambre comme Mary l'avait fait, il comprenait parfaitement pourquoi elle avait suggéré cela. Qui aurait pu deviner qu'elle cachait un caractère aussi joueur ? Non pas que cela le dérangeât. Bien au contraire. À ses yeux, c'était une qualité précieuse : il ne supportait pas les femmes qui se prenaient trop au sérieux.

Plus important encore, il appréciait qu'elle ait osé assumer son désir de se détendre, au risque de paraître immature aux yeux de son mari. Cela prouvait qu'elle avait confiance en lui – au moins un peu. Elle ne craignait pas qu'il se moque d'elle. Pourtant, après leur rencontre si chaotique, elle aurait pu présumer qu'il se montrerait brutal ou insensible.

Parfait. Le moment était venu de la conforter dans son opinion positive et de céder à sa petite lubie du moment. N'avait-il pas lui-même passé son enfance à regretter de ne pas avoir d'ami avec qui jouer au cricket ? Certes, il n'était plus un petit garçon et, en ce qui concernait Dorothy, il était tenté par des activités d'un genre très différent, mais…

— Si vous étiez un homme, vous ne trouveriez pas cela infantile, dit-il. En fait, nous serions certainement déjà en train de parier sur le premier qui réussira à atteindre ma fenêtre depuis le pied du cèdre.

Le visage de Dorothy s'illumina.

— Je le savais ! J'avais deviné que vous aviez envie d'essayer ! Venez.

Elle retroussa ses jupes et courut vers les buts. Worsley la suivit, admirant l'ondulation de ses hanches et le mouvement de ses jambes. Il trouva presque la distance trop courte à son goût…

— Préférez-vous lancer ou frapper ? demanda-t-il en atteignant l'arbre.

Elle contempla un instant ses épaules et ses bras, puis répondit :

— Je crois que vous avez une meilleure chance que moi d'atteindre cette fenêtre. Je vais lancer.

Elle lui tendit la batte.

— Très bien, répondit-il avec un sourire, incapable de s'empêcher d'ajouter : Savez-vous que je ne vous aurais jamais prise pour une personne aussi malicieuse, le soir où je vous ai jetée dans ma voiture, rageuse et révoltée ?

— Si je n'avais pas été ainsi, je vous aurais contraint à m'écouter bien avant que nous ayons atteint Coventry…

Elle se tut d'un seul coup et se figea, les yeux écarquillés.

— Voulez-vous dire que vous avez passé la nuit à vous moquer secrètement de ma bêtise ?

— Euh, non… Pas *toute* la nuit, en tout cas.

Elle rougit de nouveau.

— J'avoue que je n'ai pas pu m'empêcher de trouver la

situation assez cocasse. Vous m'avez prise pour le genre de femme capable d'ensorceler un jeune homme au point de le convaincre de faire une fugue. Moi ! Et je portais cette vieille robe, en plus !

Elle indiqua sa toilette si sobre. Oui, il se disait bien qu'il l'avait reconnue…

— J'imagine sans peine qu'un homme puisse vouloir vous épouser, quoi qu'il en coûte, protesta-t-il.

Il n'aimait pas la voir se rabaisser à ce point en permanence.

— Et votre robe n'entre pas en ligne de compte. Les hommes qui s'arrêtent ainsi à l'apparence sont… Je veux dire que votre toilette n'a aucune importance.

— Oui, vous me l'avez bien fait comprendre en m'empêchant de porter une vraie robe de mariée, répondit-elle avec une petite moue.

— Et je crois vous avoir expliqué que je vous admire depuis le début…

Elle se fendit d'une grimace méprisante.

— Vous avez cru que j'étais une manipulatrice !

— Non. Enfin…

Si, il l'avait pensé pendant un instant. Sans cela, il ne l'aurait jamais enfermée dans sa voiture.

— C'est que…

— Je vous en supplie, ne dites plus rien. Chaque mot vous éloigne davantage de la vérité. Je sais bien que je ne suis qu'une grande perche. Quand les hommes me voient, ils… Peu importe ! murmura-t-elle d'un air sombre. La seule chose qui m'a sauvée, dans la vie, est mon autodérision. D'après mes frères, c'est l'unique trait de mon caractère qui me rend supportable : je suis capable de voir le côté amusant de toute chose.

— Je suis certain que vous êtes loin d'être insupportable, Dorothy !

— Peut-être parce que vous n'avez pas encore essayé d'habiter sous le même toit que moi, répliqua-t-elle avant de prendre une profonde inspiration. Nous devrions nous arrêter là et jouer. Donnez-moi cette balle.

Elle tendit une main impérieuse et Worsley s'exécuta sans mot dire. S'il avait réussi à se hisser un peu plus haut dans l'estime de son épouse, ses dernières paroles avaient clairement gâché tous ses efforts.

— Êtes-vous prêt ?

Elle jeta la balle en l'air une fois ou deux et la rattrapa, pour s'habituer à son poids.

Worsley, de son côté, s'exerça avec la batte pour affiner son mouvement.

— Allez-y, dit-il en prenant position.

Elle recula de quelques pas, puis lança la balle d'une manière qui parut à Worsley assez étrange : une courte course, suivie d'un ample mouvement du bras par-dessus son épaule. Elle ne visa pas avec une grande précision, mais, quand il s'écarta pour frapper, il se rendit compte que la balle arrivait sur lui avec une puissance étonnante de la part d'une femme.

Le projectile percuta la batte avec un craquement sonore et s'envola vers la maison… pour heurter la fenêtre voisine de la sienne.

Celle-ci avait beau être fermée, elle ne résista pas à la violence de l'impact. Les joints de plomb des vitres se déformèrent et, au moment même où la balle venait rebondir sur la terre meuble, sous les persiennes de la salle à manger, plusieurs carreaux en losange la suivirent.

Dorothy se plaqua une main sur la bouche.

— Nous avons cassé une autre fenêtre, dit-elle d'un air horrifié. Que va dire Mrs Warren ?

— Son opinion n'a aucune importance, répondit tranquillement Worsley. J'allais appeler un artisan pour réparer les dégâts que j'ai causés dans le cellier en entrant cette nuit, de toute manière. Et la fenêtre de ma chambre… Réparer une vitre de plus ne devrait pas changer grand-chose pour lui.

— Non. Mais si les enfants se rendent compte que nous détruisons les fenêtres sans nous gêner, comment vais-je les convaincre de faire plus attention ?

Elle lui arracha la batte avec contrariété.

— Voilà ce qui arrive, quand on se laisse aller à faire n'importe quoi, reprit-elle sèchement. D'ailleurs, il est grand temps que j'aille superviser la préparation du petit déjeuner. Nous avons assez joué comme cela.

— Je vais m'habiller et je vous rejoindrai en bas.

Une fois de plus, il prit conscience de sa tenue négligée. Il ne s'était même pas rasé ! Il se passa une main sur le menton et les joues. Il n'osait même pas imaginer à quoi pouvaient bien ressembler ses favoris.

— Une petite remarque, Worsley, dit Dorothy en suivant des yeux son mouvement. Ou plutôt non : une demande… Pourriez-vous ne pas passer trop de temps à votre toilette ? Nous… euh… essayons de prendre nos repas à heures fixes.

Il fronça les sourcils, surpris.

— Mrs Warren fait encore des siennes concernant l'horaire des repas, n'est-ce pas ? Je ne pensais pas qu'elle serait aussi stricte. Croyez-moi, je n'avais pas l'intention de vous laisser affronter seule des domestiques qui ne vous servent pas comme vous le méritez.

— Euh… Non, ce n'est pas cela. J'ai bien eu quelques soucis avec eux, mais… ce n'est pas le moment de parler de tout ça.

Vraiment, il avait bien fait de revenir à Maybush House plus tôt que prévu. De toute évidence, sa femme avait dû gérer des problèmes de rats, un personnel réticent et une telle montagne de tâches qu'elle n'avait même pas pris le temps de profiter du jardin pour respirer un peu de bon air. Il allait avoir beaucoup d'affaires à régler, s'il voulait remettre la maison en ordre de marche.

— Dans ce cas, je tiens à ce que nous ayons une longue discussion à ce sujet après le petit déjeuner, si vous le voulez bien, dit-il fermement.

Et, comme il devinait déjà qu'il allait devoir s'excuser pour bien des choses et lui livrer des explications que les enfants ne devaient pas entendre, il ajouta :

— En privé.

— Comme vous le souhaitez, répondit-elle d'un ton cassant qui laissait supposer que de son côté ce n'était pas *du tout* ce qu'elle désirait. Nous pourrions parler en nous promenant dans les jardins.

Elle indiqua d'un geste le domaine, quasiment laissé à l'abandon.

— Nous pourrions faire un tour dans le parc. La journée devrait être belle, et je vous promets que personne ne nous dérangera là-bas, si tôt dans la matinée.

Non, en effet, et certainement pas les jardiniers, à en croire l'état pitoyable de ce qui aurait dû être un agencement formel de bosquets et d'allées.

Une conversation. Une longue conversation en privé. Dorothy n'était pas certaine d'apprécier cette idée. Bien sûr, d'un point de vue purement rationnel, Worsley et elle allaient sans doute avoir besoin de parler de certaines choses, tôt ou tard. Ils n'avaient encore jamais abordé la question de leur avenir – ou quoi que ce soit d'autre, d'ailleurs. Et puis, même s'il avait pris le temps d'échanger quelques mots avec elle, qu'auraient-ils pu se dire ? Elle n'avait aucune idée du tour qu'une discussion entre eux pourrait prendre, et cela la rendait un peu nerveuse.

Néanmoins, la longue absence de son époux lui avait clairement donné matière à réfléchir, et ce dernier semblait avoir pris quelques décisions importantes. Sinon, pourquoi serait-il revenu ? Il était là pour lui expliquer ce qu'il attendait d'elle, c'était certain.

Quoi qu'il ait à lui dire, elle était d'accord avec lui sur un point : mieux valait tenir les enfants éloignés du jardin pour la matinée. Si jamais elle était troublée par leur conversation, ou contrariée – ou si lui-même élevait la voix –, elle ne voulait pas que son frère et ses sœurs les entendent. Tant que ces derniers vivraient à Maybush House, elle tenait à ce qu'ils ne connaissent que jeux et bonne humeur : ils le méritaient bien. Il était hors de question qu'ils surprennent leur grande sœur en pleine dispute avec un mari qu'elle avait, selon ses propres mensonges, séduit au premier regard. Un mari qui montrait déjà des signes de générosité à leur encontre, en dépit de leurs sottises.

Après le petit déjeuner, elle encouragea donc Paul et les filles à aller jouer dans le bois. Ils ne se firent pas prier. Le seul fait d'apprendre que leur aînée ne désapprouverait pas les poussa à quitter la pièce à la vitesse d'un boulet de canon, tout en criant leur joie sur leur passage.

Worsley les regarda faire avec un petit sourire amusé. C'était un signe encourageant… Plus elle en apprenait au sujet de son nouvel époux, plus elle était convaincue qu'il était un homme bon. Il aurait pourtant eu le droit de se montrer bougon, surtout après le réveil brutal qu'il avait subi, ou l'inconfort dans lequel il avait été contraint de passer la nuit. Elle avait jeté un coup d'œil dans la chambre de Worsley, un peu plus tôt, pour voir l'étendue des dégâts, et avait été choquée de constater qu'en plus de la fenêtre brisée, son mari avait dû dormir sur un matelas nu. Pourtant, en dépit de tout cela, il n'avait pas crié sur les enfants et avait au contraire essayé d'égaler l'exploit sportif de Mary, songea Dorothy. Ce qui signifiait que sa propre chambre avait également une fenêtre cassée, désormais…

Il avait également écouté sans protester sa petite mise en garde concernant l'heure des repas, était descendu dans la salle à manger avec une ponctualité surprenante, habillé et rasé de frais. Il s'était peut-être montré un peu réservé à table, mais avait présidé au petit déjeuner de bonne grâce malgré tout.

Il se leva et s'approcha d'elle pour lui tendre le bras d'un air étonnamment sombre.

— Y allons-nous ?

Oh ! ciel. Cette conversation ne semblait pas l'enchanter plus qu'elle, bien au contraire. Mais, s'il parvenait à agir en gentleman, elle pouvait au moins faire un effort pour se comporter en lady. Ce n'était plus le moment de hausser la voix ou de le pousser à briser des vitres…

— Je suis prête, dit-elle donc en quittant sa chaise.

Elle posa la main sur la manche de Worsley mais ne put se résoudre à croiser son regard. Que pensait-il d'elle, après ce début de matinée si inattendu ?

Ils sortirent dans les jardins par la porte de derrière, et elle leva les yeux pour admirer le bleu pur du ciel. La journée s'annonçait délicieuse. Une légère brise estivale soufflait, rafraîchissant juste assez la campagne pour rendre la chaleur supportable et jouant avec quelques cheveux échappés du chignon que Dorothy avait noué à la hâte en se levant. Elle repoussa ses mèches rebelles derrière son oreille, regrettant pendant un instant de ne pas avoir insisté pour monter chercher un chapeau dans sa chambre. N'aurait-elle pas donné l'impression de vouloir gagner du temps avant leur confrontation ? Ou bien son époux aurait-il au contraire songé qu'elle apprenait enfin à tenir dignement son rang de comtesse ?

Elle soupira. En temps normal, rien ne lui aurait fait plus plaisir que de se promener ainsi dans les jardins, en fin de matinée, pour découvrir les plates-bandes enfouies sous les mauvaises herbes et tenter de deviner lesquelles de ces fleurs chamarrées étaient des descendantes des plantes originelles installées le long des allées. Mais aujourd'hui, elle avait l'impression de sentir un lourd nuage orageux peser au-dessus de sa tête. La faute à cette fameuse conversation que Worsley tenait tant à avoir. Une future discussion qui le rendait déjà grave et sévère, remarqua-t-elle quand elle osa enfin lever les yeux vers lui.

Pouvait-elle tenter d'atténuer la violence de leur inévitable dispute en prenant les devants et en le brossant dans le sens du poil ?

Non, cela ne fonctionnerait sans doute pas. Tout d'abord parce qu'elle ne savait absolument pas comment s'y prendre, étant donné que, de toute sa vie, elle n'avait jamais cédé à la facilité en recourant à de vaines flatteries. Et parce que son époux percerait sa ruse en quelques secondes : il n'avait de toute évidence rien d'un imbécile, et elle mentait très mal…

Elle n'avait donc plus qu'une chose à faire. S'excuser. Non pas qu'elle eût l'habitude de faire cela non plus. Elle était néanmoins navrée, c'était vrai, de voir dans quelles conditions indignes il avait dû passer la nuit.

— Je vous demande pardon, au sujet de votre chambre, dit-elle donc avec sincérité. Je ne savais pas que vous aviez l'intention de revenir. Si j'avais été prévenue de votre arrivée, j'aurais pris soin de tout préparer pour vous accueillir comme il convient. D'ailleurs, même à votre arrivée, j'aurais pu… Pour être honnête, je ne vous ai pas entendu passer la porte. Ce devait être au beau milieu de la nuit…

Elle s'arrêta en plein milieu de sa phrase.

— Oh ! mon Dieu ! Je n'y pensais pas ! Y a-t-il un problème ?

Cela aurait tout expliqué. L'arrivée soudaine de Worsley, ses lèvres pincées et son étonnante insistance à s'entretenir seul avec elle.

— Est-ce pour cela que vous avez fait toute cette route en pleine nuit sans m'écrire ? Avez-vous reçu de mauvaises nouvelles, ou bien… ?

— Non, tout va bien, coupa-t-il. Je me suis simplement dit qu'il était grand temps pour moi de voir si vous aviez réussi à trouver vos repères dans cette demeure. Je suis parti en fin de journée sur un coup de tête. C'était une bêtise, j'imagine.

Il se massa la nuque un instant d'un air gêné, comme si le soleil lui échauffait la peau.

— Dès que j'ai mis pied à terre, j'ai compris que mon arrivée inattendue risquait d'inquiéter le personnel et de tous vous déranger en plein sommeil. C'est pourquoi j'ai… euh… pénétré dans la maison par l'une des fenêtres du cellier. Fenêtre qui devra être réparée en même temps que les autres, d'ailleurs. Je ne peux tout de même pas repartir sans m'être assuré que vous soyez protégée des cambrioleurs ou de n'importe quel autre désagrément.

C'était donc de cela qu'il parlait un peu plus tôt quand il avait annoncé son intention de faire réparer les dégâts du cellier. Sur le moment, elle avait trouvé cette remarque étrange, mais n'y avait pas songé plus que cela. Elle avait eu des soucis plus pressants. Soudain, elle se rendit compte qu'en quelques heures à peine, ils avaient réussi à briser trois fenêtres et dut se retenir de sourire, amusée.

— Protégée ? répéta-t-elle. Pas vraiment, vu la facilité avec laquelle vous êtes entré dans cette maison…

— Écoutez, murmura-t-il d'un air encore plus gêné, je suis vraiment navré d'apprendre qu'il y a des rats ici. J'aurais dû faire examiner les lieux avant de vous y installer.

— Ce n'est pas comme si vous aviez eu le temps de tout préparer, n'est-ce pas ? Et je suis certaine qu'il ne s'agit que de souris… Mary et Martha ont tellement d'imagination qu'elles pourraient vous assurer qu'en lieu et place de rats, c'est le fantôme d'un prêtre catholique qui hante les murs, bloqué pour l'éternité dans la pièce secrète où il s'est autrefois réfugié sans pouvoir en sortir.

— Il n'y a pas de cachette de prêtres dans ce manoir[1], répondit Worsley avec un demi-sourire. Pas à ma connaissance, en tout cas.

— Oh ! je vous en supplie, ne le dites pas à mon frère ou à mes sœurs : ils seraient dévastés !

— Aiment-ils donc tant les fantômes ?

— Ils aiment les histoires.

Une passion qu'elle avait exploitée sans vergogne lorsqu'il avait fallu leur raconter son aventure du Blue Boar…

— *Robinson Crusoé* est leur récit préféré, en ce moment ; mais ils sont tous très inventifs et adorent imaginer leurs propres fables. Quoi qu'il en soit, j'espérais pouvoir les occuper en les envoyant fouiller le manoir à la recherche de passages secrets derrière les boiseries lorsque la pluie reviendra.

Worsley s'éclaircit la gorge.

— Tant que nous parlons des enfants, je tiens aussi à m'excuser. Quand j'ai suggéré de leur offrir un chien, j'ai

1. Au XVIe siècle, le roi Henry VIII rompit avec le pape et l'Église catholique pour instaurer la religion anglicane en Grande-Bretagne. Les prêtres réfractaires à la Réforme furent persécutés.

peut-être agi trop vite et j'aurais sans doute dû vous en parler d'abord. J'ai toujours eu des chiens pendant mon enfance et ils étaient très…

Il s'interrompit soudain et prit une profonde inspiration.

— Mais ce n'est pas le propos. Quand vous avez parlé de cette offre comme d'une tentative de corruption, j'ai compris que… Ce que je veux dire, c'est que je tiens surtout à ce que les enfants aient tout ce dont ils pourraient avoir besoin. Je considère cela comme mon devoir d'époux ; et à aucun moment je n'ai souhaité saper votre autorité. J'ai hélas tendance à agir avant de réfléchir, expliqua-t-il avec un froncement de sourcils pensif.

Elle n'avait aucun mal à croire cette dernière affirmation, en effet ! Il suffisait de voir avec quelle autorité il l'avait emportée et jetée dans sa voiture, au Blue Boar, quand son pupille avait refusé de le suivre sagement jusqu'à Londres, et avec quelle détermination Worsley avait refusé de l'écouter.

— J'imagine, poursuivit-il, que j'ai hérité de ce défaut à force de voir tant de gens obéir à mes ordres sans jamais remettre mes décisions en cause.

Seigneur… Dorothy ne s'étonnait plus de le voir si mal à l'aise. Il n'était certainement pas facile pour un homme comme lui de se livrer aussi ouvertement. D'ailleurs, le simple fait qu'il ait douté du bien-fondé de son autorité au point de tenir à lui fournir des explications était un énorme point en sa faveur.

— Je comprends, admit-elle. Car je suis exactement comme vous. Je me considère comme une femme rationnelle et sensée, mais les personnes qui subissent les conséquences de mes décisions… unilatérales considèrent souvent que je me mêle de ce qui ne me regarde pas. Au mieux, on dira que je me comporte en matrone.

Elle haussa les épaules.

— Quoi qu'il en soit, j'ai été si soulagée de voir que vous n'en vouliez pas aux enfants d'avoir brisé la fenêtre de votre chambre avec cette malheureuse balle de cricket que le sujet du chien m'a paru…

Elle leva timidement les yeux sur lui.

— Pour être honnête, je m'attendais presque à ce que cette conversation en privé soit un moyen pour vous de me réprimander et non pas de vous excuser d'avoir promis un chien aux petits.

— *Deux* chiens, corrigea-t-il.

— Oui, deux. Tenez-vous à le préciser pour que je sois deux fois plus en colère, ou deux fois plus reconnaissante ? demanda-t-elle.

Il la contempla, un demi-sourire flottant au coin de ses lèvres. Elle en fut étonnée : jusqu'à présent, il l'avait surtout regardée avec une moue désapprobatrice et distante.

— Deux fois plus reconnaissante, bien sûr, dit-il avec une solennité tellement outrée que Dorothy faillit en rire. Ce qui m'amène au point suivant que je comptais aborder concernant ces enfants – votre frère et vos sœurs qui ont su me surprendre en se présentant à moi par l'intermédiaire d'une balle de cricket…

Elle n'en croyait pas ses oreilles : en plus de tout le reste, son mari semblait avoir un surprenant sens de l'humour. Aux yeux de Dorothy, c'était le signe d'une nature fondamentalement bonne. Était-ce si étonnant ? Si Worsley n'avait pas été un homme de bien, il n'aurait pas proposé de l'épouser après l'avoir enlevée par accident. Il n'aurait d'ailleurs pas fait tant d'efforts pour sauver Pansy du déshonneur non plus, maintenant qu'elle y pensait. Et il n'aurait pas cherché à s'assurer que sa réputation n'en souffre pas.

Plus important encore : il n'aurait jamais fait tout cela avec autant de bonne grâce. Du moins, la plupart du temps.

— Je croyais que vos cadets étaient dans une pension quelque part. Il me semble que vous aviez mentionné le départ de vos sœurs pour l'école, lorsque nous nous sommes rencontrés.

— Oui, c'est vrai, mais je n'ai jamais voulu les envoyer là-bas. Cependant, de toutes les options qui se sont présentées à nous à la mort de notre père, c'était hélas la moins mauvaise.

— Je… Je sais si peu de choses de vous, dit-il à mi-voix. Et pourtant, vous êtes ma femme. Il va falloir que je m'améliore, sur ce point.

Il redressa le menton d'un air déterminé et poursuivit :

— C'est aussi pour cela que je suis ici, que je suis passé vous voir. Même si je vous ai promis de vous laisser une entière liberté d'action dans cette demeure. Je ne voulais pas interférer dans vos affaires, comprenez-moi.

— Vous n'avez simplement pas pu vous en empêcher, suggéra-t-elle pour l'aider à achever sa phrase.

— C'est cela, concéda-t-il avec une grimace. La première chose que j'ai faite, ce matin, a été d'essayer de vous dire comment prendre soin de vos frère et sœurs. Une fois de plus, je me suis montré tyrannique et impoli…

— Je comprends tout à fait, murmura-t-elle amèrement. Quand je vois quelqu'un en difficulté et quand la solution m'apparaît claire comme le jour alors qu'elle reste obscure pour les autres, je suis toujours tentée d'intervenir – même quand le problème ne me concerne pas. Mais, pour ma défense, je tiens à préciser que Paul n'est arrivé qu'hier. Jusque-là, les filles étaient plus sages. Elles se contentaient d'explorer la forêt, où je les soupçonne d'avoir construit une forteresse en bois mort. C'est Paul qui tient tant aux jeux de balle et, sans sa force, je doute que Mary aurait pu marquer autant de points imaginaires à la batte, ce matin.

Elle s'interrompit un instant avant de préciser avec une pointe de frustration :

— D'ailleurs, j'aurais moi aussi fini par penser aux balles de tennis, tôt ou tard.

— Mais sans doute pas aux chiens, vu votre réaction quand j'en ai parlé.

— Probablement pas, admit-elle avec honnêteté. Nous n'en avons jamais eu, à la maison. Il me semble que ces animaux nécessitent beaucoup de soins et d'attention. J'ai hélas toujours eu tant de choses à faire sans y ajouter…

— Que voulez-vous dire ? Essayez-vous de m'expliquer que vous avez été l'unique responsable de l'éducation de vos cadets ?

— Eh bien oui, depuis la mort de notre mère. J'étais l'aînée, et pratiquement une jeune fille, à l'époque, vous comprenez. Et puis, après son veuvage, mon père s'est surtout… réfugié dans sa Bible. Je vous en ai déjà parlé, n'est-ce pas ? Il me semble que oui.

Ce n'était qu'après avoir appris qu'elle venait d'une famille respectable que Worsley avait abordé le sujet du mariage. Aurait-il songé à une solution différente, si elle n'avait pas été fille de vicaire ? Aucune importance. Les choses étaient déjà assez compliquées sans s'encombrer de ce genre de réflexions inutiles.

— Et, si je peux me permettre, comment en êtes-vous arrivée à envisager un travail de gouvernante ? demanda-t-il au bout d'un instant.

Elle pouvait sans peine répondre à cette question-là, et cette idée la soulagea. Finalement, leur conversation n'allait peut-être pas devenir aussi pénible qu'elle l'avait craint…

Si son époux tenait à en apprendre un peu plus sur son passé et son rang, elle comprenait qu'il ait paru tellement gêné en lui demandant un entretien en privé. Il n'était pas évident d'admettre que l'on ne sait rien de la personne que l'on a épousée – et elle était la première à l'admettre. Ils se connaissaient encore si mal ! Craignait-il de découvrir un secret honteux chez elle ? Sur ce point, au moins, elle allait pouvoir le tranquilliser.

Chapitre 13

— Je vous l'ai déjà raconté, n'est-ce pas ? dit Dorothy. Je vous ai dit comment Timothy et moi avons fini par décider que je devais travailler comme gouvernante. Que souhaitez-vous savoir d'autre à ce sujet ?

— N'aviez-vous personne pour vous aider, financièrement ? Un parent éloigné, peut-être ?

— Oh ! eh bien… Euh… Nous avons reçu des propositions, bien sûr. L'un de nos oncles nous a écrit pour nous suggérer de lui envoyer Paul, et une tante était prête à s'occuper de Martha, « qui est la plus docile », dit-elle avec une grimace. Mais tout le monde a insisté pour que j'envoie Mary à l'école afin qu'elle apprenne à se comporter en jeune fille convenable.

Elle hésita un instant, puis ajouta à mi-voix :

— Vous aurez sans doute remarqué qu'elle est un peu…

— Dotée d'un caractère bien trempé ?

— On peut le dire ainsi. Bref, toutes ces solutions nous auraient contraints à séparer les filles et nous ne voyions pas de solution pour éviter cela. Nous avons donc décidé que je partirais moi-même pour travailler. Mes gages de gouvernante, ajoutés à notre maigre héritage, nous auraient permis d'envoyer mes deux sœurs dans la même école. C'était au moins cela. Notre oncle David a accepté de prendre Paul pendant les vacances, tandis que la tante Honoria se serait occupée des filles lorsque celles-ci n'étaient pas en cours. C'était pour nous le seul moyen... de survivre. Alors, quand vous m'avez amenée ici, dans cette immense maison vide, et quand vous m'avez dit que je pouvais en faire ce que je voulais, que j'aurais droit à une pension royale, j'ai... Je les ai tous fait venir.

— C'est donc cela qui vous a convaincue de m'épouser, dit-il en s'arrêtant devant une brassée de nasturtiums qui avait débordé sur l'ancien sentier pour le recouvrir d'un tapis floral.

— Oui, admit Dorothy. J'espère que cela ne vous dérange pas. Vous avez dit que cette demeure allait devenir la mienne...

— Oui, oui, c'est vrai, répondit-il d'un air un peu contrarié.

Ils se remirent en route et, quand les jupes de Dorothy vinrent balayer les pétales sur le chemin, un nuage parfumé un peu poivré les enveloppa.

— Mais pour être honnête, reprit Worsley, j'aurais préféré que vous me parliez de votre projet avant. Vous auriez dû pouvoir aborder la question de votre famille avec moi en toute sérénité ! Maintenant que nous sommes mariés, ces enfants sont un peu mes frères et sœurs aussi. Ils tombent sous ma responsabilité.

Oh non, loin de là. Elle seule était responsable d'eux. Elle avait été une seconde mère pour ses cadets depuis tant d'années ! Comment osait-il entrer dans sa vie avec ses gros souliers et espérer prendre les commandes ?

D'un autre côté, il venait justement de s'excuser pour ce défaut, non ? Si elle voulait préserver une certaine harmonie entre eux, mieux valait qu'elle ravale sa réponse brutale, instinctive.

Elle fit donc de son mieux pour rester polie et courtoise.

— Je suis parfaitement capable d'organiser ma propre vie, vous savez.

— Bien sûr, mais ce n'est pas la question, répliqua-t-il d'un air agacé.

— Dans ce cas, quelle est-elle ?

Il retira son chapeau et se passa une main nerveuse dans les cheveux.

— Je voulais juste vous laisser assez de temps pour vous accoutumer à votre nouvelle position. Votre rôle d'épouse, je veux dire. Mais, au lieu d'y parvenir, j'ai… négligé vos besoins essentiels. Croyez bien que ce n'était pas mon intention.

— Je ne me suis pas du tout sentie négligée, Worsley, protesta-t-elle dans l'espoir de l'apaiser, maintenant qu'elle comprenait ce qui le troublait tant.

— N'avez-vous pas de problèmes avec le personnel ? Vous l'avez dit, tout à l'heure. D'ailleurs, j'ai dû me précipiter pour m'habiller afin de me présenter dans la salle à manger à l'heure pour le petit déjeuner. Quand nous sommes arrivés ici pour la première fois, j'ai pensé que la femme de charge était simplement contrariée d'avoir été prise de court, mais si elle continue à…

— Oh non ! Ce n'est pas *elle* qui insiste sur la ponctualité, mais moi ! Tout ceci est entièrement ma faute.

— Eh bien…

Il hésita un instant, comme s'il avait été arrêté dans son élan et luttait pour retrouver son équilibre.

— Vous… Vous êtes la maîtresse, ici. Vous avez le droit d'instaurer les règles que vous désirez dans cette maison, bien sûr.

— Et c'est exactement ce que j'ai fait, répondit-elle. Vous voyez, après votre départ, j'ai eu le temps d'explorer les lieux et je n'ai pu m'empêcher de remarquer quelques… défauts. Ce jardin, par exemple.

Elle indiqua de sa main libre les rosiers envahissants, les nasturtiums redevenus sauvages et les pissenlits qui émaillaient la pelouse.

— Je sais que vous ne venez pas souvent ici et que cette propriété est l'une des plus modestes que vous possédez, mais j'ai du mal à croire que vous m'auriez laissée seule ici si vous n'aviez pas cru que l'endroit était bien entretenu et que le personnel était digne de confiance.

— Bien entendu !

— C'est ce que je pensais. Je me suis donc demandé pourquoi il n'y avait que trois domestiques pour s'occuper de la maison et autant pour prendre soin des jardins. Cela m'a paru très peu, pour une demeure de cette taille.

Il lui adressa un regard perçant.

— Quelque chose me dit que vous avez découvert la cause de ce problème.

Dorothy acquiesça.

— Je le crois. Bien sûr, sans examiner les livres de comptes de votre avoué, qui envoie les gages chaque trimestre, je ne peux rien prouver ; mais je suis convaincue que Mrs Warren empoche l'argent destiné à payer le reste des domestiques qui auraient dû travailler pour vous. Et, avant de m'accuser de ne pas l'avoir renvoyée immédiatement, laissez-moi vous dire qu'il n'est pas facile de trouver une femme de charge capable de s'occuper d'une aussi grande maison ou de cuisiner comme elle. J'ai essayé de me renseigner, et l'enquête risque d'être longue, vous pouvez me croire !

— Mais si elle nous vole…

— Oui, je sais, répondit-elle vivement, sans le laisser finir. Nous pourrions la conduire devant la justice, ce qui paraîtrait logique. Hélas, elle n'est plus très jeune et, si le tribunal la déclare coupable, on ne s'encombrera sans doute pas d'elle en prison : on risque de la pendre.

— Vous avez donc choisi la voie de la miséricorde.

Dorothy n'apprécia pas le regard un peu hautain qu'il lui adressa.

— J'ai choisi de me montrer *rationnelle*, répliqua-t-elle. Tant que je vivrai ici avec mon frère et mes sœurs, j'aurai plus besoin d'une femme de charge que d'un magistrat. De plus, je crois qu'elle ne pensait pas à mal. Elle a d'abord été engagée comme cuisinière, puis elle a dû prendre les rênes de la maison quand l'ancienne femme de charge est partie – car il était presque impossible de trouver une remplaçante rapidement, à cause de… plusieurs autres raisons secondaires. Quoi qu'il en soit, elle sait que j'ai percé son petit manège à jour et elle a tellement peur que je la dénonce à la police qu'elle se plie en quatre pour me satisfaire. Seulement, pour maintenir cet équilibre précaire, je suis obligée d'adopter un comportement un peu plus autoritaire que je l'aurais voulu.

Il la dévisagea un instant, et une expression indéchiffrable lui passa sur le visage.

— Comme je l'ai déjà dit, finit-il par répondre, vous êtes la maîtresse, ici. Je ne me permettrai pas de critiquer votre gestion.

— Même si vous ne m'approuvez pas ?

— Je vous ai laissée seule sans le moindre soutien. Je n'ai pas le droit de m'élever contre votre manière de régler les problèmes que j'ai laissés peser sur vos épaules. Je regrette seulement que vous ayez été confrontée à tout cela. J'aurais dû… faire quelque chose.

— En ce qui me concerne, vous avez au contraire satisfait tous mes souhaits.

— Vraiment ?

— Oui. Ne m'avez-vous pas renvoyé ma malle ?

Elle avait été très déçue de voir ses affaires arriver à l'arrière d'une diligence, car elle avait cru qu'il tiendrait à les lui rendre personnellement ; mais, devant les sourcils froncés de Worsley, elle préféra garder ce détail pour elle.

— Vous devez avoir été morte d'inquiétude, lorsque je vous ai enfermée dans ma voiture. Perdre tout ce que vous possédiez, comme cela…

Il secoua tristement la tête.

— Mais vous m'avez rendu mes bagages, lui rappela-t-elle dans l'espoir de lui faire oublier un instant son humeur sombre et ses remords. Vous les avez fait porter ici dès que vous avez mis la main dessus. J'imagine donc que vous avez dû rattraper Gregory, en fin de compte. Comment va-t-il ? Et la jeune fille, Pansy, est-ce que…

Hélas, la curiosité de Dorothy ne fut accueillie que par une grimace encore plus amère, et elle comprit qu'elle avait commis une grave erreur en abordant le sujet. Worsley pinça les lèvres d'un air de dégoût.

— Ils ont atteint l'Écosse sans plus de problèmes et ont été mariés durant une sorte de cérémonie d'union des mains[1], dit-il avec mépris.

— Une *union des mains* ? Est-ce légal ?

— J'en doute. Dès que je les ai ramenés en Angleterre, je me suis procuré une licence spéciale pour organiser une rapide cérémonie devant un prêtre de bonne volonté. Au moins, Gregory n'aura pas ruiné la réputation de cette petite sotte.

Dorothy l'écouta avec attention. Il avait apparemment arpenté une bonne partie des routes du pays, après l'avoir laissée à Maybush House. Il n'était pas étonnant qu'il ait été incapable de lui rapporter sa malle personnellement : il avait eu des problèmes bien plus importants à régler.

1. Union laïque célébrée par un officiant ou même un proche, durant laquelle le couple, les mains jointes et entourées de rubans, prononce des vœux.

— Où sont-ils, à présent ? Le père de Pansy lui a-t-il pardonné sa fugue ? Ou bien l'a-t-il reniée sans lui accorder le moindre sou, comme il avait menacé de le faire ?

Worsley soupira.

— Aux dernières nouvelles, il tempêtait toujours autant. Nous avons décidé d'installer le jeune couple à Brinkley Court, loin de Londres, en attendant que l'affaire se tasse. Je ne sais pas comment cela s'est passé, mais il semblerait que la rumeur de leur fugue amoureuse ait fini par envahir toute la capitale.

— Oh ! Seigneur.

— Comme vous dites. Tilly a pensé que l'annonce de mon propre mariage offrirait aux gens un autre sujet de conversation, mais comme personne ne vous a vue à Londres… Non pas que ce soit votre faute ! C'est *moi* qui ai choisi de vous installer ici. Ce qui m'amène à un autre point…

— Oh ?

Sans doute était-ce le sujet qu'il cherchait à aborder depuis le début, la chose qu'elle avait tant crainte sans même savoir de quoi il s'agissait. La conversation qu'elle avait voulu rendre plus facile en le mettant de bonne humeur depuis le matin. Hélas, en lui rappelant si maladroitement la fugue de son pupille, elle avait gâché tous ses beaux efforts – surtout après ce qu'il avait dû accomplir pour étouffer le scandale.

— Oui. Je ne sais pas comment vous le dire avec délicatesse, donc je vais être direct, reprit-il d'un air presque tendu.

Il s'arrêta au milieu du chemin et se tourna vers elle, serrant les mains de Dorothy dans les siennes.

— Jusqu'à présent, vous avez bravement supporté toutes ces dernières épreuves. Vous vous êtes montrée patiente et conciliante à chaque étape de notre aventure.

Il sourit.

Dorothy sentit son cœur s'emballer. Quand il abandonnait son masque pour se montrer aussi radieux, avec ses yeux d'un bleu pur et ses plis rieurs au coin des paupières, elle avait l'impression de… Elle ne savait pas exactement ce qu'elle ressentait. Elle n'avait aucun point de comparaison. Jamais un homme aussi beau que lui ne l'avait regardée ainsi avant, ou ne lui avait souri avec tant de chaleur. Personne ne lui avait fait autant de compliments en pensant réellement chaque mot.

Elle avait l'impression de sentir le sol tanguer sous ses pieds. Et d'avoir le souffle court.

— Je n'ai pas encore agi comme un véritable époux avec vous, reprit Worsley. Certes, j'ai prononcé mes vœux, mais je n'ai pas tenu ma promesse jusqu'à présent.

Quoi ? Essayait-il de lui expliquer qu'il lui avait été infidèle, durant son absence ? Ou bien qu'il avait une maîtresse quelque part ? D'un seul coup, le soleil parut moins chaud à Dorothy, et la brise, qui faisait danser les corolles des giroflées, parut se muer en vent d'hiver, assez froid pour la faire frissonner.

Elle aurait pourtant juré être le genre de femme capable de surmonter n'importe quelle épreuve. Mais le simple fait d'imaginer son époux en train d'enlacer une autre femme, de lui sourire, de l'embrasser, d'éprouver des sentiments pour elle…

— J'ai promis de vous chérir, continua-t-il, et, jusqu'à présent, vous avez dû affronter seule tant de problèmes à cause de moi.

La chérir ? Pensait-il *vraiment* à cette partie spécifique des vœux de mariage et à rien d'autre ?

— Non, cela n'a aucune importance ! protesta-t-elle.

Elle était soulagée de ne pas avoir à l'entendre annoncer

qu'il comptait fréquenter d'autres femmes – une réaction ridicule de sa part, sans doute.

— D'après ce que vous m'avez dit, vous avez eu trop à faire pour retrouver Gregory, et il est normal que vous n'ayez pas eu de temps à consacrer à une épouse dont vous n'avez jamais voulu…

Il soupira.

— Vous êtes bien trop généreuse avec moi, et trop bonne.

Il porta les mains de Dorothy à ses lèvres et déposa un baiser rapide mais déterminé sur chacun de ses doigts. En un éclair, ce fut comme si le soleil venait de réapparaître.

— Quoi qu'il en soit, reprit-il d'un air sincère, dès à présent, les choses seront très différentes entre nous. Je vous le promets.

Il serra un instant les doigts de Dorothy entre les siens.

— Ces dernières semaines, je ne pensais pas en homme marié. Tout s'est passé si vite. C'était tellement inattendu. Désormais…

Il prit une profonde inspiration un peu tremblante.

— … j'ai bien l'intention de commencer à prendre soin de vous comme un mari doit le faire avec son épouse. Et j'espère que vous serez disposée à remplir vos devoirs de comtesse.

Il la regarda droit dans les yeux, plus longtemps et avec plus d'insistance que jamais.

— Êtes-vous d'accord ? Souhaitez-vous faire cela ?

Cette fois, la chaleur qui envahit les yeux de Worsley se teinta d'une autre émotion. Une pointe d'espoir. Non, plus encore : de la tendresse. Dorothy sentit immédiatement une vague d'affection monter en elle, comme une réponse muette de son corps.

Seigneur ! Il souhaitait rendre leur mariage *réel*. Il ne

voulait pas une simple union sur papier mais une véritable vie de couple où ils… où ils…

Elle baissa instinctivement les yeux sur les lèvres de Worsley, puis embrassa d'un regard la largeur de ses épaules. De nouveau, le souvenir de ces muscles pressés contre son estomac le soir de l'enlèvement lui revint. Pour la première fois de sa vie, elle s'était sentie très femme – et complètement impuissante. Mais il n'avait pas profité d'elle. Il ne lui avait encore rien demandé de ce genre. Et à présent, en tant qu'époux, il aurait très bien pu exiger qu'elle accomplisse son devoir. Il aurait pu l'y contraindre. Mais non. Il lui demandait sa *permission*.

Les joues de Dorothy s'empourprèrent et un flot d'images indécentes défila devant ses yeux. Des images qui l'empêchèrent de soutenir plus longtemps le regard de son mari. Elle baissa timidement la tête, contemplant ses mains fines emprisonnées dans les paumes puissantes et rassurantes de Worsley.

Elle n'avait plus qu'une chose à dire, après tout cela.

— Oui, murmura-t-elle. Je le souhaite.

Chapitre 14

Comme à son habitude, Dorothy fut très occupée pendant tout le reste de la journée, accaparée par la centaine de tâches qui incombaient à une femme lorsqu'elle s'installait dans une demeure laissée à l'abandon pendant des années. Du moins, c'était l'impression qu'elle avait, même si, au moment du souper, elle fut bien incapable d'expliquer à sa famille ce qu'elle avait fait précisément.

Son esprit troublé ne cessait de la ramener à sa conversation du matin avec son époux et au regard qu'il avait eu, quand il lui avait demandé l'autorisation de la rejoindre dans sa chambre pour consommer enfin leur mariage.

Il n'avait pas exprimé clairement ses souhaits – pas en ces termes, en tout cas –, mais elle devinait qu'il désirait… faire ce que les couples font pour avoir des enfants. Elle n'avait jamais vraiment appris les détails de la chose, mais cela n'avait pas d'importance. Il saurait sans doute comment procéder et il le lui montrerait. *Ce soir.*

Le simple fait de songer à ce que la nuit pourrait lui apporter suffit à lui faire battre le cœur plus fort et à lui tordre le ventre. Une langueur qu'elle n'avait encore jamais ressentie lui envahissait peu à peu les membres. Dès qu'elle pensait reprendre enfin le contrôle de ses émotions, ce regard fiévreux lui revenait, ainsi que l'excitation qui l'avait envahie en réponse, et tout recommençait.

Étrangement, bien qu'elle n'ait pu cesser de penser à lui et à la manière dont il l'avait contemplée pendant leur promenade, à présent qu'ils étaient assis l'un en face de l'autre, elle devenait incapable de soutenir son regard plus d'une seconde. Elle avait peur de ce qu'elle pourrait y lire. Quand il lui adressait la parole, elle sentait ses pommettes s'embraser et perdait toute capacité à parler de manière cohérente.

Ce qui l'exaspérait au plus haut point. Toute sa vie durant, elle avait méprisé les femmes qui rougissaient et se pâmaient devant les hommes… Et voilà qu'elle était en train de rejoindre leurs rangs !

Heureusement pour elle, ils ne dînaient pas en tête à tête, et son frère et ses sœurs étaient tellement habitués à ses humeurs distraites qu'ils n'y prêtèrent pas attention. Plus important encore, ils avaient surmonté leur timidité première du matin et osaient à présent parler librement, animant le repas de leurs questions incessantes.

— Milord, lança Paul après s'être servi un peu de chaque plat présenté sur la table, êtes-vous le même Lord Worsley qui possède Bobtail ? Le cheval qui a gagné le Newmarket Stakes à Craven, dernièrement ?

— En effet, répondit Worsley en contemplant le jeune garçon d'un air étonné.

Une surprise sans commune mesure avec le choc de Dorothy, qui ne savait pas son jeune frère si éduqué en matière de courses de chevaux ; un domaine dans lequel elle-même n'avait pas la moindre connaissance.

— Est-ce lui qui loge à présent à l'écurie ? demanda encore Paul, une fourchetée de petits pois arrêtée à mi-chemin de sa bouche. Le grand bai sur lequel vous êtes arrivé ?

Worsley éclata de rire.

— Oh non ! Il s'agit juste de mon cheval habituel.

Bobtail ne pourrait pas porter mon poids sur de longues distances, tu sais. Il est installé dans mon écurie de course, à la sortie de Newmarket, où on l'entraîne.

Heureusement, Paul ne parut absolument pas déçu d'apprendre que l'animal qu'il avait vu n'était pas un célèbre pur-sang de compétition.

— Les autres vont être verts de jalousie, à l'école, quand je leur dirai que je vous connais !

Dorothy abaissa sa fourchette et la posa fermement au bord de son assiette.

— Dois-je comprendre que c'est cela qu'on t'apprend, dans cette digne pension choisie par oncle David ? Les noms de tous les chevaux qui ont gagné des courses, cette saison, et ceux de leurs propriétaires ?

Sa voix avait claqué dans le silence, si sèche que toutes les têtes se tournèrent vers elle, avec des regards plus ou moins inquiets.

— Ce n'est pas aussi dramatique que tu as l'air de le croire, Dora, protesta son frère. Beaucoup de mes amis ont des frères, des cousins ou des oncles qui possèdent des écuries de course. Il est normal qu'ils en parlent et qu'ils essaient de savoir laquelle de leurs familles s'en sort le mieux. Jusqu'à présent, j'ai dû me contenter de les écouter, mais maintenant, je vais pouvoir participer aussi !

Il adressa un petit sourire à son nouveau beau-frère.

Dorothy réfléchit quelques instants. Sans doute cela permettrait-il à son frère de trouver plus facilement sa place auprès de ses camarades de classe. Après tout, il n'avait rien du type de garçons que l'on envoyait d'habitude dans des établissements aussi prestigieux – ni le rang, ni la fortune. Mais désirait-elle réellement qu'il côtoie une engeance de parieurs et d'oisifs ? Car c'était tout ce que représentaient les courses, n'est-ce pas ?

— Je sais à quoi tu penses, reprit Paul plus gravement,

mais ne t'inquiète pas pour moi. Je n'ai pas l'intention de commencer à parier sur les chevaux. Pas même sur celui de Lord Worsley.

— Tant mieux. Cela m'épargnera d'avoir à te faire la leçon et à t'expliquer pourquoi tu ne dois pas perdre ton temps ou ton argent avec de tels péchés.

— N'approuvez-vous pas les courses ? demanda son époux en la dévisageant comme si elle venait tout juste d'annoncer son soutien aux paysans révolutionnaires de France qui avaient envoyé presque toute leur noblesse à la guillotine.

— Notre père nous a toujours dit que ces événements ne sont que des excuses pour s'adonner à toutes sortes de vices, répondit-elle en adressant à son frère et à chacune de ses sœurs des regards sévères.

— Les hommes qui s'adonnent aux vices dont il parlait n'ont pas besoin d'aller aux courses pour trouver des moyens d'assouvir leurs désirs, répliqua Worsley.

Paul le dévisagea, avec un regard faussement innocent qui ne trompa pas Dorothy une seule seconde.

— De quels vices parlait-il, alors ? lança-t-il.

— Cela ne te regarde pas, coupa-t-elle.

Elle-même n'avait qu'une idée très vague des atroces réalités auxquelles leur père avait fait référence.

— Ce n'est pas une conversation à tenir à table !

Elle se tourna froidement vers Mary, qui les regardait tous d'un air confus.

Un silence tendu s'abattit alors dans la salle à manger et, pendant un long moment, on n'entendit plus que le crissement des couverts sur la porcelaine.

Bien joué, Dora… Elle avait réussi à gâcher une soirée qui promettait pourtant d'être radieuse. Heureusement, aucun de ses frères et sœurs ne savait rester muet bien longtemps. Cette fois, ce fut Mary qui se jeta à l'eau.

— Lord Worsley, commença-t-elle d'une voix timide. Vous… Vous n'avez pas oublié votre promesse de nous acheter des balles de tennis, n'est-ce pas ?

— Non, répondit-il. J'ai donné ma parole, tu te souviens ? Et je considère que, quand un gentleman donne sa parole, il ne doit jamais revenir dessus.

Que voulait-il dire par là ? Ces quelques mots ne semblaient pas avoir de réelle importance, mais il avait regardé Dorothy droit dans les yeux en les prononçant. S'il avait quelque chose à lui reprocher, pourquoi ne pas parler franchement ?

D'un autre côté, s'il s'agissait d'une remontrance, il n'avait peut-être pas envie de l'énoncer devant les enfants – et elle lui en était reconnaissante.

Pauvre homme. Quoi qu'il fasse, ce soir, il semblait condamné à l'échec et à la frustration…

Enfin, tout le monde s'accorda pour dire que l'on avait assez profité des dons culinaires exceptionnels de Mrs Warren. Dorothy reposa donc sa serviette et se leva de table. Les filles, comprenant son signal, repoussèrent également leurs chaises.

— Je devrais peut-être vous expliquer que nous avons coutume de nous retirer dans le salon pendant une heure, après le souper, dit-elle à Worsley.

— Elle nous fait faire de la broderie, ajouta Mary avec un soupir désolé.

— Je vous ai laissés courir partout en liberté chaque jour depuis votre arrivée, lui rappela Dorothy.

Elle avait été tellement choquée d'apprendre quelles règles rigides étaient imposées aux pensionnaires dans l'école que ses sœurs avaient fréquentée qu'elle avait tenu à leur offrir une pause salutaire, pour oublier un peu leur éducation si formelle.

— Mais cela ne veut pas dire que vous ne devez

pas effectuer au moins une tâche constructive par jour, ajouta-t-elle.

— Et Paul nous fait la lecture pendant que nous travaillons. En ce moment, nous lisons *Robinson Crusoé*. Aimeriez-vous vous joindre à nous pour l'écouter ? glissa Martha en jetant un coup d'œil plein d'espoir à Worsley.

— Oh oui, venez ! renchérit Paul. Hier, Robinson a découvert une empreinte humaine sur la plage, et il ne sait pas quoi en penser.

Worsley étouffa un rire.

— Si votre sœur ne voit pas d'objection à ce que je me serve un verre de porto pendant ce temps…

Il haussa un sourcil et l'interrogea du regard.

— Absolument aucune, répondit-elle.

Les enfants avaient clairement de l'affection pour lui et il ne montrait aucun signe d'hésitation à l'idée de passer un moment avec eux, pour s'adonner à une activité que bien des hommes auraient jugée ennuyeuse. Mieux encore, même si elle l'avait sans aucun doute offensé par ses jugements, à table, il ne semblait pas décidé à faire payer ses cadets pour son comportement.

Lorsque Worsley eut terminé son porto et après que Robinson Crusoé eut réagi d'une manière parfaitement attendue face aux restes d'un festin cannibale découverts sur son île, Martha abandonna sa broderie en dodelinant de la tête.

Dorothy reposa son propre ouvrage et l'aida à se lever.

— Il est l'heure d'aller te coucher, dit-elle.

— C'est pour les filles, s'empressa d'ajouter Paul pour rassurer son beau-frère. Moi, j'ai le droit de rester ici encore une heure.

— Je le pourrais aussi, répliqua Mary en redressant

son menton obstiné, mais Martha et moi partageons la même chambre, alors il est plus logique que nous nous préparions ensemble pour dormir : au moins, je ne la réveille pas en montant. Dora m'autorise à lire en silence ou à écrire dans mon journal avant de souffler ma bougie.

Worsley parut étonné en entendant cela et se tourna vers Dorothy.

— Elles ont l'habitude de dormir dans la même chambre, expliqua-t-elle, pour répondre à son interrogation muette. Même si elles pourraient aisément avoir chacune la leur ici, elles préfèrent rester ensemble…

Paul sourit et se mit à gratter frénétiquement la couverture du livre qu'il venait de refermer.

— Je n'ai pas peur des rats ! protesta Martha, indignée.

— Laisse-la tranquille, Paul, déclara Dorothy en le chassant d'un geste de la main. Monte dans ta chambre.

— Oh ! mais je voulais rester un peu ici avec Lord Worsley ! s'écria-t-il tandis qu'elle accompagnait les filles jusqu'à la porte.

— Eh bien…

Worsley se leva et s'étira.

— Je pensais descendre jusqu'à l'écurie…

Paul bondit sur ses pieds.

— Puis-je venir avec vous, milord ?

— Bien sûr, si ta sœur n'y voit pas d'objection.

Elle ne protesta pas, bien au contraire. Elle préférait savoir que quelqu'un allait garder un œil sur son petit frère. Quand on le laissait seul, Paul avait un don pour s'attirer des ennuis – comme beaucoup de garçons de son âge. Mais Worsley n'avait peut-être pas envie d'être suivi à la trace de cette manière ?

— Êtes-vous certain que sa présence ne vous gênera pas ? demanda-t-elle.

— Bien entendu. Et lorsque les enfants sont endormis,

quelles sont vos habitudes ? Revenez-vous vous asseoir ici pour lire ou écrire des lettres ?

— Eh bien, pour être honnête, je suis en général tellement fatiguée que je me retire en même temps qu'eux. Je sais que se coucher tôt n'est pas très à la mode, mais…

— La mode n'a aucune importance, dit-il avec une politesse qui semblait cacher autre chose. Je vous souhaite une bonne nuit, dans ce cas.

Avait-il eu l'air déçu ? se demanda-t-elle tout en veillant à la toilette de Mary et Martha. Pourquoi l'aurait-il été ? S'il tenait tant à consommer leur mariage, n'aurait-il pas dû au contraire être heureux de la savoir dans son lit, prête pour lui ?

Elle s'agenouilla pour prier avec ses sœurs, mais, pour la première fois de sa vie, son esprit n'aurait pu être plus éloigné des questions spirituelles. Il était trop hanté par *lui*. Par les regards de Worsley et le grondement sensuel de sa voix. Par cette sensation qui la traversait de part en part chaque fois qu'il lui prenait la main…

D'un seul coup, elle se rendit compte que ses sœurs prononçaient leurs *amen* et les imita, sans avoir la moindre idée de ce pour quoi elles venaient de prier.

Elle se leva, tremblante, embrassa les filles comme à son habitude mais ne ressentit pas la moindre envie de s'attarder un peu en leur compagnie, comme elle l'avait fait les soirs précédents. Il fallait qu'elle rejoigne sa chambre pour avoir assez de temps afin de se préparer à…

Oh non ! Elle ne pouvait pas encore se retirer. Il fallait qu'elle supervise les prières de Paul et qu'elle s'assure qu'il se lave correctement après son excursion à l'écurie.

Elle s'arrêta un instant près de la fenêtre du palier, depuis laquelle elle pouvait apercevoir le sentier venant des dépendances, si elle se penchait un peu. Elle reconnut sans peine la silhouette de Worsley, accompagné par un Paul trottinant près de lui comme un chiot fidèle. Cette scène fit battre son cœur plus vite. Elle se recula vivement, de peur qu'ils la voient aussi. Elle ne voulait pas leur donner l'impression de surveiller leurs faits et gestes !

Quand Paul passa la porte de sa chambre, ce fut pour raconter par le menu à sa sœur son aventure à l'écurie. D'après le nombre de remarques de Worsley qu'il lui répéta avec enthousiasme, Dorothy commença à soupçonner son frère de développer une véritable adoration pour son époux. Elle ne pouvait pas lui en vouloir, bien sûr. Cet homme avait peut-être été envoyé sur terre dans l'unique intention d'inspirer de tels sentiments chez les jeunes garçons – et les demoiselles qui se croyaient condamnées à rester vieilles filles. Il était grand, musclé, bon, et possédait des yeux aussi bleus que le plus beau ciel d'été…

— Seigneur, qu'il fait chaud, ce soir ! s'écria-t-elle avant de se précipiter vers la fenêtre pour l'ouvrir en grand.

Elle se pencha dehors pour profiter de la fraîcheur de la nuit et laisser la brise apaiser le feu qui lui montait aux joues, avant de se retourner vers son frère.

— … et Lord Worsley dit aussi qu'il va m'apprendre à tirer au fusil ! acheva-t-il avec une pointe d'effronterie qui attira toute l'attention de Dorothy.

— Vraiment ?

— Eh bien, je lui ai demandé s'il serait d'accord, et il a dit qu'il en serait ravi ; ce qui revient à la même chose.

— Hmmph.

Elle se pencha et l'embrassa sur le front avant de murmurer :

— Nous en reparlerons demain.

Elle fit de son mieux pour garder un air sévère mais ne put réprimer un sourire en sortant dans le couloir. Il n'avait sans doute pas été facile, pour Worsley, de résister à l'insistance légendaire de Paul. D'un autre côté, sa réponse la laissait soupçonner qu'il préférait la consulter avant de promettre quoi que ce soit à son frère, ce qui lui fit plus plaisir qu'elle n'aurait voulu l'admettre.

Arrivée dans sa propre chambre, elle ferma la porte derrière elle et s'adossa contre le battant en soupirant. Était-il possible d'avoir autant de chance ? Quelques semaines plus tôt à peine, elle avait été sur le point de s'engager dans une vie de dur labeur, juste pour nourrir et vêtir sa famille… Et maintenant, elle était là. Mariée. Maîtresse d'une demeure dont elle n'aurait jamais osé rêver. Et avec un époux qui non seulement ne lui en voulait pas d'avoir fait venir ses cadets sous son toit, mais qui était également prêt à faire des efforts pour enrichir leurs vies d'une manière dont elle n'aurait pas été capable seule. Plus important encore, ce soir…

Elle poussa un second soupir avant de traverser la pièce pour ouvrir l'un des tiroirs de sa commode. À l'intérieur, bien pliée, attendait la confection de soie et de dentelle ridicule que Tilly lui avait donnée pour dormir lorsqu'elle l'avait accueillie chez elle, alors que Dorothy n'avait même plus de chemise ou de bas de rechange. Sur le moment, elle avait hésité avant de l'enfiler. Elle n'avait pas compris comment une femme pouvait vouloir se vêtir de manière aussi impudique et scandaleuse.

Mais ce soir, elle devinait enfin qu'en certaines occasions on pouvait désirer s'envelopper dans une telle étoffe sans souci des parties de son corps laissées nues par la coupe du vêtement…

Elle souleva donc la longue chemise délicate, remerciant en silence sa belle-sœur de la lui avoir offerte. Elle n'avait aucune envie de recevoir son époux dans l'une des tenues usées, confortables mais si peu seyantes qu'elle portait d'habitude pour dormir.

Elle courut vers son lit, retira le vêtement bien plié qu'elle avait posé sous l'oreiller en se levant ce matin et chercha un instant un endroit où le cacher. Faute de mieux, elle finit par le fourrer sous le lit. Elle se lava ensuite avec soin et s'essuya vigoureusement. Le cœur battant fort dans sa poitrine et les doigts tremblants, elle enfila sa chemise de nuit si frivole et noua avec peine les nombreux rubans qui la maintenaient fermée. Puis elle se laissa lourdement tomber sur le tabouret de la coiffeuse, où elle avait pour habitude d'achever sa toilette du soir.

En prenant sa brosse à cheveux, elle remarqua que le miroir lui renvoyait un reflet aux yeux pétillants d'excitation et aux pommettes roses. Elle se pencha un peu plus, les sourcils froncés. Si elle avait croisé une autre femme dans un tel état, au détour d'une rue, elle l'aurait condamnée sévèrement, convaincue de voir là les ravages de l'alcool. Mais, songea-t-elle en reposant la brosse le temps de défaire son chignon, attendre la venue d'un homme dans sa chambre à la tombée de la nuit pour partager son lit avec lui était une ivresse d'une tout autre sorte…

Elle reprit la brosse et hésita un instant. Devait-elle tresser ses longs cheveux comme à son habitude, ou bien les laisser lâchés ? Elle se contempla de nouveau dans le miroir. Avec ses mèches éparses coulant en cascade sur les épaules, elle n'avait certainement plus l'air d'une gouvernante ! Au contraire, elle avait tout d'une… jeune épouse.

Certes, une épouse assez peu remarquable, qui avait passé toute sa vie à penser qu'elle ne séduirait jamais un homme et qui avait reçu un mari inattendu, servi sur un plateau d'argent.

D'un autre côté, elle ne l'avait pas séduit au vrai sens du terme. Il lui avait offert sa main et son nom, jamais son cœur…

Un nouveau soupir lui échappa. Loin d'être rêveur et rempli d'espoir, celui-ci résonna tristement dans la chambre. Elle portait une chemise de nuit empruntée et attendait avec impatience un mari qui ne l'avait épousée que pour préserver son honneur. Qui avait juste agi par devoir.

Elle abandonna définitivement sa brosse et se détourna, déçue, de son reflet. Si seulement quelque chose pouvait lui redonner un peu confiance en elle. Comme… du parfum, peut-être ? Worsley avait sans doute l'habitude que ses conquêtes s'enveloppent de senteurs exotiques et sensuelles. Ses maîtresses ne se contentaient probablement pas de la simple odeur fraîche d'un savon.

Elle n'eut pas le temps de laisser ces pensées déprimantes assombrir son humeur davantage, car le pas de son époux se fit soudain entendre dans l'escalier.

Poussant un petit cri d'alarme, elle bondit de la coiffeuse et se précipita dans son lit. Elle repoussa les couvertures, s'allongea, puis remonta le drap jusqu'à son menton. Son cœur tambourinait si fort qu'elle dut tendre l'oreille pour percevoir le moindre bruit dans la pièce voisine à travers ses coups assourdissants. Elle entendit néanmoins Worsley laisser tomber ses lourdes bottes par terre, puis tirer une chaise sur le parquet. Quelques secondes plus tard, des bruits d'éclaboussures s'élevèrent, preuve qu'il faisait sa toilette.

Il devait avoir ôté sa chemise, pendant les quelques instants où il était resté silencieux. Dorothy se pelotonna un peu plus dans son lit, les doigts crispés sur le rebord de la couverture. Elle l'imagina torse nu, penché sur sa vasque pour se débarbouiller…

D'un seul coup, une bouffée de chaleur lui monta à la

tête et elle se découvrit presque entièrement. Elle chassa les cheveux de son visage, puis les ramena précipitamment sur ses épaules pour cacher sa poitrine, que l'on pouvait deviner à travers la dentelle de sa chemise.

Que faisait son époux, à présent ? Quoi que ce soit, il agissait avec la plus grande discrétion. Dorothy avait beau guetter, elle ne percevait plus que les sons habituels de la maison qui s'endormait – un grincement de plancher, un craquement dans l'enduit du mur qui refroidissait après la brûlure du soleil.

Puis, comme chaque soir, le grattement furtif de petites pattes dans l'épaisseur des cloisons.

Dehors, un hibou poussa son cri plaintif et solitaire.

Mais aucun pas n'approcha de la porte de communication entre les deux chambres.

Worsley avait-il changé d'avis ? Ne voulait-il plus consommer leur mariage ?

Qu'est-ce qui avait bien pu le pousser à renoncer ainsi ?

L'avait-elle contrarié, pendant le repas, en condamnant si fermement la pratique du jeu ? Il ne semblait pourtant pas aussi sensible à ses opinions que cela. Jamais encore il n'avait trahi la moindre propension à laisser les avis des autres influencer ses actions.

Ou bien n'avait-il tout simplement pas le courage de s'obliger à coucher avec une femme qu'il ne désirait pas, qu'il n'avait jamais voulu épouser ?

Oui, c'était sans doute cela. Il avait certainement été plus facile pour lui de suggérer une telle chose en plein jour, durant un moment de solitude avec elle, porté par une bonne humeur qu'elle avait encouragée en entrant dans son petit jeu de défi à la balle. Mais accomplir l'acte en lui-même, après avoir passé plusieurs heures à réfléchir aux conséquences, était une tout autre affaire.

Frustrée, elle se laissa retomber sur son oreiller et sentit sa lèvre se mettre à trembler. Pendant quelques heures, elle s'était sentie désirable aux yeux de son mari. Elle avait eu l'impression d'être enfin une vraie femme et pas une sorte de… de… bonne à tout faire. Une domestique qui n'aurait été là que pour établir des menus, panser les coupures et les bleus des enfants, ou simplement justifier son existence en se rendant utile auprès de tous.

Elle aurait dû se douter que c'était trop beau pour être vrai. Un homme comme Worsley pouvait choisir toutes les maîtresses qu'il voulait parmi les femmes les plus élégantes et accomplies de la haute société. Pourquoi aurait-il été intéressé par le peu qu'une simple gouvernante avait à lui offrir ?

Quelles qualités avait-elle pour le tenter ?

D'un autre côté, il n'avait pas à faire naître de faux espoirs chez elle, juste pour les piétiner ensuite ! S'il n'avait pas voulu rendre leur mariage réel, il aurait dû se contenter de se taire. Cela aurait épargné à Dorothy de passer une journée entière sur des charbons ardents et d'enfiler cette chemise de nuit ridicule, avec ses cheveux lâchés comme une sorte de nymphe absurde.

Eh bien, puisqu'il ne venait pas, elle allait au moins régler ce dernier problème ! Elle chassa le drap d'un coup de pied, se leva et alla s'asseoir de nouveau devant sa coiffeuse pour tresser rageusement ses longues mèches désordonnées.

Voilà. Elle se reconnaissait déjà un peu plus. Elle retrouvait sa nature rationnelle et sensée ; ce qui valait mieux que laisser s'exprimer cette nouvelle facette de sa personnalité, rêveuse, sentimentale et indécente, qui l'avait poussée à se vêtir comme une… *catin* pour aller dormir !

Plus jamais elle n'écouterait cette petite voix bien trop dangereuse. Elle se leva et agrippa le col de sa chemise en dentelle qui lui donnait l'impression frustrante d'être une mariée au soir de sa nuit de noces. Elle fut un instant sur le point de l'arracher pour la piétiner.

Mais en quoi cela l'aurait-il avancée ? Pensait-elle réellement se débarrasser de sa colère ainsi ? Rien de tout cela n'était la faute de ce malheureux vêtement.

C'était Worsley qu'elle voulait griffer, frapper. Worsley, qui lui avait fait croire qu'un avenir radieux était possible pour eux avant de tout briser avec nonchalance.

Et puis, elle n'était plus la même, dans cette chemise osée. Si jamais, par le plus pur des hasards, son époux venait à l'apercevoir dans sa chambre, un soir ou l'autre, elle ne voulait pas lui apparaître sous les traits d'une gouvernante sans le sou en robe de flanelle rapiécée.

D'ailleurs, ce déshabillé avait dû coûter très cher. Le mettre en pièces aurait été du gâchis. De toute manière, la nuit était bien trop chaude pour qu'elle enfile ses vieilles chemises habituelles : elle se sentirait sans doute beaucoup mieux dans une tenue plus légère.

Elle retourna donc à son lit et se glissa dedans en jurant de ne plus *jamais* prendre la moindre décision en fonction de ce que son époux pouvait penser d'elle. Ses avis, elle s'en moquait bien ! Et elle ne perdrait plus une seule seconde à penser à lui. Non, plus une. Elle allait s'endormir sans plus tarder pour se réveiller fraîche et souriante le lendemain matin, comme si elle n'avait pas le moindre souci au monde. Il était hors de question qu'elle s'asseye hagarde à la table du petit déjeuner et qu'elle laisse croire à tout le monde qu'elle venait de passer une nuit blanche les yeux fixés sur son ciel de lit, à se demander ce qu'elle avait bien pu faire de mal pour décourager ainsi son époux. Car, de toute évidence, il commençait à penser que leur mariage avait été une terrible erreur – mais pourquoi ?

Chapitre 15

Décidément, Worsley ne comprendrait jamais les femmes.

La veille, pendant sa promenade avec Dorothy, il avait pensé qu'elle était prête à rendre leur union réelle, à l'accueillir dans son lit. Mais plus la soirée avançait, plus elle avait paru distante ; jusqu'à refuser très clairement sa proposition de passer un peu de temps en tête à tête pour apprendre à mieux se connaître, sans son frère et ses sœurs pour jouer les chaperons.

Il avait d'abord cru que c'était de la pudeur de sa part. Ou de la nervosité. Allongé dans son lit en attendant le sommeil qui le fuyait, il avait songé à elle comme à une jument craintive qui n'aurait jamais connu ni selle ni harnais. Un animal encore un peu sauvage qu'il fallait apprivoiser avec prudence si on voulait s'attirer sa confiance…

Mais ce matin, elle l'avait accueilli par des regards glaciaux et des reniflements hautains. Avait-il commis un impair ? L'avait-il contrariée sans le vouloir ? Était-ce pour cela qu'elle s'était enfuie dans sa chambre à la première occasion pour ne plus en sortir ?

À bien y réfléchir, elle avait commencé à paraître exaspérée pendant le souper. Elle l'avait empêché de parler de chevaux avec Paul – du moins, plus précisément, de discuter du goût masculin pour les paris sportifs – et ne s'était pas fait prier pour leur donner une leçon de morale.

Certes, elle était fille de vicaire, après tout. Elle avait de toute évidence été élevée dans une famille qui possédait une vision très restrictive des valeurs à encourager chez les autres. Il était clair que le jeu n'était pas, à ses yeux, un passe-temps acceptable. Cela mis à part, songea Worsley, elle n'avait encore jamais émis la moindre réserve concernant le mode de vie ou la personnalité de son mari. Sans doute n'aurait-elle pas autorisé son cher petit frère à l'accompagner aux écuries sans supervision, si elle avait eu peur que son époux ait une mauvaise influence sur lui, n'est-ce pas ?

Il était donc raisonnable de penser que sa mauvaise humeur de ce matin n'était pas due à ses avis tranchés en matière de courses ou de paris. D'ailleurs, elle ne semblait contrariée que par lui et personne d'autre : elle était parfaitement agréable avec les enfants. Il était le seul à recevoir des œillades aussi froides.

Ah, les femmes… Ses sœurs avaient toujours agi de la même manière. Elles pouvaient se montrer caressantes et affectueuses un moment puis, quelques secondes plus tard, fuir la pièce où il entrait, le nez levé avec une moue de dédain. Avait-il réellement cru que Dorothy serait différente ? Quelle idée absurde !

Non, cela n'était pas tout à fait vrai. Dès l'instant où il l'avait enlevée par accident, elle s'était montrée étonnamment généreuse et patiente, quoiqu'un peu moqueuse… Elle n'avait pas encore fait de scène. Elle s'était contentée de réfléchir froidement aux circonstances, à ce qu'elle pourrait tirer de ce triste malentendu, et avait décidé de faire au mieux avec les cartes qu'elle avait en main. À sa place, les sœurs ou les cousines de Worsley lui auraient écrit, indignées, pour se plaindre des conditions de vie à Maybush House. Elles auraient exigé qu'il vienne constater par lui-même la présence de rats dans les murs et la malhonnêteté du personnel. Puis, à son arrivée, elles se seraient fait une joie de protester et de hurler jusqu'à le rendre sourd. Mais pas Dorothy. Elle avait constaté les défauts de la maison, avait haussé les épaules et accepté son sort sans se plaindre. Au contraire, même, elle avait immédiatement tiré parti de la profusion de chambres et avait fait venir son jeune frère et ses sœurs.

Ce courage et cette détermination rendaient sa colère d'aujourd'hui encore plus troublante et incompréhensible. Elle ne l'avait pas habitué à user de ces artifices féminins pervers, jusqu'à présent. S'il l'avait agacée ou offensée pendant le souper, pourquoi n'avait-elle justement pas profité de sa proposition de la veille pour lui en faire le reproche immédiatement, et en privé ?

À moins que… Paul lui avait-il confié quelque chose qui aurait pu la choquer, après son retour de l'écurie ?

Il but une gorgée de bière, gracieusement servie par Mrs Warren, et chassa ces questions sans fin de son esprit. Tout cela était inutile ! S'il voulait réellement découvrir ce qu'il avait bien pu faire pour s'attirer les foudres de son épouse, il allait devoir poser la question, tout simplement.

Mais… tenait-il réellement à savoir pourquoi elle le boudait ainsi ? S'il lui demandait les raisons de sa colère, et si elle acceptait de lui répondre, il serait alors contraint de faire quelque chose pour régler le problème en question. Et si c'était lié aux courses de chevaux – ce qu'il craignait le plus –, il serait obligé de lui promettre d'arrêter d'y assister, et il savait par avance qu'il ne s'y tiendrait pas ! Or, trahir sa parole équivaudrait à une déclaration de guerre entre eux. Il n'avait pas envie de se disputer avec elle ; pas après avoir espéré qu'ils puissent surmonter ensemble les pénibles conditions dans lesquelles leur mariage avait été conclu.

Il la contempla un moment ; assise en tête de table, elle

était en train de grignoter du bout des dents une tranche de pain grillé. Une bouffée de ressentiment lui monta à la gorge. C'était exactement pour ce genre de choses qu'il n'avait jamais souhaité se marier ! Il ne voulait pas naviguer sur la pointe des pieds dans sa propre demeure, craignant à chaque instant d'offenser une femme qui se croyait en droit d'exiger un certain comportement de sa part. Un comportement qu'il ne parviendrait jamais à avoir, quels que soient ses efforts. Pire encore : il semblait devoir *deviner* ce qu'elle attendait de lui, puisqu'elle paraissait décidée à ne rien lui dire !

Il reposa brutalement sa chope de bière et jeta un regard à Paul et aux filles. Il s'était juré depuis bien longtemps de ne jamais prendre de gants avec une femme, et il n'allait pas commencer maintenant. Il allait poursuivre son existence de la manière qu'il voulait, sans rien demander à personne, comme il l'avait toujours fait. Et si Dorothy ou sa famille voulaient une place dans cette vie, ils seraient les bienvenus. Mais dans le cas contraire…

À l'idée d'agir avec indifférence, comme il le faisait en général face à une femme caractérielle, son estomac se noua. Bien sûr, il pouvait s'en aller. Cela aurait été la solution la plus facile. Clairement, sa femme aurait été ravie de rester seule ici, dans cette demeure, libre de gouverner son petit royaume à sa guise. Mais, pour une fois, Worsley n'avait aucune envie de tourner les talons. Et ce n'était pas uniquement parce qu'il avait prononcé des vœux qu'il rechignait à bafouer. C'était à cause d'elle. De Dorothy. *Dora*. Et des aperçus furtifs, tentateurs, qu'elle lui donnait de… d'une vie meilleure. D'une chose qu'il ne parvenait pas à décrire par des mots. Quoi qu'il en soit, il sentait qu'il avait envie de découvrir ce que c'était – avec elle. Même s'il ne faisait qu'entrevoir ce que cet avenir pourrait leur réserver, même s'il n'était pas certain de savoir ce que cela impliquerait pour lui, il *savait* qu'il devait faire tout son possible pour découvrir la vérité ; sans quoi il le regretterait toujours.

Après tout, il n'avait encore jamais tourné le dos à un cheval ombrageux après l'avoir accueilli dans son écurie, n'est-ce pas ? S'il rencontrait un animal difficile à approcher suite à des maltraitances, il se contentait de redoubler d'efforts pour s'attirer la confiance de la bête. Et, de toute évidence, Dorothy avait mené une vie bien difficile avant leur rencontre. Tout le monde semblait avoir été convaincu qu'elle était née pour se sacrifier afin de permettre aux autres de connaître une existence plus agréable. Elle l'avait même épousé, lui, pour offrir un foyer à ses frères et sœurs – pas parce qu'elle avait *voulu* se marier. Donc, oui, la convaincre qu'il n'allait pas la mépriser comme les autres l'avaient fait avant lui serait sans doute un défi de taille. Mais, d'un autre côté, en bon dresseur, il avait toujours apprécié les épreuves. Pourquoi cela serait-il différent dans ce cas précis ?

C'était donc décidé. Il allait au moins essayer d'apprivoiser sa frileuse épouse.

Il prit une profonde inspiration et lança, convaincu d'avoir trouvé une bonne idée pour renouer le dialogue :

— En général, à cette époque de l'année, je donne une grande fête à Brinkley Court. Tilly, Madge, mon autre sœur, ou mes cousines se relaient pour tenir la place d'hôtesse ; mais, à présent que je suis marié, je suis certain que mes invités s'attendront à voir mon épouse endosser ce rôle…

Il adressa un regard de défi à Dorothy, qui fit semblant d'observer quelque chose d'intéressant par la fenêtre.

— J'ai l'intention de reprendre la route demain, précisa-t-il, parlant au profil de sa femme. Si vous venez avec moi, cela vous laissera quelques jours pour rencontrer le personnel, explorer le domaine et prendre vos repères avant l'arrivée des convives.

Cette fois, il avait retenu son attention. Elle le dévisageait, les yeux écarquillés, comme s'il venait de lui faire une proposition des plus indécentes.

— Voilà qui est très soudain, répondit-elle d'un ton sec.

— Hier encore, vous m'affirmiez vouloir tenir votre nouveau rang de comtesse à mes côtés, lui rappela-t-il. Avez-vous donc changé d'avis ?

Il se cala contre le dossier de sa chaise et la regarda, assez satisfait de sa remarque.

À sa grande surprise, Dorothy rougit jusqu'aux oreilles et elle baissa vivement la tête, les mains crispées sur ses genoux.

— Euh… Non, je n'ai pas changé d'avis. C'est juste que… la nature de cette facette de mon nouveau rôle me…

— Ne me dites pas que vous ne vous sentez pas à la hauteur de la tâche ! Je sais que vous n'avez encore jamais organisé de réceptions de cette ampleur, mais je suis convaincu que vous avez la force d'entreprendre n'importe quoi, lorsque vous décidez d'agir.

— Bien sûr que oui ! Tu peux le faire, Dora, s'écria Mary, que Worsley avait oubliée l'espace d'un instant.

— Et nous serons là pour l'aider, n'est-ce pas, milord ? demanda Paul d'un air anxieux. Vous ne nous laisserez pas seuls ici avec Mrs Warren, les rats et les fantômes, si ?

— Bien sûr que non.

Il n'était pas assez fou pour tenter de séparer Dorothy de sa famille…

D'ailleurs, il était même prêt à se servir des plus jeunes pour la pousser à céder à sa demande, s'il le fallait. S'il parvenait à leur donner envie de découvrir Brinkley Court, les enfants se chargeraient probablement de convaincre leur sœur à sa place.

— Je partais du principe que vous viendriez tous, leur dit-il donc, imitant en cela sa femme, qui semblait plus encline à s'adresser à eux qu'à lui, ce matin. Cette fête traditionnelle est avant tout destinée à rassembler les nombreux membres de ma famille. Même les cousins les plus éloignés aiment répéter au monde entier qu'ils ont passé la semaine à Brinkley Court. Et bien sûr, cette année, tout le monde sera honoré de pouvoir rencontrer ma comtesse.

Il vit avec satisfaction Dorothy gigoter nerveusement sur sa chaise.

— Le manoir est assez grand pour accueillir tous mes invités, ajouta-t-il, et l'armée de domestiques qui les accompagne. Non pas que vous ayez à vous soucier de tout ce monde, bien sûr. Je suis certain que vous serez bien plus intéressés à l'idée de pouvoir explorer le parc qui entoure la maison. Pour être honnête, il est immense et vous trouverez de nombreux endroits où jouer au cricket sans craindre de briser une vitre ou de perdre la balle dans un étang. Il y a également une ferme à proximité, dont le propriétaire élève des chiens. C'est là que je comptais trouver ceux que je vous ai promis. Avec un peu de chance, vous pourrez vous-même choisir le chiot qui vous plaira le plus…

Jamais encore il n'avait déployé autant d'efforts pour atteindre le but qu'il s'était fixé. Et pourtant, voilà qu'il soudoyait trois enfants en leur promettant des animaux de compagnie, sans le moindre scrupule à la vue de leurs regards pétillants. D'ailleurs, il n'en avait pas encore terminé :

— Il y a aussi un lac avec un îlot sur lequel vous pourrez construire un fort digne de Robinson Crusoé, si vous le désirez. Et les granges sont remplies de bois pour bâtir vos cabanes.

— Oh ! Dora, est-ce qu'on peut y aller ? crièrent les trois enfants en chœur, comme Worsley l'avait espéré.

Elle le dévisagea un instant en silence, les lèvres pincées, comme si elle voyait clair dans son petit jeu.

Il lui répondit par un demi-sourire. Elle n'appréciait peut-être pas sa façon de faire, mais leur mariage ne risquait pas de se renforcer si elle refusait de rencontrer la famille de Worsley ou d'endosser ses devoirs comme elle le lui avait promis la veille encore.

Il avait même gardé un dernier atout dans sa manche pour la convaincre…

— Si vous ne vous sentez vraiment pas de taille, lui dit-il avec toute la condescendance dont il était capable, vous pourrez toujours céder la place à l'une de mes sœurs quand elles arriveront. Après tout, elles ont été élevées pour gérer ce genre de responsabilités.

Il jouait avec le feu, et il le savait. Mais il devinait aussi que, tel un taureau face à un chiffon rouge, son épouse ne résisterait pas.

— Bien sûr que je serai de taille ! lâcha-t-elle d'un ton cinglant. Je ne suis pas stupide ! Je suis certaine que ce sera exactement comme tenir une maison, et je tiens à vous rappeler que je fais cela depuis l'âge de dix ans.

— C'est donc décidé, répondit-il. Nous sommes tous d'accord. Je vous laisse rassembler toutes les affaires dont vous aurez besoin pour le voyage et nous partirons demain matin.

Dorothy se leva de sa chaise avec une dignité crispée et invita son frère et ses sœurs à la suivre. Ils ne se firent pas prier et quittèrent la pièce en bavardant très fort, excités par la perspective de passer quelques jours dans un manoir, de choisir leurs chiots et de construire une forteresse sur une île.

Tout en écoutant leurs voix, de plus en plus faibles dans

la cage d'escalier, Worsley se rendit soudain compte que sa description de Brinkley Court semblait en faire un véritable paradis pour les enfants. Des enfants capables de bien s'entendre, en tout cas… Que sa jeunesse aurait été différente, s'il avait eu des sœurs comme Mary et Martha, qui aimaient jouer à la balle et étaient ravies à l'idée d'élever un chien elles-mêmes ! Hélas, Tilly et Madge avaient toujours eu peur de se salir les mains ou de tacher leurs vêtements. D'ailleurs, on ne les avait jamais laissées passer trop de temps avec lui, sauf lors des dîners formels et des bals.

Bref, inutile de ressasser le passé. La seule chose qui importait était que le frère et les sœurs de Dorothy sachent profiter de tout ce que le parc de sa demeure familiale avait à leur offrir. Tout comme leur aînée, ils avaient un remarquable esprit d'indépendance. Ils se moqueraient de découvrir qu'ils seraient les seuls enfants présents pendant la fête ; car les autres convives allaient probablement confier leur descendance aux bons soins de nourrices et de gouvernantes, bien à l'abri chez eux.

Ces dernières réflexions lui rappelèrent qu'il allait devoir écrire à sa femme de charge pour lui annoncer qu'il arriverait non seulement accompagné de son épouse, mais aussi des jeunes frère et sœurs de celle-ci ; et ce, plus tôt que prévu. En temps normal, il attendait le dernier moment pour se rendre à Brinkley Court : il n'avait jamais vraiment aimé cet endroit rempli de vieux héritages poussiéreux qui ne servaient à rien ni personne. Dans les interminables couloirs, les sinistres portraits de ses ancêtres le contemplaient avec des moues désapprobatrices. Du moins, c'était l'effet que ces peintures avaient toujours eu sur lui.

Cependant, cette fois, les choses allaient être différentes. Il avait du mal à imaginer Paul et ses sœurs se plier aux nombreuses règles et traditions imposées aux plus jeunes depuis des générations. En fait, se promit Worsley, il allait même s'assurer qu'ils se sentent libres de les transgresser. Il les accompagnerait dans les fermes du voisinage et les encouragerait à explorer le parc d'un bout à l'autre. Et s'il pleuvait, s'ils ne pouvaient pas jouer dehors, il était même prêt à organiser une partie de cricket dans la grande galerie ! Petit, il avait toujours rêvé de faire ce genre de choses et avait regretté amèrement de ne pas avoir de frère prêt à jouer avec lui.

Et si les enfants tenaient vraiment à recréer les aventures de Robinson Crusoé sur l'îlot du lac, il allait devoir leur trouver une longue-vue, songea-t-il soudain.

Cela, s'ajoutant à tous ses autres préparatifs, risquait de le tenir occupé une bonne partie de la journée. Avant de quitter cette maison, il tenait à s'assurer que quelqu'un vienne exterminer les rats, s'il y en avait bien dans les murs, et à faire réparer les fenêtres brisées.

Avec tout ce travail, que faisait-il encore assis à la table de la salle à manger, désertée depuis longtemps ?

Il repoussa sa chaise et se leva, de meilleure humeur. Non seulement une belle journée active l'attendait, mais, en plus, il allait être bien trop pris pour risquer de croiser Dorothy et se disputer avec elle – dispute qui aurait risqué de la dissuader de venir à Brinkley Court.

Plus Worsley songeait à ce voyage, plus la présence de son épouse au manoir lui paraissait nécessaire.

Chapitre 16

— Dora, commença Paul d'un air hésitant en s'approchant d'elle tandis qu'elle remplissait sa malle, n'as-tu pas envie d'aller à Brinkley Court ?

— Pas vraiment, non, répondit-elle en prenant la pile de chemises qu'il lui tendait pour les plier avec soin. Et avant de me proposer de m'aider à gérer tout ce que je devrai apprendre en arrivant pour prendre ma place d'hôtesse…

Promesse que son frère ne tiendrait sans doute pas, à en croire toutes les activités excitantes qui l'attendaient là-bas, selon Worsley.

— … je tiens à te dire que ce n'est pas cela qui me fait tant hésiter à quitter Maybush House.

— Dans ce cas, quel est le problème ? Je pensais que tu aurais hâte d'y aller : ce manoir a l'air bien plus amusant qu'ici.

— En effet.

Son époux avait clairement fait tout son possible pour éveiller l'intérêt de son frère et de ses sœurs. Voyant la réticence de Dorothy, il s'était attiré leur aide en attisant leur enthousiasme… Il savait, le traître, qu'elle n'aurait jamais le cœur de refuser quoi que ce soit aux enfants !

— Mais je te rappelle que je n'aurai pas le loisir de bâtir des forts sur une île, de jouer au cricket ou d'aller voir des chiots avec vous, ajouta-t-elle avec une pointe d'amertume. Je vais devoir…

Elle s'interrompit un instant. C'était bien le problème, n'est-ce pas ? Elle ne savait pas exactement ce que l'on attendait d'elle.

— Tu ne seras pas obligée de nettoyer les saletés des chiens, si c'est ce qui t'inquiète !

Paul alla tirer des chaussettes et des cols froissés de sa commode avant de revenir vers elle.

— Je te promets que nous prendrons bien soin d'eux. Et puis, on aurait eu ces chiots de toute manière, même en restant ici, alors… Dis-moi, ce n'est pas à cause d'eux que tu es en colère ?

Non, ce n'était pas cela. Mais elle ne pouvait avouer ni à Paul ni à qui que ce soit d'autre la véritable raison qui la faisait tant hésiter à se rendre à Brinkley Court. Il aurait été bien trop humiliant d'admettre qu'elle avait mal interprété les intentions de son époux quand il lui avait suggéré de remplir son devoir conjugal. Quand elle avait enfin compris, ce matin, qu'il n'avait eu en tête que ses devoirs *publics* de comtesse, elle avait été tentée de se laisser couler de sa chaise pour se cacher sous la table tant elle avait eu honte. Il n'avait pas songé à la rejoindre dans sa chambre, la veille. L'idée ne l'avait sans doute même pas traversé… Ce malentendu prouvait bien à quel point ils voyaient leur mariage d'un œil différent. Chaque fois qu'elle posait les yeux sur lui, sur ses larges épaules ou ses grandes mains puissantes, son corps s'embrasait et un désir insoutenable, brûlant, l'envahissait. Elle voulait sentir ces paumes d'homme sur son corps, les laisser explorer sa chair.

Mais tout ce qu'il attendait d'elle était sa présence en tant que maîtresse de maison lorsqu'il organisait des dîners. Pour sauver les apparences, sans aucun doute…

Hélas, bien qu'elle ait tenu bon face à ses provocations de ce matin, elle n'avait aucune idée du genre d'attitude que l'on attendait de la part d'une comtesse. Comment pouvait-elle devenir une épouse parfaite pour lui, si elle ne savait même pas ce qu'elle était censée faire ou dire ?

Paul revint une fois de plus, les bras chargés d'une montagne de vêtements pris au hasard, et posa la pile près d'elle pour qu'elle les entasse dans la malle.

— J'imagine que cela fait beaucoup de travail pour toi, de remballer nos affaires alors que nous venons tout juste de nous installer…, dit-il.

— Oui, répondit-elle, saisissant cette faible excuse au vol. Nous avons à peine eu le temps de nous couler dans ce nouveau rythme de vie.

Son frère s'adossa au montant du lit et croisa les bras, songeur.

— Maintenant que tu es mariée à un lord, je suppose que tu vas devoir t'habituer à déménager tous les mois ou presque. Ces gens-là sont comme des… des Tziganes, tu sais. Tous les garçons, à l'école, parlent de passer l'été dans leur château de famille, puis la saison à Londres et Noël à la campagne, pour les parties de chasse. Entre-temps, ils assistent aussi à toutes les grandes courses hippiques, un peu partout dans le pays.

— Oh ! Seigneur ! Vraiment ?

Ne pouvait-elle pas se contenter de rester ici ? Tout le temps ? Si son mari la traînait dans tous ces endroits différents, les gens ne cesseraient de la dévisager ; et elle avait horreur d'être ainsi un centre d'attention, comme elle l'était devenue autrefois dès qu'elle avait dépassé de quelques pouces la femme la plus grande de sa paroisse.

Elle se pencha un peu plus sur la malle ouverte en faisant de son mieux pour cacher son angoisse. Elle ne supporterait jamais de voir la bonne société rire sur son passage et se moquer de la grande perche qui servait d'épouse à Lord Worsley.

— Hmmph, lâcha-t-elle en se relevant enfin, dépoussiérant sa jupe d'un geste nerveux. Je vais voir comment s'en sortent Mary et Martha, puis j'irai m'occuper de mes propres bagages.

En dépit de ce qu'elle avait laissé croire à son frère, leur départ soudain n'allait pas être si difficile que cela à organiser. Il leur suffisait de remballer tout ce qu'ils avaient installé dans leurs armoires à leur arrivée ici.

Ce qui allait lui demander plus d'efforts, en revanche, serait de retrouver le sourire après le coup fatal que Worsley lui avait asséné au petit déjeuner. *Sans le vouloir*, se rappela-t-elle une nouvelle fois. Il pensait sans doute qu'il lui faisait un grand honneur en l'invitant dans son manoir pour la présenter à sa famille et en la hissant au rang d'hôtesse de l'événement. D'ailleurs, à en croire les efforts qu'il avait faits pour qu'elle accepte, c'était probablement le cas… Il aurait pu se contenter de l'ignorer et de la tenir à l'écart comme si de rien n'était, non ? Mais au contraire, il avait l'air de vraiment vouloir lui laisser une chance de trouver sa place dans son monde.

Très bien. Elle allait donc se retrousser les manches – si l'on pouvait dire – et relever le défi de Worsley. Plus important encore, elle devait cesser de se laisser engloutir par sa déception et sa colère.

Hélas, comme tous ceux qui en avaient fait l'expérience le savaient, c'était une chose de souhaiter étouffer sa propre douleur, mais c'en était une autre d'y parvenir réellement.

Lorsque toute la famille se réunit pour le souper, ce soir-là, Dorothy arriva à peine à garder son ressentiment sous clé. Après tout, elle ne pouvait pas blâmer son mari de ne pas partager ses sentiments, n'est-ce pas ? Elle n'était pas le genre de femme que l'on désirait, au sens charnel du terme, c'était tout. Hélas, savoir cela ne l'aidait pas vraiment. C'était exaspérant ! Avant de rencontrer cet homme, elle avait vécu en paix, convaincue qu'elle n'éprouverait jamais le moindre intérêt pour les hommes.

Malgré tout, elle parvint à rester de marbre jusqu'à la fin du repas, sans assombrir la joie et l'impatience des autres. Quand elle monta dans sa chambre, elle enfila de nouveau sa chemise de nuit en soie, uniquement pour…

Pour rien. Elle ne la choisit que parce qu'il faisait chaud et parce qu'elle l'avait trouvée confortable, la veille. Elle n'allait tout de même pas rester assise au milieu de son lit, à guetter les bruits dans la chambre voisine, imaginant son époux qui se préparait à se coucher. Elle n'allait certainement pas le visualiser en train de se déshabiller et de se laver ! Elle n'allait pas non plus rêver à son beau visage endormi, les paupières closes et les cheveux étalés sur son oreiller. D'ailleurs, elle avait si mal dormi la veille et avait été tellement occupée jusqu'au soir qu'elle sombra bien vite dans un profond sommeil.

À son réveil, fraîche et reposée, elle eut l'impression d'être enfin de taille à affronter tout ce que la journée lui réserverait.

Toute la famille achevait à peine son petit déjeuner quand on vint annoncer que les deux voitures étaient prêtes et attendaient dans la cour. Paul et les filles abandonnèrent leurs assiettes et se précipitèrent à la fenêtre, tout en bombardant Worsley de dizaines de questions.

— L'une des voitures sera pour vous, ainsi que pour Paul et vos sœurs, expliqua-t-il à Dorothy, tandis que la seconde transportera nos bagages.

— N'allez-vous donc pas voyager avec nous ? demanda Mary.

Dorothy aurait pu l'embrasser pour la remercier d'avoir posé tout haut la question qui venait de surgir dans son esprit, et qu'elle n'aurait jamais osé formuler elle-même.

— Non, répondit-il. J'ai l'intention de monter Chancer. Si je ne le faisais pas, l'un des valets devrait prendre ma place, car ce cheval est trop caractériel pour suivre docilement une voiture en y étant attaché. Croyez-moi…

C'était une bonne excuse pour éviter de passer la journée enfermé dans un véhicule étriqué avec trois jeunes bavards et une épouse taciturne, songea-t-elle. Son frère et ses deux sœurs, en tout cas, parurent l'accepter sans protester.

Plus tard, sur la route, Dorothy songea qu'elle aurait pu apprécier ce voyage si elle n'avait pas tant souffert du rejet humiliant de son époux et de l'indifférence de ce dernier à son égard. Elle brûlait de désir pour lui, mais il n'avait encore jamais montré la moindre affection pour elle. Il n'avait même pas essayé de l'embrasser depuis leur mariage ! Lors de chaque arrêt, les aubergistes et les propriétaires d'écuries les traitèrent avec plus d'égards que tout ce qu'elle avait connu dans sa vie. Elle apprécia aussi le fait que Worsley mette un point d'honneur à se pencher régulièrement par la fenêtre de leur voiture pour les informer de leur progression ou s'assurer qu'ils allaient bien. Chaque fois, Dorothy pouvait apercevoir son dos et ses puissantes cuisses refermées sur les flancs de son étalon, juste avant qu'il ne s'éloigne de nouveau…

Finalement, même le plaisir de voir les tenanciers de taverne se courber devant elle et celui d'admirer le défilement du paysage par la fenêtre de la voiture finirent par s'atténuer. On approchait de l'heure à laquelle son frère et ses sœurs avaient l'habitude de prendre leur repas du soir et, en s'arrêtant à l'auberge suivante, Dorothy ne fut pas surprise d'entendre Martha demander d'une voix plaintive s'ils étaient bientôt arrivés.

— Je ne sais pas, ma chérie, répondit-elle, mais je vais poser la question.

Elle les envoya chercher les toilettes avant de s'approcher de Worsley. Elle n'avait pas envie qu'ils l'entendent se plaindre à son époux, si jamais la réponse de ce dernier ne correspondait pas à ce qu'elle espérait entendre…

Il était penché sur l'une des pattes de son cheval pour l'examiner quand elle se campa dans son dos, les bras croisés.

— J'espère que vous vous rendez compte que nous venons de dépasser l'heure du coucher de Martha, dit-elle.

— Vraiment ?

Il se redressa et caressa l'encolure de Chancer.

— Ne vous en faites pas : notre prochaine étape sera la dernière. Je vous promets qu'elle se blottira bientôt dans un bon lit. J'ai pensé qu'il valait mieux accomplir le voyage en une seule journée, puisque le soleil se couche encore tard et nous accorde de longues heures de lumière.

— Ah, vraiment ? demanda-t-elle sèchement.

— Oui. Je suis convaincu qu'il est plus facile pour les enfants de se remettre d'un trajet fatigant à la maison plutôt que de se retrouver exposés aux chambres plus ou moins propres des auberges que nous croisons. Pour être honnête, à part les écuries, je n'ai pas vu grand-chose des établissements où nous avons fait escale…

En un éclair la bulle de colère qui montait à la gorge de Dorothy s'évapora. Elle avait cru qu'il ne se souciait ni d'eux ni de leur confort ; qu'il chevauchait ainsi parce qu'il y était habitué, tout simplement.

— Vous avez raison, admit-elle.

En effet, les enfants se reposeraient bien mieux dans un bon lit, en sachant qu'ils étaient arrivés à destination.

Et dès le lendemain matin, ils seraient en pleine forme pour commencer leur exploration des lieux.

— Est-ce si difficile, pour vous, de concéder une telle chose ?

— Oui, lâcha-t-elle, très raide.

Worsley éclata de rire face à sa moue déconfite.

— Je vous promets que nous ne sommes plus très loin de Brinkley Court, reprit-il en confiant les rênes de Chancer à un valet, qui conduisit le cheval jusqu'à l'abreuvoir. Nous allons souper ici, et les enfants pourront se coucher dès notre arrivée.

Décidément, il n'y avait pas lieu de se mettre en colère. Elle avait beau chercher, elle ne parvenait pas à trouver la moindre raison de protester ou de discuter les choix qu'il avait faits. Il essayait de prendre soin d'eux ; alors que, durant sa vie de garçon, il n'avait sans doute jamais eu besoin de s'inquiéter d'autre chose que de son propre plaisir… Son époux était un homme bon, se rappela-t-elle en prenant le bras qu'il lui offrait, pour le suivre dans la salle de l'auberge. La seule chose qui la contrariait était la propension de Worsley à prendre des décisions sans la consulter.

Lorsque toute la famille se retrouva à table, dans le salon privé que Worsley avait retenu pour eux, elle leur annonça la nouvelle. Elle avait craint de les voir bouder à l'idée de devoir reprendre la route après le repas, mais la perspective de voir le manoir le soir même leur arracha au contraire des cris de joie. Paul commença immédiatement à réfléchir à tout ce qu'ils pourraient faire dès le lendemain matin, ce qui eut le don de rendre à Martha son énergie coutumière. Au bout de quelques minutes, Dorothy commença à se sentir mise à l'écart. Elle était la seule, ici, à nourrir encore une vague rancœur.

D'un autre côté, son frère et ses sœurs avaient l'habitude

que d'autres personnes leur dictent leur vie à leur place, non ? Tandis que de son côté elle avait toujours été celle qui prenait les décisions.

Worsley et elle étaient amenés à se disputer encore et toujours, songea-t-elle en prenant place dans la voiture pour la dernière étape de leur voyage. Du moins, tant qu'elle n'aurait pas trouvé un moyen d'étouffer son farouche désir d'indépendance. À moins qu'elle parvienne à le convaincre de la consulter avant d'agir… Non. Impossible. Elle se montrait déraisonnable. Jusqu'à présent, elle ne pouvait pas lui reprocher le moindre des choix qu'il avait faits. Et puis, pourquoi l'aurait-il consultée ? On ne demande son opinion à une femme que lorsque l'on tient à elle, lorsque l'on craint de l'offenser. Depuis leur rencontre, son époux ne lui avait pas fait l'effet d'un homme dépendant des sentiments des autres à son égard. Bon, peut-être était-ce un peu injuste. Il…

— Oh ! Dora ! Regarde ! s'écria soudain Paul qui était penché à la fenêtre depuis un bon moment pour être le premier à apercevoir Brinkley Court. Nous arrivons au portail !

Son frère avait raison, en effet. La voiture ralentit pour prendre un dernier virage avant de se glisser entre deux imposants piliers de pierre coiffés de sculptures de lions, les babines retroussées. Bien entendu, Paul et les filles se firent une joie de gronder sauvagement en les voyant… D'un seul coup, Dorothy n'eut plus l'impression d'être devenue une étrangère dans sa propre famille. Tout comme eux, elle fut envahie par une soudaine curiosité et se surprit à se pencher au carreau, bousculée par trois autres têtes pressées de découvrir la demeure. Très vite, son frère et ses sœurs se disputèrent pour savoir qui verrait le lac et l'île en premier.

Cependant, tandis que la voiture traversait un pont impressionnant pour franchir une rivière assez large, qui devait forcément se jeter dans le fameux lac, ce dernier demeura invisible.

Enfin, l'apparition du manoir de Brinkley Court les consola de cette première déception. Paul et les filles poussèrent de nouveaux cris enthousiastes.

— Regardez toutes ces fenêtres, murmura Mary, le souffle court.

Dorothy ne put feindre l'indifférence. La façade de style palladien s'élevait sur quatre niveaux, tous marqués par une série de hautes fenêtres qui reflétaient les rayons du soleil couchant comme autant de gemmes dorées. Le bâtiment semblait long d'un demi-mille !

— Même toi, tu ne pourrais pas briser celles du haut avec une balle de cricket, gloussa Paul en lui jetant un coup d'œil par-dessus son épaule.

— Non, et je ne veux pas vous voir essayer, répliqua Dorothy sévèrement. N'oubliez pas ce qu'a dit Lord Worsley : il y a bien assez d'espace pour jouer dans le parc sans risquer d'abîmer la maison.

— C'est certain, répondit son frère avec un grand sourire. Le manoir doit être à un bon mille de la route, et ces arbres, de part et d'autre de l'allée, ont l'air de couvrir des acres de terrain !

— Je me demande où est la ferme des chiots, demanda Martha avec impatience avant d'étouffer un bâillement.

— Je suis certaine que Lord Worsley saura te le dire, répondit Dorothy d'une voix apaisante.

La voiture s'engagea bientôt dans une sorte de cour ronde au centre de laquelle s'élevait une fontaine, puis s'immobilisa sous un porche si massif que le toit pouvait couvrir le véhicule, ainsi que les chevaux qui le tiraient.

Un valet en livrée bleu sombre ornée de boutons argentés descendit les marches en courant pour aider les passagers à s'extraire de la voiture. Derrière lui apparut un torrent de domestiques vêtus d'uniformes similaires. Ils s'alignèrent comme des soldats au garde-à-vous de part et d'autre de la porte, les femmes d'un côté et les hommes de l'autre.

Soudain nerveuse, Dorothy ravala sa salive. Elle s'attarda un instant pour aider ses sœurs à rassembler leurs affaires tandis que Paul courait déjà pour rejoindre Worsley, comme il l'avait fait à chacune de leurs étapes depuis leur départ de Maybush House.

Lorsque les filles et elle purent enfin avancer vers l'armée de serviteurs, les jambes affaiblies par des heures d'immobilité, Martha et Mary se serrèrent instinctivement contre elle.

Quelque part dans son dos, la voix de Worsley s'éleva :

— Merci pour le charmant accueil que vous avez réservé à mon épouse, Mrs Parmenter.

Un accueil *charmant* ? Ce n'était pas exactement le terme que Dorothy aurait choisi. En fait, elle était même heureuse de sentir ses sœurs pendues à ses jupes de part et d'autre d'elle, car elle ne s'était encore jamais sentie aussi peu digne de son titre de comtesse. Au contraire, elle avait l'impression d'être une imposture vivante ! Cette sensation fut aggravée par les sourires que lui adressaient tous les domestiques, comme s'ils attendaient d'elle une sorte d'action miraculeuse. Comme… comme faire un saut périlleux, ou jongler avec des couteaux, ou un autre exploit du même genre.

— Je pense que Mrs Parmenter est la personne avec laquelle vous allez le plus vous entretenir, pendant votre séjour ici, reprit son époux tandis qu'une femme grassouillette entre deux âges sortait du rang pour saluer Dorothy avec respect. Je dois dire qu'elle fait un travail remarquable : la maison est toujours immaculée quand j'y viens.

Dorothy jeta un coup d'œil par-dessus son épaule et remarqua que Worsley n'avait pas encore lâché les rênes de son cheval. L'animal agitait nerveusement la tête et frappait la terre de ses sabots.

— Écarte-toi, Paul ! s'écria-t-il soudain lorsque sa monture se redressa sans prévenir sur les pattes de derrière avec un hennissement impatient. Il reconnaît l'odeur de l'écurie et il a hâte d'y aller. Il doit avoir faim, après toute cette route. Ma chère, je sais que je devrais rester pour vous présenter le reste du personnel, mais m'en voudriez-vous si je… ?

Il paraissait si désolé que Dorothy dut serrer les dents pour résister à l'envie – absurde – de le supplier de rester. Ne lui avait-il pas dit qu'il avait confiance en elle et qu'il la croyait capable de relever n'importe quel défi ? Allait-elle lui donner tort dès la première difficulté ?

— Non, pas du tout, répondit-elle donc en s'obligeant à sourire. Nous nous en sortirons très bien sans vous.

Avec un regard soulagé, presque reconnaissant, il s'éloigna, laissant Dorothy seule face à tous ces inconnus rangés devant elle comme des soldats attendant l'inspection de leur capitaine. Si seulement elle avait pu se sentir digne de toute cette attention polie. Si seulement elle avait pu redresser la tête avec autorité, comme la comtesse qu'elle était censée incarner.

— Voici Margery, votre première femme de chambre, commença Mrs Parmenter en lui présentant une fille un peu maigrichonne aux cheveux bruns, qui se tenait au début de la file.

Celle-ci fit une révérence soignée.

— Je suis heureuse de vous rencontrer, Margery, dit Dorothy, un peu intimidée.

Mrs Parmenter lui fit discrètement signe d'avancer d'un pas, ce qu'elle fit en la remerciant intérieurement de l'aider à tenir son rôle avec autant de tact.

— Et voici…

— Dora ! cria soudain une voix aiguë de femme depuis l'intérieur de la maison.

Un battement précipité de semelles suivit bien vite, résonnant dans le hall.

Le visage de Mrs Parmenter s'assombrit un instant, juste avant que la silhouette de la propriétaire de cette voix stridente apparaisse dans l'embrasure de la porte.

Dorothy reconnut immédiatement Pansy. Celle-ci bondit au bas des marches, poussa les domestiques et se pendit à son cou, comme si elles étaient des amies d'enfance, séparées depuis des années.

— Oh ! comme je suis contente de vous voir ! couina-t-elle sans relâcher son étreinte.

Dorothy ne sut comment réagir. Après tout, elles ne s'étaient rencontrées qu'une seule fois – et pas longtemps. D'ailleurs, seuls ses proches les plus intimes l'appelaient par son surnom…

Et uniquement lorsqu'elle les y autorisait.

Chapitre 17

Les domestiques ne souriaient plus. Ils avaient tous adopté une moue crispée et neutre, comme s'ils étaient bien décidés à ne pas trahir la moindre de leurs pensées.

Quant à Mrs Parmenter, elle regardait la scène, les bras croisés sur la poitrine, avec un air de patience résignée.

— Oh ! Dora ! Comme j'avais hâte que vous veniez ! soupira encore Pansy avant de fondre en larmes.

Pendant quelques secondes, Dorothy resta immobile, avec Mary accrochée à l'un de ses bras, Martha pendue au second, et Pansy agrippée à son cou.

— Je crois que les présentations formelles vont devoir attendre un peu, dit-elle à Mrs Parmenter par-dessus les boucles blondes de la jeune femme. Pensez-vous que vous pourriez montrer leur chambre à mes sœurs ?

À peine eut-elle prononcé ces mots qu'elle sentit les filles la serrer de plus près encore. Elle hésita un instant, puis soupira.

— À bien y réfléchir, je pense que nous allons toutes vous suivre, Mrs Parmenter, reprit-elle. Vous êtes la bienvenue aussi, Pansy.

La jeune femme la lâcha enfin et renifla bruyamment.

— Merci. Votre chambre est prête et nous allons vous installer confortablement. D'ailleurs, je suis certaine que vos sœurs n'ont aucune envie de rester ici pour écouter tous les domestiques donner leurs noms à tour de rôle !

Mrs Parmenter les invita d'un geste à entrer et les précéda au sommet des quelques marches du porche.

— Par ici, milady, dit-elle à Dorothy.

En passant la porte, Pansy adressa à la femme de charge un sourire triomphant, puis elle traversa le hall pour atteindre l'escalier de chêne monumental qui s'élevait le long du mur de gauche en suivant une courbe gracieuse.

Paul s'attarda un instant pour admirer une armure placée au pied des marches tel un garde médiéval armé d'une lance meurtrière, avant de suivre le reste du groupe. Il venait à peine de prendre une profonde inspiration pour dire quelque chose, les yeux pétillants d'excitation, quand Pansy s'interposa :

— Je suis vraiment navrée de pleurer comme cela, mais je suis au moins heureuse d'avoir épargné à vos sœurs cette *épreuve*. Le personnel du manoir est si guindé ! C'est atroce…

Étant donné qu'ils n'avaient pas encore atteint le palier du premier étage et que le personnel en question traversait le hall en dessous d'eux pour disparaître par une porte qui devait conduire à l'office, la remarque de Pansy dut être entendue par bien des oreilles… Elle n'avait clairement pas échappé à Mrs Parmenter, en tout cas, si l'on en croyait la crispation soudaine de ses épaules.

— Ils ne font que vous rappeler les traditions de Brinkley Court à longueur de journée, poursuivit Pansy, qui ne paraissait pas avoir remarqué le regard rageur de Paul après cette interruption ou les murmures des domestiques, en bas des marches. Mais j'ai vite compris que ce n'était qu'une excuse pour regarder de haut les invités sans titre et ignorer leurs ordres. Ils feront sans doute la même chose avec les enfants, je le crains : ils n'ont pas l'habitude d'en voir dans les couloirs. Cette fameuse fête annuelle est réservée aux adultes.

Dorothy n'avait pas eu l'impression que le personnel l'avait regardée de haut, ou que l'on avait manqué de respect à son frère et à ses sœurs. Au contraire, tout le monde lui avait souri – jusqu'à l'arrivée de Pansy et ses sanglots hystériques, ses embrassades théâtrales. Qu'avait-elle donc fait pour s'attirer le mépris des gens de maison ? Il aurait peut-être été sage de le découvrir, pour ne pas reproduire la même erreur…

— Je suis tellement contente que vous soyez enfin là ! s'écria encore la jeune femme alors qu'ils entamaient la deuxième volée de marches. Jamais je n'oublierai votre bonté, pendant cette horrible soirée au Blue Boar.

Ah. C'était donc pour cela qu'elle se montrait aussi familière. Dorothy se souvint soudain qu'elle avait donné son surnom à Gregory, lorsqu'ils s'étaient présentés. Elle ne pouvait donc pas en vouloir à Pansy de s'en servir sans attendre sa permission. De plus, peu de personnes semblaient avoir été bonnes pour la pauvre fille, ces derniers temps. Et surtout pas son propre géniteur. Comment Dorothy se serait-elle sentie, si son père l'avait reniée et jetée à la rue sans un sou en poche ?

Mais, d'une certaine manière, l'imprudence de ce dernier en matière de finances avait mené à une situation très similaire, à sa mort…

— J'espérais vous voir arriver il y a des jours, pour être honnête, reprit Pansy. J'ai eu du mal à croire Gregory quand il m'a affirmé que rien ne pourrait jamais empêcher Worsley d'assister aux rassemblements de Newmarket, en juillet.

Elle adressa à Dorothy un regard compatissant par-dessus son épaule.

— Pas même le fait de s'être enfin marié.

Newmarket ? Il était allé voir des courses de chevaux ?

C'était typique de lui ! Depuis le début, elle devinait que le bien-être de ces animaux était plus important aux yeux de Worsley que celui de son épouse. Après tout, il l'avait abandonnée sans le moindre scrupule sur le seuil de sa propre maison, face à Mrs Parmenter et au reste du personnel, juste pour conduire lui-même Chancer à l'écurie.

Elle prit une profonde inspiration et poursuivit son ascension sans fin en se répétant de garder son calme. Pourquoi son mari aurait-il dû s'interdire d'assister aux courses, alors qu'il avait beaucoup investi pour gagner, d'après ce que Paul lui avait répété ? De quel droit se plaignait-elle ? Il ne l'avait pas épousée parce qu'il en avait *envie*. Tout ce qui s'était passé entre eux était le fruit d'un malencontreux accident. Et, en toute honnêteté, elle avait été surprise de le revoir à Maybush House, et encore plus d'être invitée ici, en qualité d'hôtesse lors de sa grande fête estivale.

— Mais peut-être êtes-vous soulagée qu'il ne vous impose pas en permanence sa présence indésirable, continua Pansy avec une grimace en atteignant le palier. La manière dont il vous a enlevée et entraînée dehors, ce soir-là, était absolument répugnante. Gregory m'a tout raconté.

— Pas maintenant, Pansy, coupa Dorothy avec fermeté.

Elle comprenait mieux à présent pourquoi le personnel semblait tant détester la jeune femme… Paul, surpris par cette révélation soudaine, avait levé les yeux, et Dorothy se mordit la lèvre, gênée. Elle n'avait donné à son frère et à ses sœurs qu'un récit bref et simplifié de sa rencontre avec Worsley, laissant volontairement de côté les détails qui auraient pu les embarrasser, pour donner à toute l'aventure un aspect excitant. Ils étaient encore bien trop jeunes pour entendre toute la vérité.

— Oh non ! Pas devant les enfants, lâcha Pansy en se plaquant une main sur les lèvres. Que je suis sotte !

Hélas, le mal était fait : même Mary et Martha paraissaient soucieuses, à présent…

— Lord Worsley m'a informée que les filles préfèrent partager une chambre, intervint Mrs Parmenter à point nommé. Je les ai donc installées ici.

Elle ouvrit l'une des portes du couloir.

— Depuis cette pièce, on a une vue splendide sur le lac. Le maître m'a expliqué qu'elles seraient susceptibles de l'apprécier.

Dora la remercia d'un regard reconnaissant tandis que ses sœurs se précipitaient déjà vers la fenêtre pour regarder dehors.

— Votre chambre aussi a une vue semblable, jeune monsieur Paul, poursuivit la femme de charge. Elle est située un peu plus loin dans ce même couloir, juste après la salle de classe.

Au même moment, quelques valets apparurent pour déposer les malles des filles dans la chambre, empêchant Pansy d'offenser ou de mettre qui que ce soit mal à l'aise par de nouvelles remarques déplacées.

Tandis que Mary et Martha se partageaient les deux lits et que Pansy guidait la bonne chargée de déballer les vêtements, Dorothy attira Paul à l'écart.

— Promets-moi de ne pas laisser tes sœurs s'inquiéter, dit-elle à mi-voix, et empêche-les de demander à Pansy des détails au sujet de ma rencontre avec Lord Worsley.

Il fronça les sourcils.

— Je dois aller m'occuper de mes propres affaires dans ma chambre, où qu'elle soit, ajouta-t-elle, et je promets de revenir très vite pour vos prières du soir. Je pourrai répondre à toutes vos questions moi-même à ce moment-là, d'accord ?

Son frère acquiesça d'un air grave et se redressa un peu. Dorothy se tourna ensuite vers Pansy et demanda :

— Pensez-vous pouvoir me montrer ma chambre, à présent ? J'aimerais me rafraîchir et enfiler des vêtements propres après ce long voyage.

— Bien sûr, répondit la jeune femme avec un grand sourire. Les enfants devraient pouvoir s'en sortir tout seuls, à présent, même s'ils ont l'air épuisés. Il est grand temps pour eux d'aller se coucher.

Elle soupira.

— Je n'aime pas les laisser à la charge d'une simple bonne, mais au moins, ils sont ensemble.

La bonne en question se crispa un peu avant de reprendre son travail et de tirer une nouvelle pile de vêtements de la malle ouverte. Dorothy dut s'empêcher de grimacer.

— Bien sûr qu'ils iront bien, répondit-elle. Ils ont l'habitude de passer leur année en pension, vous savez.

En tout cas, ils y avaient été envoyés une fois.

— Là-bas, ils doivent se charger de leurs bagages eux-mêmes, alors recevoir un peu d'aide est un luxe précieux pour eux. Y allons-nous ?

Elle passa la porte avec autorité et examina les deux extrémités du couloir, obligeant ainsi Pansy à lui montrer le chemin.

Celle-ci ne cessa pas de bavarder en la conduisant à l'étage supérieur, lui racontant par le menu l'histoire du manoir et lui décrivant l'étendue du parc qui entourait la bâtisse. Apparemment, le grand-père de Gregory avait fait déplacer un village entier et remblayer une vallée pour créer le lac et le décor magnifique que l'on découvrait un peu plus à chaque fenêtre que l'on dépassait. Il avait ensuite abandonné la demeure originelle pour faire construire celle-ci, mieux placée selon lui.

Enfin, Pansy ouvrit une double porte donnant sur un véritable appartement privé.

— Les meubles sont un peu vieux, dit-elle avec une nouvelle moue. Je suis certaine qu'aucune chambre n'a été rénovée depuis que la maison a été bâtie ; mais, si j'étais vous, j'éviterais de faire des propositions dans ce sens. Je suis certaine qu'il est interdit de toucher à quoi que ce soit. Tout ici semble avoir une importance historique ou porter une lourde charge émotionnelle, en souvenir de tel ou tel ancêtre enterré depuis des années !

Elle acheva cette tirade plaintive par une grimace de petite fille frustrée. Heureusement pour Dorothy, une troupe de bonnes arriva avec de l'eau chaude et des linges, lui épargnant l'ennui de devoir répondre.

— Comme c'est charmant ! s'écria-t-elle, soulagée.

Si elle avait dû supporter un instant de plus les jérémiades de Pansy, elle aurait craint de perdre définitivement ses bonnes manières. De toute évidence, la jeune femme était malheureuse, mais était-elle donc incapable de prendre en compte les sentiments des autres ?

— J'avais hâte de me laver et de me changer ! Les routes nous laissent une telle impression de crasse, n'est-ce pas ? Merci encore pour votre aide, ce soir, Pansy. Nous nous reverrons demain matin, j'imagine…

Allait-elle comprendre le sous-entendu et partir ?

— Au petit déjeuner, ajouta-t-elle dans l'espoir de se montrer un peu plus claire encore.

— Oui, répondit Pansy d'un air boudeur. Parce que nous sommes tous obligés de descendre dans la salle à manger, le matin, au lieu de déjeuner au lit comme on le fait dans les maisons plus civilisées. Peut-être aurez-vous plus de poids que moi pour les obliger à changer cela…

Sans attendre de réponse, elle quitta la pièce, croisant Mrs Parmenter sur le seuil. Lorsque Pansy eut enfin disparu dans le couloir, la femme de charge s'avança de quelques pas.

— Bien entendu, si *vous* souhaitez modifier l'organisation de cette demeure, nous sommes à vos ordres, milady, dit-elle.

— Oh ! il est bien trop tôt pour que je songe à ce genre de choses, répondit Dorothy. Je ne sais même pas comment vous avez l'habitude de diriger le personnel. Mon époux m'assure néanmoins que vous faites du très bon travail, donc je suppose que je n'aurai pas besoin de modifier grand-chose.

L'autre femme hocha la tête et parut se détendre un peu.

— Je suis convaincue que vous avez tout de même quelques préférences…

— Oui, mais vous savez sans doute mieux que moi comment gérer une maison de cette taille.

L'expression de Mrs Parmenter s'adoucit un peu plus encore.

— C'est très sage, milady. Vous comprendrez bientôt que nous accomplissons certaines tâches d'une manière bien précise pour de bonnes raisons. Demain matin, je me ferai un plaisir de vous faire visiter les lieux et de vous présenter les autres domestiques convenablement, comme j'aurais voulu pouvoir le faire à votre arrivée.

Elle s'interrompit un instant, les lèvres pincées.

— Si vous me permettez d'être franche, je pense que cette fille…

Heureusement pour Dorothy, elle n'eut pas à supporter les plaintes de la femme de charge, après avoir subi celles de Pansy. Une autre bonne arriva, portant un plateau de thé – alors que, selon la jeune femme, personne ne se faisait servir dans sa chambre, à Brinkley Court.

— Ah, du thé ! soupira-t-elle, reconnaissante.

La bonne déposa son chargement sur une petite table

installée près d'une fenêtre ouvrant sur un jardin formel entretenu avec soin.

— Je n'ai pas pu m'empêcher de remarquer que vous n'avez pas de femme de chambre, glissa Mrs Parmenter. Désirez-vous que je demande à l'une des nôtres de vous assister pendant votre toilette, ce soir ?

— Ce ne sera pas nécessaire. J'ai l'habitude de le faire moi-même depuis toujours.

— Ah, je vois…

La femme de charge l'observa un instant, la tête inclinée sur le côté. Puis elle indiqua la luxueuse chambre d'un geste qui semblait également inclure le parc et Worsley lui-même.

— Rien de tout cela ne vous est familier, n'est-ce pas ?

Il était inutile de nier. Dorothy répondit donc par un sourire un peu gêné.

— Non, en effet, admit-elle. J'imagine que je vais devoir changer moi-même, avant de bouleverser vos habitudes.

— Je suis prête à vous aider à… trouver votre place dans ce nouveau rôle, si vous le souhaitez, l'assura Mrs Parmenter d'une voix ferme.

C'était très gentil de sa part, mais… Dorothy ne put s'empêcher de songer qu'elle était arrivée depuis moins d'une heure et qu'elle avait non seulement découvert que le bavardage imprudent de Pansy allait lui attirer des ennuis, mais aussi qu'elle allait devoir se montrer prudente avec sa nouvelle femme de charge. Celle-ci n'avait eu aucun mal à lui faire admettre son complexe d'infériorité, alors que jusqu'alors tout le monde la considérait en général comme une femme trop autoritaire.

Sans doute était-elle simplement fatiguée par le voyage et plus bouleversée par cette demeure qu'elle l'avait cru.

Worsley ôta sa chemise dès l'instant où il referma la porte de sa chambre, après son passage à l'écurie. Il roula le vêtement en boule et le jeta dans un coin pour se pencher sur sa vasque d'eau chaude. Il était temps de se débarrasser de la poussière collée à sa peau et de la fatigue de sa longue chevauchée.

Les choses ne s'étaient finalement pas si mal passées, ce soir, songea-t-il en s'aspergeant le visage avec bonheur. Il avait au moins réussi à amener son épouse ici, grâce au soutien enthousiaste des enfants. À présent qu'elle était sous ce toit, il n'aurait sans doute aucun mal à trouver un moyen de la courtiser.

Il pouvait, par exemple, exploiter son goût pour les jeux et son envie latente de braver les interdits. Organiser une partie de cricket dans la grande galerie ; ou bien prévoir des chasses au trésor dans le parc pour les enfants. Toutes ces activités la pousseraient certainement à baisser sa garde – ne serait-ce que pour quelques instants.

Oui, il allait mettre son projet en action dès le lendemain matin, songea-t-il encore en se savonnant le torse.

Soudain, quelques coups discrets frappés à la porte lui firent relever la tête. Son éponge à la main, il se figea un instant.

— Entrez, cria-t-il avant de replonger l'éponge dans l'eau pour se rincer.

Contrairement à ce à quoi il s'attendait, la porte qui s'ouvrit ne fut pas celle du couloir, mais celle qui communiquait avec la chambre de Dorothy.

Et la personne qui apparut n'était pas un valet portant un message ou une carafe de brandy sur un plateau.

C'était sa femme. Elle le dévisagea un instant, les yeux écarquillés, tandis que l'eau savonneuse coulait sur la peau nue de Worsley et mouillait le haut de son pantalon…

Chapitre 18

— Ah.

Worsley lâcha son éponge, qui atterrit par terre avec un gros « floc » humide. Dorothy, la main encore posée sur la poignée de la porte, ne bougea pas un muscle. Ses yeux s'attardèrent longuement sur le torse de son mari, encore couvert de mousse.

— Je vous demande pardon, reprit-il. Je ne m'attendais pas à…

Elle était toujours pétrifiée, la bouche entrouverte.

— Je… Moi non plus, balbutia-t-elle.

Ses doigts, crispés sur le loquet, blanchissaient aux jointures.

— Je n'aurais p… pas dû vous déranger…

Son regard se détourna très vite et, concentrée sur un point dans son dos, elle commença à reculer en direction de sa propre chambre.

— Ne dites pas de sottises ! Je veux dire : vous ne me dérangez pas. Après tout, vous êtes ma femme. Vous avez parfaitement le droit de venir ici, si vous avez besoin de moi.

Même si le besoin en question n'était clairement pas celui qu'il espérait, car elle était encore tout habillée.

— Je ne savais pas que cette pièce était votre chambre, dit-elle d'un air d'excuse. Quand Mrs Parmenter m'a expliqué que nous avions des appartements voisins, j'ai supposé qu'il s'agirait d'un salon, ou de quelque chose de ce genre.

— C'en était un, répondit Worsley tout en cherchant à tâtons une serviette près de la vasque.

Il fallait à tout prix qu'il trouve un moyen de la pousser à parler plus longtemps. À s'attarder auprès de lui.

— Mais mes parents ont réaménagé l'espace pour que leurs chambres communiquent. Nous pouvons bien sûr replacer les meubles tels qu'ils étaient du temps de mes grands-parents, si vous préférez. Attendez juste un instant… Laissez-moi passer une robe de chambre.

Il recula jusqu'à son lit, où le vêtement avait été étendu pour lui. Il n'osait pas la quitter des yeux, de peur qu'elle s'enfuie en courant. Certes, elle était entrée dans sa chambre par accident, mais elle n'apprécierait sans doute pas qu'il envahisse la sienne pour la rattraper.

— Voilà, dit-il en enfilant la robe de chambre et en nouant la ceinture. Je suis à votre disposition. En quoi puis-je vous être utile ?

Elle cligna plusieurs fois des paupières, comme quelqu'un qui émerge d'un rêve.

— Oh ! cela n'a pas d'importance. Je n'aurais pas dû vous interrompre ainsi.

Elle commença à s'écarter, mais ne semblait pas capable de lui tourner le dos, elle non plus.

— Ce que j'avais à dire peut attendre le matin.

Worsley traversa la pièce et s'appuya au chambranle de la porte pour empêcher Dorothy de la refermer sur elle si jamais elle retournait dans sa propre chambre.

— Ce devait être important à vos yeux, protesta-t-il. Je crois que c'est la première fois que vous venez me trouver de votre propre chef depuis notre rencontre.

Et c'était un très grand pas de sa part.

— Vraiment ?

Elle le dévisagea un instant, les sourcils froncés.

— Je sais que cette journée a été fatigante pour vous, et si vous avez une plainte à formuler…

Il prit une profonde inspiration, s'attendant au pire.

— … je suis prêt à l'entendre.

— Oh non ! s'écria-t-elle en levant une main à sa gorge. Je ne suis pas venue pour me plaindre ! Au contraire.

Elle se dandina un instant, passant d'un pied sur l'autre d'un air gêné.

— En fait, je crains de… devoir m'excuser, reprit-elle très vite.

S'excuser ? Il n'avait encore jamais connu cela ! Aucune femme n'avait jamais cherché à obtenir son pardon pour quoi que ce soit, avant.

Dorothy était décidément une créature étrange, unique en son genre. Quoi qu'il en soit, peut-être devait-il attendre qu'elle lui explique le fond de sa pensée avant de lui accorder l'absolution sans condition. Juste pour être certain de savoir la cause de tant de remords. Par le passé, il avait déjà accordé son pardon à ses sœurs pour des choses exaspérantes, par simple politesse, et il n'était pas certain de vouloir commettre la même erreur avec son épouse.

— Et pour quoi, précisément, tenez-vous à vous excuser ? demanda-t-il donc.

— Eh bien, je… Il ne s'est pas passé cinq minutes, après notre arrivée, avant que je me retrouve… Pour être honnête, je crains d'avoir offensé tout votre personnel.

— *Votre* personnel, corrigea-t-il.

— Quoi ?

— Ces gens sont aussi à votre service, désormais.

— Cela rend la situation pire encore, murmura-t-elle

d'une voix hantée par l'inquiétude. Voyez-vous, lorsque vous êtes parti à l'écurie, Pansy est sortie à ma rencontre et…

Elle se massa les tempes avec une grimace.

— J'ai craint qu'elle provoque… un esclandre, si vous voyez ce que je veux dire, à moins qu'on la laisse agir à sa guise ; et je n'ai pas voulu que le premier souvenir que les enfants gardent de votre demeure soit celui d'une atroce dispute. Je les ai donc mis au lit aussi vite que possible.

— Ce manoir est leur demeure, maintenant, lui rappela-t-il avec douceur.

— Oui, c'est aussi ce qui me trouble.

Ses yeux brillaient un peu trop, comme s'ils s'emplissaient de larmes.

— D'après ce que j'ai cru comprendre, cette fête annuelle est d'habitude réservée aux adultes.

— Je m'assurerai que Paul et les filles passent tout de même un bon séjour. Je vous le promets.

— Ce n'est pas ce qui m'inquiète le plus. Je suis certaine qu'ils trouveront des moyens de s'amuser. Ils savent très bien s'adapter et ils ont de la ressource. Mais… ne vont-ils pas être une gêne ? Pour vos invités ? Si ces derniers ne s'attendent pas à trouver trois enfants courant dans tout le domaine ?

— Non. Brinkley Court est assez grand pour tout le monde, et le parc est immense.

— Quoi qu'il en soit, j'ai conscience que vous les avez encouragés à venir uniquement pour… pour m'obliger à accepter d'être votre hôtesse pendant ce rassemblement familial. Vous n'aviez pas besoin de recourir à de tels moyens de persuasion. J'aurais dû me montrer plus…

Elle baissa la tête.

— Plus conciliante, acheva-t-elle dans un souffle, d'un air de pénitente.

Plus conciliante ? Worsley dut soudain réprimer un fou

rire. Alors qu'il luttait encore pour garder son sérieux, Dorothy reprit :

— Si je n'étais pas une telle mégère, vous ne vous seriez pas senti obligé d'impliquer les enfants dans cette histoire.

— Voyons, Dorothy, vous n'avez rien d'une mégère ! protesta-t-il.

Il lui prit le menton et lui releva la tête avec douceur jusqu'à ce qu'elle croise son regard.

— Au contraire, c'est moi qui ai agi en brute, vous forçant la main comme je l'ai fait. Je savais que vous n'auriez pas envie de laisser votre frère et vos sœurs, si peu de temps après les avoir réunis sous votre toit.

— Vous n'êtes pas une brute, lâcha-t-elle avec une pointe d'amertume. Quoi que les gens puissent dire.

Un éclair de tristesse passa dans les yeux de Worsley.

— Les gens ? Vous parlez sans doute de la femme de Gregory, dit-il. Croyez-moi, je sais déjà à quoi m'en tenir, la concernant. J'imagine qu'elle a de bonnes raisons de m'en vouloir, puisque je l'ai empêchée de faire ses quatre volontés ici. Pire encore : j'ai eu l'audace de me marier, moi aussi.

— Je ne vois pas en quoi notre union la regarde.

— Disons simplement qu'elle sera la première à en pâtir, si je devais avoir un fils. Cet enfant supplanterait son cher Gregory en tant qu'héritier de mon titre, expliqua-t-il sèchement.

— Oh…

Les pommettes de Dorothy s'empourprèrent.

— Je n'avais pas pensé à cela. C'est sans doute pour ça que…

— Quoi ? Qu'a-t-elle fait ?

— Sur le moment, j'ai simplement cru qu'elle manquait de tact, mais je me demande à présent si elle n'essayait pas de semer la discorde entre nous délibérément quand elle a… laissé entendre que vous préfériez assister aux courses de Newmarket plutôt que passer du temps avec moi.

— Elle a dit une telle chose ?

Dorothy baissa les yeux et se mit à jouer nerveusement avec l'un des rubans de sa robe.

— Pas aussi clairement. J'ai sans doute mal saisi. J'avoue qu'elle m'a profondément agacée, et cela m'a peut-être poussée à comprendre ses paroles de travers.

Quand elle le regarda de nouveau, une foule de questions se pressait au fond de ses yeux. Avait-elle besoin d'être rassurée sur ce point ?

— N'allez pas croire que je n'avais pas *envie* de passer du temps avec vous, dit-il donc. Je pensais au contraire que vous n'apprécieriez pas mes attentions.

— Vraiment ?

Elle lâcha enfin la poignée de porte, le dévisageant comme si elle avait hâte d'en entendre plus.

— En tout cas, c'est l'impression que vous m'avez donnée, ajouta-t-il.

— Oui, soupira-t-elle. J'imagine que je n'ai pas été très chaleureuse avec vous, quand nous nous sommes rencontrés. Et je n'ai rien fait pour vous inciter à me voir d'un autre œil.

— Non, vous êtes injuste envers vous-même. Après tout, qui pourrait vous blâmer d'avoir été… en colère ? Je vous ai enlevée, traînée de force jusqu'à Coventry. En toute honnêteté, après cela, j'ai même été impressionné que vous n'essayiez pas de m'arracher les yeux. Votre retenue a été digne d'une véritable lady, si vous voulez mon avis.

Elle redressa le menton et l'observa d'un air méfiant.

— Digne d'une lady… Hmmph.

— Depuis ce soir-là, mon opinion à votre sujet n'a pas varié. Au contraire, une femme moins charitable que vous aurait depuis longtemps trouvé un moyen de se venger. Mais vous avez simplement saisi l'opportunité qui s'offrait à vous pour assurer le bonheur de votre famille.

— Comme je vous l'ai expliqué, j'ai été une sorte de seconde mère pour eux depuis la mort de notre maman.

— Oui, et j'admire votre courage, votre détermination à les rendre heureux par tous les moyens.

— Vous avez agi aussi, à votre manière. Pour cela, je tiens à vous remercier.

— Vous ne souhaitez donc pas vous plaindre de mes manières autoritaires ? Vous ne m'en voulez pas de leur avoir promis des chiots, des cabanes, et de les avoir conviés à cette fête sans vous consulter d'abord ?

— J'avoue que la manière dont vous vous y êtes pris m'a agacée, admit-elle avec franchise. Mais vous savez, j'ai aussi tendance à agir de la même façon. J'organise le monde autour de moi en fonction de mes convictions. Donc, quand je rencontre une personne aussi autoritaire que moi, je comprends ce qui la pousse à imposer sa volonté – même si cela me contrarie.

— Cela s'applique-t-il aussi dans le cas où la personne en question viendrait enlever une jeune femme dans une auberge ?

— Tout à fait. Si une intrigante décidait un jour d'attirer Paul ou Timothy dans ses filets, je verrais leur union comme un désastre à éviter et je pourrais me laisser aller à prendre des mesures drastiques. Bien sûr, physiquement, je doute de pouvoir enlever quelqu'un… Je n'en aurais pas la force.

Elle observa un instant les épaules de Worsley avec une sorte d'envie.

Il fut soudain tenté de se redresser et de gonfler les muscles. Son cœur se mit à battre plus vite.

— Peut-être pourriez-vous essayer de discuter de ces

choses-là avec moi, à l'avenir, suggéra-t-elle. Surtout avant de prendre des décisions pour moi et ma famille.

Elle rougit d'un coup et croisa les bras, comme pour se protéger.

— Non, oubliez cela. C'était de l'impertinence.

— De l'impertinence ? Certainement pas. Je pense au contraire que c'est une suggestion très raisonnable. Sauf que…

Il fronça les sourcils, cherchant un moyen de formuler sa pensée.

Mais il n'eut pas le temps de trouver les bons mots : Dorothy éclata de rire.

— Sauf que vous en seriez incapable, n'est-ce pas ? Tout comme moi.

— Je peux au moins essayer.

Elle répondit par un sourire compréhensif.

— J'apprécie l'intention ; mais franchement, je ne vois pas ce qui vous y obligerait. Ce n'est pas comme si vous aviez *voulu* m'épouser. Dans les circonstances actuelles, je considère que vous n'avez aucune obligation envers moi.

— Au contraire, vous vous trompez. Nous avons peut-être été contraints de nous marier à cause de ma tentative maladroite de séparer Gregory de cette écervelée de Pansy ; mais, maintenant que nous sommes ensemble, j'ai envie de…

Il avait envie d'elle, tout simplement. Elle était magnifique, stupéfiante. Il l'avait pensé dès l'instant où il l'avait vue et, depuis, elle n'avait rien fait pour ternir cette estime. Il avait au contraire été choqué par sa propre réaction, dans l'auberge, au lendemain de leur rencontre mouvementée, quand il avait été envahi par le désir de lécher le jus de pêche qui lui avait coulé sur le menton. Sur le moment, il avait réussi à se contenir et à lui offrir simplement son mouchoir. Mais maintenant qu'elle était sa femme… Aurait-il été mal de tout lui avouer ?

— Dès le premier instant, j'ai eu envie de vous embrasser, mais je vous avais déjà bien assez effrayée.

Elle redressa vivement la tête.

— Je n'ai *jamais* eu peur de vous, protesta-t-elle.

— Je le vois bien… maintenant, admit-il. Vous avez plus de bravoure que quiconque. Hélas, ne comprenez-vous pas ? Si j'avais cédé à l'envie de…

Il s'arrêta juste à temps. Non, il ne pouvait pas avouer qu'il avait été tenté de lui lécher le visage ! Ce genre de confidences n'apporterait rien de bon : des oreilles aussi délicates que celles de Dorothy n'étaient pas prêtes à entendre une chose aussi crue. Pas du tout.

— De… vous embrasser ou d'essayer de le faire, dit-il donc, vous m'auriez vu comme un monstre, un dépravé. Je devais vous prouver que je suis un homme d'honneur, au fond de moi. Malheureusement, comment y parvenir, quand je vous ai enlevée et obligée à m'épouser ?

Il leva les mains, impuissant et désemparé.

— J'ai pensé, ou du moins espéré parvenir à rendre ma présence acceptable à vos yeux. Ensuite…

Elle inclina la tête sur le côté et l'examina attentivement.

— Essayez-vous de me dire que c'est pour cela que vous vous êtes éloigné après m'avoir installée à Maybush House ? Ce n'était pas parce que vous préfériez aller à Newmarket ?

Il ravala sa salive. Cette conversation prenait un tour dangereux. Il avait presque l'impression que tout leur avenir en dépendait. S'il lui disait la vérité, elle risquait de s'en aller et de lui claquer la porte au nez. Mais s'il n'était pas parfaitement honnête avec elle, et si elle découvrait un jour son mensonge, elle ne lui ferait jamais plus confiance.

Il était hors de question de remporter cette bataille, si c'était pour perdre la guerre.

— Dorothy, dit-il en lui prenant les mains, Dora, je ne veux pas vous mentir. J'avais plusieurs chevaux en lice pour cette course. Si nous ne nous étions pas mariés quelques jours plus tôt, je n'aurais pas hésité un seul instant à aller les soutenir. Je mets un point d'honneur à assister aux exploits de mes bêtes, quand je le peux. Ce n'est pas uniquement parce que j'apprécie le spectacle. Sans moi, il y a toujours un risque – certes minime – de voir mes jockeys et mes valets recourir à des pratiques que je n'approuve pas pour gagner. Mais cette fois-ci, j'étais *convaincu* que vous aviez besoin de temps pour vous habituer à l'idée d'être mariée, sans être obligée de croiser votre époux matin et soir dans les couloirs.

— Vous considérez donc que c'était un acte d'abnégation, murmura-t-elle avec une moue amère.

— Je l'espérais, en tout cas. Si j'avais pensé, ne serait-ce qu'un instant, que vous pourriez avoir envie que je reste, je ne serais pas parti. Seulement, j'étais persuadé du contraire.

— *Et* vous vouliez voir courir vos chevaux.

Sa voix s'était faite cassante.

— Je commence à comprendre à quel point ce sujet pourrait nous amener à des tensions. Vous n'approuvez pas les courses de chevaux et tout ce qui les accompagne, n'est-ce pas ?

— Qu'est-ce qui vous fait dire cela ?

— Votre réaction, quand nous en avons parlé à table avec Paul. Ce soir-là, j'ai cru que nous avions trouvé un accord, signé une trêve. Mais après ce dîner, vous êtes devenue… glaciale. Je ne trouve pas d'autre mot que celui-ci.

À sa grande surprise, Dorothy rougit brusquement.

— Il est vrai que je n'approuve pas les paris, mais ce n'est pas pour cela que… Oh ! Seigneur.

Elle secoua la tête, arracha ses mains aux doigts de Worsley et recula un peu plus vers sa chambre.

— Je dois vraiment…

Craignant qu'elle s'esquive, il la rattrapa par le bras.

— Quoi ? demanda-t-il. Si ce n'est pas pour cela que vous êtes en colère contre moi, alors qu'est-ce ? Comment pourrions-nous progresser dans notre relation, si vous ne m'expliquez pas ce que j'ai fait pour vous contrarier ?

— Seigneur, répéta-t-elle. Le dois-je ? Vraiment ?

Elle s'interrompit un instant, baissa la tête, puis répondit à sa propre question :

— Oui, je suppose que je n'ai pas le choix. C'est juste que la vérité est si… humiliante… Voyez-vous, quand vous m'avez demandé si j'étais prête à assumer mes devoirs de comtesse et d'épouse, j'ai pensé que vous parliez de…

Elle parut incapable d'achever sa phrase, mais, même alors qu'elle gardait la tête basse, il devina son regard furtif en direction du lit.

En un éclair, leur conversation lui revint. Une chose le frappa avec une éblouissante clarté.

— Vous avez répondu…

Le cœur de Worsley battait la chamade, à présent.

— Vous avez répondu que vous étiez consentante.

Elle acquiesça sans le regarder.

— Je ne pensais pas que vous parliez de… *cela*, soufflat-il, bouleversé. Je croyais devoir m'armer de patience avant d'espérer même vous voler un baiser.

D'ailleurs, s'il l'avait fait venir ici avant l'arrivée de ses invités, c'était en partie dans l'espoir de pouvoir la courtiser, de s'attirer son affection.

D'un seul coup, il comprit.

— Je ne m'étonne plus de vous avoir vue si distante, le

lendemain. Vous avez dû être profondément offensée par ma réaction. Vous avez pensé que je vous demandais de… Vous avez accepté, et je ne suis pas venu vous rejoindre dans votre chambre.

Elle haussa les épaules, d'un air presque résigné.

— Quel idiot ! grommela-t-il.

Ses sœurs avaient raison de se moquer de sa balourdise. En ce qui concernait les femmes, et celle-ci en particulier, il était d'une stupidité effarante !

— Non, ne vous en voulez pas, dit-elle. Je n'aurais jamais dû supposer que vous vouliez… consommer notre mariage. Je n'ai pas le droit d'exiger cela de vous.

— Pas le droit ? Dora, je ne suis pas un tyran et je refuse de vous voir penser que vous n'avez aucun droit vis-à-vis de moi. Ne l'avez-vous pas encore compris ?

— Je n'ai jamais pensé que vous étiez un tyran. C'est juste que je vois bien… Vous n'avez pas l'intention de… Je sais très bien que je ne suis pas le genre de femme que les hommes… hum… désirent.

— Comment ne pas vous désirer, au contraire ? Dora, j'ai envie de vous embrasser depuis l'instant où je vous ai vue ! Même quand je croyais que vous étiez la promise de Gregory.

Elle se figea d'un coup.

— Non. Non, vous ne le vouliez pas. Vous… m'avez pratiquement traitée de catin.

— Oui, mais j'ai aussi dit que je comprenais pourquoi Gregory avait perdu la tête au point de vous suivre.

Elle réfléchit un instant, puis fronça les sourcils.

— Alors, si vous aviez tant envie de m'embrasser, pourquoi ne l'avez-vous pas fait ?

Elle le savait : il venait de lui dire qu'il n'avait pas voulu l'effrayer, ou la dégoûter. Il avait tenu à lui laisser le temps de s'habituer à…

Une seconde. Le ton de Dorothy, en cet instant, n'était plus celui d'une femme qui cherchait à comprendre les motivations de son mari. Sa question avait presque des airs de… défi.

Pourquoi ne l'avait-il pas encore embrassée, alors qu'elle était clairement disposée à lui offrir ce baiser ?

Si elle le souhaitait autant que lui, il n'avait plus qu'une chose à faire.

Il s'approcha d'un pas ferme, lui passa un bras autour de la taille, glissa son autre main sur la nuque de Dorothy et fit enfin ce qui le hantait depuis qu'il l'avait chargée sur son épaule et portée jusqu'à sa voiture dans la cour de l'auberge.

Chapitre 19

Il l'embrassait.

Enfin, il l'embrassait !

Même si elle avait pratiquement dû le forcer à agir. Non, non, c'était injuste de sa part. Il avait simplement cherché à la ménager jusque-là. Du moins…

Chut ! Ce n'était plus le moment de douter. Pas maintenant. Pas quand il… Ooh… Il ne se contentait pas de lui gober les lèvres, mais il laissait aussi ses grandes mains courir le long du corps de Dorothy, comme s'il cherchait à en deviner les contours. Les rondeurs. Il l'attira un peu plus contre son torse puissant, imposant. Un torse qu'elle avait enfin aperçu en entrant dans la chambre et qui était aussi splendide que dans ses rêves. Si beau, avec cette eau savonneuse qui coulait sur sa peau nue, sur ses biceps fermes et le duvet doré qui luisait dans les derniers rayons de soleil… Sur le moment, elle en avait même oublié pourquoi elle était venue le voir. Elle avait été incapable de bouger. Elle s'était contentée de rester debout dans l'embrasure de la porte, fascinée. Envoûtée. D'un seul coup, elle avait ressenti le besoin de caresser ces muscles saillants et, plus choquant encore, de lécher cette chair pour la sécher. Ce qui était absurde, puisque sa langue aussi était mouillée.

Mais il s'était couvert. Il avait enfilé sa robe de chambre

et avait brisé l'étrange sortilège qui la clouait sur place. Malgré cela, elle n'avait pas réussi à prononcer la moindre parole. Elle n'avait pu penser qu'à sa beauté stupéfiante et… inaccessible. Elle avait songé qu'un homme tel que lui ne pouvait qu'être déçu de se retrouver marié à une femme comme elle. Une femme qui venait d'avouer devant Mrs Parmenter qu'elle n'avait aucune idée de la manière de conduire une si grande maison, et encore moins d'être une comtesse digne de Lord Worsley.

Elle avait soudain voulu s'excuser – et elle l'avait fait. Mais elle ne lui avait pas demandé pardon de l'avoir épousé. Il lui restait encore quelques lambeaux d'orgueil à protéger.

Seulement, son mari s'était approché. Il s'était appuyé au chambranle de la porte, s'était penché sur elle, emplissant tout son champ de vision. Sa robe de chambre s'était entrouverte, laissant de nouveau apparaître l'éclat doré et tentateur des poils fins de son torse. Elle avait dû essayer de tenir des propos cohérents, alors que ses doigts brûlaient de se glisser sous ce vêtement importun, juste pour voir si ce duvet était aussi soyeux qu'il en avait l'air.

Elle n'avait pas compris comment la discussion avait pu dériver jusqu'à ses déductions absurdes au sujet des devoirs conjugaux qu'il souhaitait la voir remplir, et…

— Je crois que je n'ai encore jamais désiré une femme comme je vous désire, lui murmura-t-il dans le creux du cou.

Un éclair de pur plaisir la traversa à ces mots. Il avait envie d'elle. *Vraiment* envie.

— Et je ne sais pas comment j'ai pu attendre aussi longtemps avant de céder à cette pulsion, ajouta-t-il avant de mordiller sa chair tendre, juste sous son oreille.

Un nouveau frisson monta en elle, plus puissant. C'était comme si la flamme vacillante d'une bougie venait de se muer en feu grondant, si brûlant qu'il lui donnait presque l'impression d'avoir de la fièvre.

De nouveau, elle perdit toute conscience de la réalité. Sauf que, cette fois, son corps ne se pétrifia pas. Au contraire, ses mains se mirent à bouger d'elles-mêmes. Elles se posèrent sur le torse couvert de soie de son époux, puis, impatientes, franchirent la barrière du vêtement et découvrirent la chair chaude de ce corps d'homme, la texture étonnante de ses poils. C'était comme laisser ses doigts effleurer des épis d'orge en plein été, avant la moisson : de loin, on aurait cru voir des vagues de fils soyeux sous le vent, puis, en entrant dans le champ, on se rendait compte de la consistance des tiges. De leur force…

— Je ne peux pas, lâcha-t-il dans un souffle. Si vous continuez à faire cela…

Il s'arracha à ses baisers pour la regarder dans les yeux.

— Si jamais vous ne me désirez pas comme une femme devrait désirer son époux, dites-le maintenant, car je crains de ne pas arriver à…

Il secoua la tête brutalement, comme pour en chasser une pensée désagréable.

— Je vois bien que vous appréciez mes baisers, reprit-il, et vos caresses timides me laissent croire que…

Timides ? Elle se trouvait étrangement audacieuse, au contraire.

— Me laissent espérer que… Dora, êtes-vous prête pour cela ?

Elle fut sur le point de répondre « oui », mais il fronça les sourcils.

— Vous ne savez pas vraiment à quoi vous vous engagez en acceptant, n'est-ce pas ? Votre mère n'a pas eu le temps de vous parler de… ce qui arrive entre deux époux quand ils partagent le même lit.

Eh bien… Non, en effet. Mais elle pouvait malgré tout deviner certaines choses.

— Vous le savez, vous, n'est-ce pas ? demanda-t-elle. Vous avez eu… Tilly m'a dit que…

Il couvrit la main qui lui effleurait encore le torse et la plaqua contre son cœur. Elle sentit celui-ci tambouriner sous ses doigts.

— J'ai eu des maîtresses, en effet. Ce qui veut dire que je peux vous promettre de ne pas être maladroit, ou impatient.

Certes, elle n'était pas certaine de comprendre de quoi il parlait – pas exactement, en tout cas –, mais elle voyait bien qu'il essayait de la rassurer, de lui dire de ne pas s'inquiéter. Il avait l'intention de prendre soin d'elle. Et, comme il était expérimenté dans ce domaine, elle était certaine qu'il serait capable de tenir sa promesse.

Une soudaine bouffée de timidité l'empêcha néanmoins de répondre : « Oui, oui, couchez-moi dans votre lit ! » Elle se contenta donc de se hisser sur la pointe des pieds et de presser ses lèvres contre les siennes. Elle passa même les bras autour du cou de Worsley pour faire bonne mesure.

Il saisit sans peine son message silencieux. Dans un gémissement sourd, il la souleva de terre et la porta jusqu'au lit. Il l'allongea ensuite avec soin, sans cesser un seul instant de l'embrasser.

Elle avait su dès le départ qu'il était fort. Néanmoins, jamais elle n'aurait pu imaginer qu'un homme capable de contrôler quatre chevaux lancés au grand galop ou de la jeter dans une voiture puisse être aussi… tendre. Et doué de ses mains. Il savait précisément où la toucher, avec quelle douceur, pour éveiller en elle des sensations délicieuses.

Au milieu de leurs baisers qui la rendaient de plus en plus fiévreuse, elle eut besoin de quelques instants pour comprendre qu'il cherchait les agrafes de sa robe. Comme elle n'avait jamais eu de femme de chambre pour l'aider à s'habiller, elle ne portait que des vêtements fermés sous les bras ou aux laçages dissimulés sous des pans de tissu au niveau de la taille. Elle put au moins rééquilibrer leur situation inégale en lui montrant cela, en lui *apprenant* quelque chose. Mais, une fois qu'il eut compris, il n'eut aucun mal à la défaire de ses dessous.

Puis… Oh ! le plaisir ne fit que monter en elle à un rythme effréné. Ce fut vertigineux ! Comment garder le contrôle, quand la bouche de Worsley lui faisait découvrir une telle extase ? Il ne se servait pas que de ses lèvres, pour l'embrasser, mais jouait aussi avec sa langue, ses dents.

Ciel ! Elle sentit ses joues s'empourprer lorsqu'il commença à… non, il ne pouvait pas… Pourtant, elle avait accepté de lui faire confiance et… ah !

Une éternité s'écoula avant qu'elle parvienne de nouveau à avoir la moindre pensée rationnelle. Jamais encore elle n'avait songé que son corps était capable d'éprouver une telle jouissance. Et plusieurs fois de suite.

Ce ne fut que lorsque tout fut achevé, la laissant allongée et le souffle court, les yeux perdus vers le plafond qui s'assombrissait avec la tombée de la nuit, qu'elle se rendit compte que lui-même n'avait connu sa propre libération qu'une fois.

Il avait placé son plaisir à elle avant le sien. Pourtant, elle l'avait senti trembler à plusieurs reprises. Était-ce… l'effort qu'il avait fait pour se retenir ?

Elle tendit un bras à l'aveuglette et lui prit la main, s'agrippant à ses doigts. D'un seul coup, sans raison, ses yeux s'emplirent de larmes.

Il se redressa sur un coude pour la contempler d'un air un peu soucieux.

— Quelque chose ne va pas ? demanda-t-il. Pleurez-vous ? Vous ai-je fait mal ? Je sais que la première fois peut être assez inconfortable pour les demoiselles et je… eh bien, je n'ai pas été lésé par la nature.

Non, en effet. Il était imposant, partout où cela comptait. Mieux encore : son cœur était immense.

Non seulement elle avait trouvé le seul homme sur terre capable de lui donner l'impression d'être *féminine*, alors qu'elle était plus grande que la plupart des messieurs qu'elle avait connus et que sa taille les poussait d'ordinaire à la traiter au mieux comme l'un des leurs, mais elle avait aussi rencontré un époux qui tenait autant à la notion de famille et de devoir qu'elle.

— Non, vous ne m'avez pas fait mal, répondit-elle pour le rassurer.

Elle avait bien ressenti une douleur furtive à un moment, mais celle-ci s'était effacée si vite que cela ne comptait pas. Pas quand elle comparait cet instant désagréable à tout le plaisir qu'il lui avait donné. Elle rougit soudain de nouveau en se souvenant des cris inarticulés qu'elle avait poussés pendant leur étreinte. Elle avait gémi entre ses bras comme un petit animal.

— Jamais encore on ne s'était occupé de moi avec autant de soin, ajouta-t-elle en cédant à l'envie d'embrasser ses mains extraordinaires, l'une après l'autre. Je ne pensais pas que mon corps puisse éprouver…

Une nouvelle gêne l'empêcha d'achever sa phrase. Elle tressaillit en se souvenant de ces instants de passion débridée.

— Dans ce cas, pourquoi remuez-vous ainsi ? Êtes-vous certaine de ne pas vous sentir mal ?

Il était sans doute inutile de cacher quoi que ce soit,

alors qu'ils étaient tous les deux nus comme la main et qu'ils venaient de partager la chose la plus intime qui puisse arriver entre un époux et sa femme.

— Si je bouge, c'est parce que je pense à tout ce que vous m'avez fait, à ce que j'ai ressenti. Le simple fait d'y songer réveille de nouveau des frissons.

— Hmmm, murmura-t-il d'un air satisfait. Vous avez donc aimé ce que j'ai fait ? Qu'avez-vous préféré ?

— Je ne peux pas dire ces choses à voix haute ! s'écria-t-elle, choquée.

Elle se rendit soudain compte que, dans ce genre de situation, agir était bien plus facile que parler.

— Dans ce cas, comment pourrais-je m'assurer de vous rendre aussi heureuse la prochaine fois ? demanda-t-il.

— Je suis certaine que vous le devinerez. Après tout, vous vous en êtes très bien tiré cette fois, sans avoir jamais touché mon corps avant. Il n'y a eu que…

— Oui ?

Son sourire disparut, remplacé par un nouveau froncement de sourcils inquiet.

— Eh bien, vous semblez avoir eu un peu de mal à me débarrasser de mes vêtements.

Worsley gloussa.

— Il faut dire que vous avez caché leurs agrafes et leurs lacets dans des endroits étranges.

Ils se regardèrent encore un instant, se souriant, aussi comblés l'un que l'autre. Puis une question embarrassante commença à poindre dans l'esprit de Dorothy.

— Euh… Que devons-nous faire, maintenant ?

Il haussa un sourcil interrogateur.

— Je parle d'un problème pratique. Personne n'est encore venu pour allumer les bougies, et il fera bientôt trop noir pour voir quoi que ce soit.

Certes, la lune s'était levée et déversait une vague lueur argentée dans la chambre, mais cela ne suffisait pas.

— Et nos vêtements sont éparpillés par terre, ajouta-t-elle.

Elle voulut se lever pour ranger le désordre mais il lui passa un bras autour de la taille pour l'en empêcher. Le simple poids de sa main la plaqua contre le matelas, sans même qu'il ait besoin de forcer. Une agréable chaleur lui envahit le corps. De nouveau, elle éprouva cette étrange impression d'être une véritable femme.

— En temps normal, je retournerais dans ma chambre après ce genre d'activité, dit-il avec solennité, mais comme vous êtes venue à mon lit…

— Voulez-vous dire que c'est à moi de me lever et de retourner dans mes appartements ?

Cette idée la terrifia. Elle ne s'imaginait pas traverser la pièce, nue comme elle l'était, pendant qu'il la regardait. D'un autre côté, il faisait à présent tellement sombre qu'il n'aurait sans doute pas vu grand-chose.

Cela ne changeait rien : elle *saurait* qu'elle était nue. D'ailleurs, se contorsionner à quatre pattes pour remettre la main sur sa chemise ou son jupon lui paraissait une solution tout aussi déplaisante. Elle risquait d'être surprise par l'entrée impromptue d'un domestique qui serait venu allumer les bougies, par exemple…

— Si vous tenez tant à partir, je pourrai vous prêter ma robe de chambre, suggéra Worsley. J'imagine que vous êtes encore trop pudique pour vous promener en tenue d'Ève.

— Merci, répondit-elle sans cacher son soulagement.

— D'un autre côté…

Il se redressa pour s'allonger à moitié sur elle et la contempler avec fièvre.

— … vous pouvez aussi décider de rester un peu

plus longtemps. J'en serais ravi. Entre nous, il est inutile d'instaurer des règles rigides pour ces choses-là. Nous pouvons décider de les édicter au fur et à mesure, ou de laisser libre cours à nos envies du moment.

— Nos… envies du moment ?

Placé comme il l'était, il emplissait tout son champ de vision et l'empêchait de songer à quoi que ce soit d'autre que lui. Elle ne parvenait même plus à savoir pourquoi elle tenait tant à le quitter pour aller se coucher dans sa propre chambre.

— Je dois cependant vous prévenir que vous ne serez peut-être pas à l'abri de mes demandes, si vous décidez de rester…

Il se pencha et lui effleura le lobe du bout de la langue, la faisant frissonner et gémir de nouveau.

Quand elle lui répondit, sa voix prit des accents sensuels qu'elle ne se connaissait pas :

— Et qu'en est-il de *mes* demandes ?

Tout en parlant, elle glissa les mains sur la nuque de son époux.

— Je ferai de mon mieux pour les satisfaire, milady, murmura-t-il à son oreille. Je suis fort, jeune, et plus que consentant.

Sa main large descendit le long de la taille de Dorothy pour embrasser la courbe de sa hanche. Comme pour prouver ses dires, il se plaqua à elle et elle put sentir la preuve évidente de son désir pressée contre sa cuisse. En quelques minutes, il l'entraîna de nouveau dans un tourbillon de plaisir. Après la première fois, elle aurait dû s'y attendre ; mais il parvint tout de même à la surprendre.

Tout comme elle fut surprise par sa propre audace, sous le couvert de la nuit et les encouragements de son tendre époux.

La situation fut néanmoins très différente le lendemain matin, quand le soleil commença à illuminer la chambre et quand le pas des domestiques se fit entendre dans la maison.

Dorothy tenta de s'extirper des draps en douceur, sans réveiller Worsley, mais il ouvrit les yeux et lui sourit avant qu'elle ait pu quitter le lit.

— Allez-vous quelque part ?

— Je dois retourner dans ma chambre, répondit-elle en cherchant ses vêtements des yeux. Les enfants vont se lever et ils pourraient venir me chercher. Je ne veux pas qu'ils me découvrent ici, ainsi…

— Oui, je suis certain qu'ils vont bondir dès le lever du jour pour commencer leur exploration du parc. Prenez ma robe de chambre, c'est plus prudent.

Il se pencha sur le côté du lit et attrapa le vêtement de soie noire qu'il avait porté la veille – avant qu'elle le lui arrache pour contempler à loisir son torse si musclé. Et pour l'explorer de ses mains.

— Mais si je vous la prête, je crains de devoir vous demander une faveur en échange…

Il prononça ces mots d'une voix mutine, en agitant la robe de chambre hors de sa portée.

— Une faveur ? De quel genre ?

— Il s'agit plutôt d'une requête. À l'avenir, j'apprécierais que vous m'appeliez Toby.

— Très bien. Acceptez-vous de me prêter cette robe de chambre… Toby ?

Il sourit et, cette fois, ne l'empêcha pas d'attraper son trophée.

— J'aimerais aussi que vous veniez mieux équipée, la prochaine fois que vous souhaiterez que j'accède à vos exigences conjugales, mon épouse, reprit-il à mi-voix en se laissant retomber sur les oreillers, une main placée sur les yeux pour se protéger de la lumière naissante.

Dorothy passa les bras dans les manches de la robe de chambre et répliqua sèchement :

— Qu'est-ce qui vous fait croire qu'il y aura une prochaine fois ?

— Je suis convaincu que nous n'en avons pas fini : vous étiez insatiable, cette nuit…

Il entrouvrit un œil pour la regarder essayer de fermer le vêtement, bien trop grand pour elle, et nouer la ceinture, qu'elle dut passer deux fois autour de sa taille.

— Ce n'est pas un reproche, vous savez, ajouta-t-il en s'étirant langoureusement avec un bâillement d'aise. Surtout après que vous êtes venue à moi. Je suis heureux de ne pas avoir dû vous pourchasser dans tout le manoir pour vous convaincre qu'il serait bon d'enlever tous nos vêtements et de…

Il n'eut pas le temps de décrire par le menu leurs folies de la nuit. Dorothy s'empara d'un coussin et lui en asséna un coup bien senti.

Entendant le rire étouffé de son mari, elle profita de cet instant pour s'échapper et retrouver sa propre chambre. Une fois la porte fermée, elle se figea et un sourire lui monta aux lèvres. Worsley – *Toby* – avait réussi à lui faire oublier sa pudeur et sa gêne à force de plaisanteries… Il avait essayé de la contrarier délibérément pour la pousser à ignorer sa nudité si embarrassante.

Elle allait devoir trouver un moyen de se venger de ce petit tour. Et elle avait toute la journée pour cela, pour imaginer une pénitence convenable.

Une pénitence qui le réduirait à une masse de désir incontrôlable.

Une pénitence qui le forcerait à la *supplier*…

Chapitre 20

— Voulez-vous que nous prenions le petit déjeuner dans la salle de classe, avec les enfants ? demanda Worsley, tandis que Dorothy hésitait encore dans l'embrasure de la porte.

Sa question la poussa à jeter un coup d'œil par-dessus son épaule, dans une pose aussi innocente que provocante.

— Ne devons-nous pas tous nous rassembler dans la salle à manger ? Pansy a dit que…

— Les choses se passeront comme *vous* le désirez, une fois que vous aurez transmis vos souhaits à Mrs Parmenter, répondit-il. Je pensais juste que les enfants pourraient apprécier de passer un peu de temps avec nous, sans les autres, pour discuter de leurs projets et pour que je leur explique ce qu'ils peuvent faire ici.

— Vous avez raison, comme d'habitude, murmura-t-elle avec une pointe d'amertume, avant de redresser le menton et de disparaître dans sa chambre.

Worsley se leva immédiatement et rejoignit la porte entrouverte sur la pointe des pieds pour regarder rapidement de l'autre côté. Il vit son épouse s'asseoir au bord de son lit, un vague sourire dansant sur les lèvres, comme une femme qui vient de passer une nuit d'extase.

— Je suis prêt à vous accompagner dans la salle de classe dès que vous serez habillée, dit-il, la faisant sursauter.

Une moue glaciale l'accueillit.

— Vous devriez enfiler quelques vêtements aussi, lâcha-t-elle sèchement.

Son regard descendit un instant pour examiner le corps de Worsley avec gourmandise, puis elle se détourna, les joues rouges.

— Vous avez raison, dit-il avec solennité. Je ne voudrais pas choquer les enfants.

Il indiqua d'un geste son torse, ainsi que ses hanches et ses cuisses nues.

— Tout ceci n'appartient qu'à vous.

— Je l'espère bien !

Elle avait eu un mouvement d'humeur bien vite réprimé et s'empourpra de plus belle.

— Je veux dire… Je n'ai pas besoin de vous voir en tenue d'Adam. C'est si… Oh ! allez-vous-en ! cria-t-elle en attrapant un oreiller qu'elle lui lança à travers la chambre.

Du moins, dans sa direction. Le coussin tomba sur le sol à quelques pas de lui.

— Je crois que nous allons devoir améliorer votre technique, Dora.

Il s'adossa au montant de la porte et croisa les bras, amusé.

— Peut-être pourrions-nous passer un peu de temps ensemble sur la pelouse sud, dans la matinée ? Les enfants nous serviraient d'excuse. Dites-leur simplement que nous avons envie de les voir jouer au cricket, ou une sottise de ce genre.

Elle le dévisagea avec une pointe de sévérité.

— Je n'ai pas l'intention de passer mon premier jour ici à jouer avec Paul et les filles. Il faut que je répare mes faux pas d'hier vis-à-vis des domestiques, et j'avais l'intention de demander à Mrs Parmenter de me montrer la maison, comme elle l'a suggéré. Cela me permettrait de rencontrer le reste du personnel et de voir quelles tâches ils accomplissent en temps normal.

Elle ne cherchait pas une excuse pour éviter de passer du temps avec lui, il en était certain ou presque. Et, pour être honnête, il ne pouvait qu'approuver le sérieux avec lequel elle voulait apprendre à gérer une aussi grande maisonnée. De plus, il était essentiel en effet qu'elle s'attire les bonnes grâces de la femme de charge dès maintenant.

— Très bien, concéda-t-il. Mais je tiens à vous faire visiter le domaine moi-même pour vous présenter à mes métayers. J'ai une belle jument, dans les écuries. Elle sera parfaite pour une lady.

— Oh ! Seigneur. Je suis vraiment désolée, mais je ne sais pas monter.

— Vraiment ?

Worsley fit de son mieux pour cacher sa déception. Si elle ne montait pas, cela voulait dire qu'il ne pourrait pas galoper avec elle dans son immense parc et l'entraîner dans des bosquets isolés pour un peu de… séduction ? Cela avait pourtant été son but, en l'amenant ici !

— Comment est-ce possible ?

— Eh bien, l'entretien d'un cheval coûte cher, lui rappela-t-elle, et je n'ai jamais vu la nécessité d'apprendre un tel talent. Dans mon village, toutes mes courses pouvaient être effectuées à pied. Lorsque je devais passer les limites de la paroisse, il y avait toujours quelqu'un pour m'escorter en charrette ou en voiture.

— Vous ne savez pas non plus conduire un attelage ?

Elle secoua la tête avec un semblant de défiance, comme s'il l'avait mise mal à l'aise en soulignant ses déficiences.

Mais cela donna une idée à Worsley.

— Peu importe. Je serai votre professeur.

Voilà qui devrait leur offrir l'opportunité de s'esquiver

loin des enfants et des domestiques pour passer des heures ensemble dans le parc.

— Il devrait y avoir un petit *dog-cart*, quelque part dans les dépendances. Ma mère s'en servait pour se déplacer sur le domaine. Vous pourriez apprendre à le conduire.

— Oh non, ne vous donnez pas la peine de…

— Au contraire, cela me semble essentiel. Les terres de Brinkley Court s'étendent sur une grande surface, et je ne voudrais pas que vous soyez contrainte de demander de l'aide chaque fois que vous désirez descendre jusqu'au lac, vous rendre au village ou dans l'une de nos métairies. Il serait bien plus facile pour vous d'aller simplement à l'écurie et de demander à un valet d'atteler un poney pour vous permettre de vous déplacer seule, n'est-ce pas ?

Elle soupira.

— Il est vrai que j'apprécierais d'avoir une certaine indépendance tant que je suis ici, admit-elle à regret. Mais j'espère que vous n'allez pas en faire une habitude… D'avoir si souvent raison, je veux dire.

En dépit des protestations de sa femme – faibles, il était vrai –, Worsley eut l'impression de continuer à prendre les bonnes décisions, la plupart du temps. Durant les jours qui suivirent, il se rendit compte que les enfants l'admiraient comme un grand frère tout-puissant et généreux. Les domestiques aussi travaillaient avec le sourire aux lèvres, approuvant clairement son choix d'épouse et le caractère de Dorothy.

Il n'aurait pas pu trouver meilleure compagne, s'il l'avait cherchée pendant dix ans. Et dire que leur rencontre avait été le fruit du hasard ! Dorothy était consciencieuse, joyeuse, douce et entièrement dévouée à sa famille. Elle n'avait également aucune vanité, car elle ignorait tout de sa beauté. Elle paraissait même gênée chaque fois qu'il lui faisait un compliment sur son apparence, préférant qu'il salue ses progrès lors de leurs leçons avec le *dog-cart* – sans doute parce qu'elle sentait que ces remarques étaient sincères.

Pourquoi donc avait-elle tant de mal à accepter l'admiration de son époux, ou de qui que ce soit d'autre ? On aurait presque pu croire que ses proches l'avaient convaincue qu'elle n'avait de valeur qu'en tant que figure maternelle ou maîtresse de maison. Elle avait pourtant tellement d'autres qualités pour se faire aimer…

Non pas qu'il soit tombé amoureux d'elle. Il n'était pas aussi mièvre et sentimental que cela. Il appréciait simplement son immense intégrité, sa franchise dans leurs échanges, sa bonne humeur et, plus important encore, sa passion au lit. Personne n'aurait pu se douter de cela, en la voyant évoluer toute la journée dans ses toilettes plutôt austères… Mais quand le soleil se couchait, quand elle quittait ses robes sombres, elle devenait une femme très différente. Rien que pour lui. Il avait la chance de découvrir alors une Dora que personne d'autre ne connaissait.

Il ressentait le même genre d'émotion lorsque l'une de ses juments de concours venait lui réclamer une pomme après s'être roulée dans la boue. Un passant aurait été incapable alors de deviner quelles lignes élégantes ou quel grand cœur se cachaient sous cette apparence négligée. Il n'aurait pas su que cet animal gagnait de nombreuses courses au nom de son maître, face à des adversaires coriaces…

Le seul regret qui venait encore le hanter était de ne pas avoir fait l'effort d'apprendre à connaître Dorothy plus tôt. D'un autre côté, aurait-elle été aussi enthousiaste, s'il avait voulu consommer leur mariage juste après la cérémonie ? S'il avait tenu à rendre les choses officielles entre eux avant que qui que ce soit apprenne qu'il l'avait enlevée ? Sans doute pas. Malheureusement, avec l'arrivée imminente de leurs invités, elle était de plus en plus occupée par les préparatifs de la fête et avait moins de temps à lui consacrer.

Chaque fois qu'il lui conseillait de laisser l'organisation à Mrs Parmenter, qui était parfaitement capable de gérer tout cela elle-même, Dorothy se contentait de froncer les sourcils – quand elle ne lui demandait pas pourquoi il l'avait amenée ici si sa présence n'était pas utile. Elle lui rappelait aussi que ses tâches se limitaient principalement à observer la femme de charge – « une personne capable », selon ses propres mots – pour apprendre auprès d'elle comment s'occuper du manoir.

Puis, à mesure que l'arrivée des convives approchait, Worsley eut la désagréable impression qu'elle se concentrait davantage sur l'accueil de ces derniers et moins encore sur lui. Non pas qu'elle l'eût jamais fait passer au premier plan… sauf quand ils se retrouvaient ensemble au lit. Elle occupait à présent ses journées à établir des listes sans fin, ou à superviser celles que lui apportait Mrs Parmenter. En ce moment même, elle en écrivait une nouvelle, assise à son petit bureau dans un coin de sa chambre. Elle ne l'avait même pas remarqué quand il avait passé la porte à sa recherche, alors qu'il était déjà en tenue de nuit et l'attendait depuis une heure au moins !

Le plus exaspérant dans tout cela était qu'il était certain qu'elle lui obéirait immédiatement s'il lui demandait de reposer sa plume pour s'occuper d'affaires plus urgentes – avec lui. Peut-être même s'excuserait-elle, mais il ne voulait pas qu'elle voie leurs étreintes comme un devoir. De toute manière, le fait de l'avoir enlevée comme un goujat, par erreur qui plus est, le rendait encore si coupable qu'il s'était juré de ne plus jamais la placer au pied du mur. Serment qui l'obligeait bien souvent à maîtriser ses pulsions au lieu de les écouter.

Il finit par retourner dans sa chambre et par repousser les couvertures d'un geste rageur. Cependant, alors qu'il était sur le point de s'allonger, le dos calé par ses oreillers et les bras croisés, il songea à ses anciennes conquêtes. Il aurait sans doute été très sévère avec ces dernières si elles avaient agi de cette manière à un moment où il était trop occupé pour s'intéresser à elles. Il les aurait accusées de bouder. Les plus expérimentées, bien sûr, auraient préféré attirer son attention d'une manière plus subtile et plus sensuelle…

Un petit sourire se dessina sur ses lèvres tandis qu'il se souvenait des moyens dont certaines d'entre elles s'étaient servies pour lui indiquer qu'elles le désiraient. Il pouvait les employer à son tour, *maintenant*, plutôt que supplier Dora ou lui ordonner de lui obéir.

Il ne portait que sa robe de chambre. Il lui suffisait d'en écarter les pans pour dévoiler une partie de son torse et le sommet de ses épaules. Ainsi préparé, il retourna dans la chambre voisine, se dirigeant droit vers le bouquet de roses que l'on avait disposé sur la coiffeuse. Il tira une tige de l'ensemble et hésita un instant. Contrairement à ses anciennes maîtresses, il n'avait pas de décolleté dans lequel la glisser. Il songea un instant à la coincer dans sa ceinture, mais cela risquait de lui poser des problèmes pour se dévêtir. Finalement, il plaça la fleur derrière son oreille.

Puis il s'approcha de la porte du petit salon de Dorothy et s'arrêta sur le seuil. Appuyé au chambranle, il leva les bras, adoptant une posture qu'il avait une fois remarquée chez une actrice pressée de s'attirer ses faveurs. Enfin, il poussa un soupir étudié.

— J'arrive dans un instant, dit Dorothy sans lever

les yeux de sa page. Je suis en train de dresser ces fichus plans de table pour le dernier soir. Toute votre famille semble être à couteaux tirés avec au moins trois parents différents.

Worsley ne répondit pas. Il leva un genou pour le laisser dépasser, sensuellement espérait-il, des pans entrouverts de sa robe de chambre.

— Croyez-vous que… ?

Elle venait enfin de lui adresser un coup d'œil par-dessus son épaule et se figea.

— Qu… Quoi ? lâcha-t-elle dans un souffle, sans pouvoir s'empêcher de suivre du regard le mouvement de la jambe de son mari. Que faites-vous ?

Sa bouche s'ouvrit toute grande quand elle remarqua la rose derrière son oreille.

— Ne pouvez-vous le deviner ?

Il secoua la tête comme une femme agitant ses boucles pour les faire rebondir sur ses épaules. Bien sûr, comme il s'était fait couper les cheveux à son dernier passage à Londres, l'effet en fut diminué.

— Vous…

Un sourire fleurit enfin sur les lèvres de Dorothy.

— Moi ? murmura-t-il en glissant les mains le long de son corps avant de faire la moue.

Il fut récompensé par un petit gloussement musical.

Elle posa sa plume et se leva enfin de sa chaise.

— Je crois que j'ai compris le message, dit-elle en s'approchant pour cueillir la rose avec délicatesse. Je n'ai pas assez pris soin de vous, n'est-ce pas ? Pauvre Toby abandonné…

Pensive, elle joua avec les pétales de la fleur tout en examinant avec attention son torse et ses épaules nus.

La manière dont les doigts de Dorothy caressaient la tige de la rose le fit frissonner d'impatience.

— Je ne veux pas me plaindre, dit-il avec un nouveau soupir théâtral.

Elle pinça les lèvres d'un air faussement sévère.

— Non, vous vous contentez de minauder et… et…

Agitant la fleur, elle indiqua d'un mouvement de main le corps de son mari offert à elle.

— … et apparemment, vous avez décidé de vous exhiber sans la moindre pudeur, reprit-elle. Il semblerait que je doive vous prendre en main.

— Oh oui, faites !

Déjà, la chair de Worsley s'embrasait et son membre s'éveilla d'une manière qu'elle ne put que remarquer sous les plis lâches de sa robe de chambre.

Mais bien sûr, elle fit comme si de rien n'était. Elle se contenta de lui prendre la main, plutôt que de s'emparer de la partie de son corps qui appelait tant ses caresses, et le reconduisit dans sa chambre jusqu'au lit.

Combien de temps encore devrait-il ronger son frein avant qu'elle ait l'audace de refermer les doigts sur son… ? Oh ! Visiblement, pas si longtemps que cela.

Le lendemain matin, Worsley se leva sans la réveiller – une habitude qu'il commençait à prendre – après lui avoir déposé un petit baiser sur le front. Il regrettait encore qu'elle ne quitte pas son lit à temps pour l'accompagner lors de sa promenade à cheval matinale ; mais entre cela et avoir l'opportunité de passer des nuits passionnées dans ses bras, son choix était vite fait !

La journée s'annonçait parfaite pour monter. De toute manière, à ses yeux, tous les jours étaient bons pour sauter en selle ou sur le siège de l'une de ses voitures. Néanmoins, cette matinée le réjouissait plus que les autres. Son domaine n'avait jamais paru plus splendide.

Son corps n'avait jamais été en meilleure forme. Quant à son humeur…

Elle fut excellente jusqu'à ce qu'il aperçoive Gregory errant sur le chemin qui reliait la maison à l'écurie, juste après avoir confié Chancer aux bons soins de Pawson.

— Je… Euh…

Worsley fut peiné de voir son pupille bafouiller ainsi, rougissant jusqu'à la racine des cheveux. Si seulement il avait pu trouver un moyen d'apaiser les tensions entre le garçon et lui. Hélas, Gregory avait été incapable de soutenir son regard depuis le jour où Worsley l'avait rattrapé et lui avait clairement dit ce qu'il pensait de sa lâcheté, quand le jeune homme l'avait laissé enlever la pauvre Dorothy, dont le seul crime avait été de vouloir l'aider.

— Il… hum… semblerait que vous ayez fait la paix avec votre… épouse, commença son pupille avec un rire nerveux.

— Oui, en effet.

— Mais vous ne m'avez pas encore pardonné, n'est-ce pas ? Sans cela, vous ne m'éviteriez pas pour passer autant de temps avec votre nouvelle famille.

Le jeune homme lui adressa un regard suppliant digne d'un épagneul malheureux. Ses yeux si tristes semblaient demander l'absolution, bien qu'il n'ait pas encore voulu admettre à voix haute qu'il n'avait pas un seul instant hésité à sacrifier une femme innocente pour obtenir ce qu'il désirait. Ce genre de regard avait su faire fondre le cœur de Worsley des dizaines de fois par le passé. Mais ce matin, il n'éveilla chez lui qu'une profonde exaspération. Combien de temps encore Gregory allait-il recourir à ce moyen infantile pour éviter d'être puni pour ses mauvaises décisions ?

D'ailleurs, maintenant qu'il y pensait, ce garçon avait toujours été très doué pour émailler ses lamentations de remarques le poussant à remettre son propre comportement en question. Par le passé, Worsley avait souvent fini par songer qu'il était au moins aussi coupable que son pupille ; ce qui l'avait toujours poussé à réconforter Gregory en lui offrant cadeaux et friandises au lieu de lui conseiller de s'amender.

Il avait trop gâté ce jeune homme, voilà la vérité. Il n'avait pas voulu lui faire subir l'éducation distante et dure dont il avait lui-même pâti, et qui l'avait rendu si maladroit en société. Mais il aurait au moins dû lui inculquer des rudiments de discipline.

— Au départ, je n'aurais jamais choisi librement d'épouser Dorothy, dit-il froidement, mais à présent…

Il s'interrompit soudain, réticent à l'idée de confier à Gregory l'admiration qu'il vouait à sa femme. Sa relation avec Dora ne regardait que *lui*, et personne d'autre.

Son pupille parut immédiatement soulagé.

— Je me disais bien que vous étiez plus enjoué, ces derniers temps ! Ce qui m'amène au sujet que je voulais aborder avec vous.

— Quel est-il ?

— Eh bien… moi.

Évidemment. Gregory ne pouvait pas accepter le fait que son tuteur soit plus heureux qu'il ne l'avait jamais été, parce que ce garçon ne s'intéressait vraiment qu'à lui-même.

— C'est-à-dire ? Sois plus précis, répondit-il.

— Je…

Gregory adopta immédiatement un sourire enfantin rempli d'espoir. Avait-il déjà été sincère, ne serait-ce qu'une seule fois de toute sa vie ? songea Worsley. Ou bien chacun de ses sourires, de ses soupirs déchirants, n'avait-il été qu'une manière de le manipuler pour obtenir gain de cause ?

Devenait-il trop cynique depuis que Pansy avait fait son entrée fracassante dans leur petit monde ?

— Il est très probable que vous ayez bientôt un héritier issu de votre sang, reprit Gregory.

C'était vrai. Mais, pour la première fois de sa vie, Worsley n'était pas terrifié à l'idée de devenir père. Il n'avait plus besoin de craindre de faire du mal à un enfant, à cause de sa maladresse ou de ses manières frustes. Dorothy allait certainement le guérir bien vite de cette affliction. Plus important encore : des enfants qui hériteraient à la fois de son sang et de celui de son épouse auraient une chance de ressembler à Paul ou aux filles. Et, comme la famille de Dorothy partageait la franchise de celle-ci, ils s'étaient entendus dès le premier jour.

Mais Gregory poursuivait, imperturbable :

— Quand cela arrivera, je me demandais ce qui adviendra de moi.

Il l'aurait parié ! Worsley *savait* que ce garçon n'était pas soulagé de savoir que le mal qu'il avait fait était enfin réparé. Il voulait juste s'assurer que le mariage heureux de son tuteur n'ait aucun impact sur lui.

— Je n'ai pas l'intention de te chasser de ma demeure sans un shilling en poche, si c'est ce qui t'inquiète. D'ailleurs, pour l'instant, tu es toujours mon héritier.

— C'est vrai, mais ne pensez-vous pas qu'il serait temps pour moi d'apprendre un métier au lieu de continuer à vivre tranquillement en attendant que tout ceci…

Il indiqua le manoir et le parc d'un geste vague.

— … soit à moi ? Car c'est ce que j'ai fait jusqu'à présent. En toute honnêteté, vous sembliez être le dernier homme au monde susceptible de se marier.

S'il avait enfin sauté le pas, à qui la faute ?

Au moins, Worsley pouvait se rassurer en songeant que

ce petit discours trahissait une pointe d'anticipation de la part de son pupille… Un certain sens des responsabilités.

— As-tu pensé à une profession en particulier ? Si c'est le choix que tu désires faire, sache que je te soutiendrai de mon mieux.

— Merci. Vous auriez pu penser… Beaucoup de gens, à votre place, auraient été convaincus que je ne suis qu'un bon à rien, un oisif. Mais je comprends bien la conduite d'une ferme, les travaux agricoles.

— Oui, tu t'es toujours montré intéressé par le domaine et les métayers.

Jusqu'à maintenant, Worsley avait cru que cette passion n'était due qu'à la perspective de devenir un jour propriétaire de ces terres.

— Avec toi, je n'ai jamais eu peur de laisser mes gens en de mauvaises mains, ajouta-t-il pour l'encourager.

En fait, c'était même l'une des raisons principales qui l'avaient incité à ne *pas* chercher d'épouse.

— Nous y voilà ! clama Gregory d'un air triomphal. C'est ce que je pourrais faire de ma vie : m'occuper d'un domaine et des familles qui y vivent !

Certes, il avait un don pour manipuler les gens… Il avait toujours convaincu Worsley de céder à ses caprices, dès son plus jeune âge.

— Tu voudrais donc que je te donne une ferme ?

Gregory secoua vivement la tête.

— Non, je pensais plutôt essayer de devenir intendant dans une grande maison.

— Tu pourrais certainement réussir.

Le visage du jeune homme s'illumina. Worsley savait qu'il n'aurait pas dû se laisser attendrir aussi facilement, mais voir son pupille si sensible à son approbation lui réchauffa le cœur. Il reprit tranquillement sa route en direction de la maison, Gregory sur ses talons.

— Quel dommage que vous ne puissiez pas renvoyer Hopkins, murmura ce dernier avec un petit éclat de rire.

— Ce serait injuste, brutal et très ingrat de ma part.

— Oh oui, bien sûr ! Après tout, c'est lui qui m'a appris tout ce que je sais.

Dans ce cas, pourquoi aborder le sujet ? Même sur le ton de la plaisanterie ?

— Accepteriez-vous de guetter les opportunités pour moi, alors ? Et de glisser un mot en ma faveur si vous entendez parler d'un poste vacant ?

— Bien entendu, mais rien ne presse. Ce n'est pas comme si Dorothy était déjà…

Worsley s'interrompit de nouveau. Parler de sujets aussi intimes lui semblait une forme de trahison, surtout avec Gregory dont le destin dépendait de l'arrivée éventuelle d'un enfant.

Mais son pupille se contenta de lui sourire.

— En attendant, j'ai bien l'intention de suivre Hopkins partout où il va, pour en apprendre le plus possible sur son métier.

Peut-être Gregory n'était-il pas aussi capricieux et gâté que Worsley l'avait craint. Peut-être qu'il avait simplement besoin d'une occupation qui le rendrait capable de subvenir aux besoins de son épouse.

Chapitre 21

Pansy observait en soupirant les allées et venues de Mrs Parmenter, qui s'agitait, sa liste des tâches du jour sous le bras.

— J'aimerais tellement pouvoir me rendre utile, dit-elle d'un air triste.

Dorothy aussi aurait aimé que la jeune femme l'aide un peu ! Elle n'avait encore jamais été aussi épuisée de sa vie, alors qu'elle ne faisait que valider les suggestions de la femme de charge pour apprendre comment organiser une fête d'une telle ampleur. Le fait qu'elle dorme aussi peu, la nuit, ne faisait qu'aggraver le problème ; mais elle ne pouvait pas s'en plaindre. Toby était si… passionné. Et inventif. Et doué…

— Savez-vous à quoi je pense ? poursuivit Pansy.

Le sourire qui avait commencé à flotter sur les lèvres de Dorothy à la pensée des ardeurs de son époux s'évanouit. Elle se retourna à demi, depuis son bureau couvert de copies des listes que Mrs Parmenter et elle venaient de réviser, accordant son attention à la jeune femme à contrecœur. S'il y avait bien une chose qu'elle avait apprise au sujet de Pansy, c'était que celle-ci était incapable de comprendre que ses discours n'intéressaient pas grand monde, et les allusions subtiles n'y faisaient rien. Elle ne se tairait pas tant qu'elle n'aurait pas livré à Dorothy le fond de sa pensée – de préférence avec une foule de détails inutiles.

— Non, répondit-elle donc avec un sourire poli. À quoi pensez-vous ?

— Je me disais que vous devriez vous accorder une matinée de repos, aujourd'hui.

Oh oui, il n'y avait que Pansy pour lui suggérer d'ignorer ses devoirs. Celle-ci n'était jamais là quand elle aurait pu donner un coup de main, mais réapparaissait toujours miraculeusement une fois le travail achevé. Et elle ne manquait jamais de se lamenter en disant qu'elle aurait tant voulu pouvoir soulager Dorothy de ses si lourdes responsabilités.

— Si seulement je pouvais me le permettre, dit-elle en massant ses tempes soudain douloureuses.

Par une journée aussi chaude et lourde, cette pulsation pénible sous le front ne pouvait annoncer qu'une migraine tenace.

— Pourquoi ne le pourriez-vous pas ? Vous venez de dire à Mrs Parmenter que vous n'avez aucun talent pour les arrangements floraux et que vous vous en remettez à elle. Cela ne va-t-il pas l'occuper jusqu'au repas de midi ? Et ne souhaitez-vous pas passer plus de temps avec votre charmante famille ? Je sais que les enfants parviennent toujours à s'amuser seuls et qu'ils ne se plaignent jamais, mais je suis sûre qu'ils aimeraient vous voir descendre jusqu'au lac pour admirer la progression de leur forteresse…

— Oui, c'est vrai.

Paul et les filles lui décrivaient par le menu tous leurs jeux à chaque repas, mais ce n'était pas aussi agréable que voir leur construction de ses propres yeux.

— Une fois que les invités seront là, il deviendra encore plus difficile pour vous de vous échapper un instant. C'est peut-être votre dernière chance.

Pour une fois, Pansy avait parfaitement raison.

De plus, si Dorothy restait plus longtemps enfermée dans la maison, à étudier avec soin les projets que Mrs Parmenter gérait avec une maîtrise inégalée, son mal de tête naissant risquait de l'invalider jusqu'au soir.

— Vous savez, je pense que c'est un très bon conseil, admit-elle.

Le visage de Pansy s'illumina. Elle bondit de sa chaise et courut jusqu'à la fenêtre du petit salon.

— Il fait bien trop beau pour passer votre temps penchée sur des menus et des plans de table !

Elle s'interrompit un instant, puis reprit :

— Oui, d'autant plus que les convives les ignoreront sans doute pour s'asseoir où ils le souhaitent. Avez-vous déjà participé à un dîner où les gens respectent le plan de table à la lettre ?

Non… Mais d'un autre côté, Dorothy n'avait jamais assisté au genre de soirée dont parlait Pansy. Pas avec cinquante ou soixante invités, dont un bon nombre étaient titrés.

La simple pensée de se retrouver au milieu de tous ces gens fit battre le sang encore plus fort contre ses tempes.

— Je crois que cela me ferait du bien de me promener un peu et de voir ce que les enfants ont bâti sur leur île.

Une île qu'ils avaient baptisée l'île du Désespoir, en référence à celle de *Robinson Crusoé*. Dorothy avait bien besoin de leur affection simple et sincère, dénuée du moindre jugement, pour retrouver le sourire. L'approche de la fête – elle allait devoir présider la soirée aux côtés de Worsley – l'angoissait de plus en plus. Cette promenade aurait aussi l'avantage de la libérer de Pansy pendant un moment – même si cette pensée n'était pas très charitable… Si elle devait aller jusqu'au lac pour découvrir la forteresse des enfants, elle comptait bien faire atteler le *dog-cart*. Inquiète comme l'était Pansy, cette dernière ne laisserait jamais une débutante dans l'art de conduire une voiture l'emmener où que ce soit. En tout cas, pas sans un accompagnateur plus expérimenté ; un homme, de préférence.

Ah non ! À présent qu'elle avait accepté l'idée de s'échapper pendant un moment, il était hors de question qu'elle attende qui que ce soit !

Une fois que le valet d'écurie eut solidement harnaché Muscade pour elle, Dorothy s'élança donc hors de la cour avec un véritable sentiment de plénitude. Worsley avait eu raison : conduire son propre attelage était une expérience extraordinaire. Elle se sentait si… puissante. Et libre. Personne n'était là pour lui demander de l'aide, et elle pouvait se rendre où elle voulait, à la vitesse qu'elle désirait – du moins, tant qu'elle respectait les capacités de son poney pommelé. Ce n'était pas étonnant que son époux apprécie tant les chevaux. Ils apportaient une petite note plus amusante à la vie, comme elle l'avait compris récemment.

Apprendre à conduire, sous la houlette attentive de Worsley, avait été pour elle une manière de plus de se sentir digne de lui. Mais, à présent qu'elle était seule à tenir les rênes, les choses étaient différentes. Quelle joie de sentir Muscade répondre au moindre de ses gestes ! Quel bonheur, de sentir la brise sur son visage et… oups ! Elle n'avait pas assez bien noué les rubans de son chapeau. Aucune importance. Elle le ramasserait à son retour. Personne ne risquait de la surprendre, les cheveux au vent, sauf son frère et ses sœurs, qui n'en prendraient certainement pas ombrage.

La cime des arbres qui couvraient l'île apparut bien

trop tôt à son goût et, après un ultime virage, elle vit la berge du lac se dessiner devant elle. Faisant ralentir son poney au pas, elle arrêta finalement sa petite voiture à bonne distance de l'eau pour permettre à Muscade de l'attendre à l'ombre des feuillages.

Elle avait réussi ! Elle avait conduit seule son *dog-cart* jusqu'à l'extrémité du domaine.

À présent, tout ce qui lui restait à faire était de traverser le lac pour atteindre l'îlot. Elle n'avait jamais encore manié de rames, mais cela ne devait pas être bien difficile, n'est-ce pas ? Les enfants faisaient cela deux fois par jour. D'ailleurs, elle avait appris à conduire, ce qui était bien plus complexe… Un bateau n'était pas vivant, il n'avait pas de lubies comme un cheval. Ce n'était qu'un objet inanimé qui obéirait à ses gestes, rien de plus.

Du moins, c'était ce qu'elle avait cru… Finalement, la tâche ne fut pas si aisée. Il lui fallut quelques minutes pour comprendre comment avancer en ligne droite au lieu de tourner en rond au milieu des flots. Lorsqu'elle parvint enfin à adopter le bon rythme, elle transpirait déjà de la tête aux pieds. Non, ce n'était pas tout à fait vrai : ses pieds étaient étrangement froids – ou plutôt *humides*. Elle baissa les yeux et vit avec horreur qu'il y avait un pouce d'eau au fond de la barque ; et elle était certaine que cela n'avait pas été le cas quand elle l'avait poussée de la berge pour grimper à bord. L'embarcation fuyait ! Cela n'aurait pas été un problème… si seulement elle avait su nager.

Elle jeta un regard par-dessus son épaule, vers l'île qu'elle essayait désespérément d'atteindre et qui, en dépit de ses efforts, ne semblait pas s'approcher du tout. Elle était bien plus proche de la rive et de son poney. Mieux valait sans doute faire demi-tour, au cas où cette maudite fuite finisse par faire sombrer la barque. Elle n'avait aucune envie de se retrouver seule à patauger lamentablement à un endroit où elle n'aurait pas eu pied…

Hélas, au bout de quelques minutes à peine, elle se rendit compte qu'elle venait de commettre une seconde erreur. *Grave, cette fois-ci.* Ses gestes avaient été maladroits dès le départ, et l'angoisse lui faisait perdre le peu de maîtrise des rames qu'elle avait réussi à trouver. À moins que la barque elle-même ne soit devenue plus difficile à diriger, à présent qu'elle était plus lourde ? Et l'eau continuait à s'infiltrer par le fond !

Oh ! pourquoi était-elle venue ici toute seule ? Pourquoi s'était-elle convaincue qu'elle serait capable de faire tout cela sans aide ? Elle ne savait pas ramer droit, ne savait pas nager, pas plus qu'elle ne savait créer des bouquets ou établir un plan de table. À présent, ses pieds *et* ses mollets étaient mouillés. Si elle ne rejoignait pas la berge très vite, l'eau allait atteindre la petite planche qui lui servait de banc, et ses fesses tremperaient dedans aussi. Terrifiée par cette idée, Dorothy bondit sur ses pieds.

Et se rendit compte un peu tard que, dans de telles circonstances, c'était probablement la pire chose à faire…

Chapitre 22

— Le ciel nous foudroie ! s'écria Pawson.

Les yeux écarquillés, il examinait quelque chose derrière Worsley.

— Que fait milady là-bas ?

Worsley se redressa, abandonnant son examen du paturon étrangement enflé de Chancer, et vit Dora, appuyée sur ce qui ressemblait à une rame, s'approcher d'un pas chancelant sur le sentier. Un peu plus loin, son poney, harnaché au *dog-cart*, la suivait placidement.

Son cœur bondit dans sa poitrine. Il aurait dû se douter qu'il n'avait pas fait les choses correctement, qu'il n'avait pas réussi à lui donner assez de leçons de conduite ! Il courut vers sa femme, qui semblait mal en point, et se maudit de l'avoir ainsi encouragée à embrasser son indépendance. Les chevaux étaient des créatures intelligentes, capables de tout pour se libérer du joug des humains. Mais Muscade était attaché… Comment cet animal avait-il réussi à la faire tomber de son siège et à la blesser ?

Et pourquoi, songea-t-il en arrivant près d'elle, paraissait-elle trempée jusqu'aux os ?

— Dora !

Son nom lui échappa dans un cri. Hélas, comme souvent en ce qui concernait son épouse, il comprit qu'il avait fait un faux pas. Dès qu'elle entendit sa voix, elle redressa la tête et, instinctivement, tendit les bras vers lui. Au même instant, sa béquille improvisée lui échappa et elle s'écroula au sol dans un hurlement de douleur avant de s'évanouir.

Worsley n'eut même pas le temps de la rattraper avant que sa tête heurte la terre battue.

— Allez chercher un médecin ! Vite ! cria-t-il à Pawson sans se retourner.

Il s'agenouilla près du corps de Dora. Que faisait donc son valet planté là, la longe de Chancer à la main, alors que sa femme saignait ? Elle saignait ! Le choc avait ouvert une entaille sur son front. En un instant, un poing glacé s'enfonça dans l'estomac de Worsley et lui coupa le souffle.

— Et prévenez Mrs Parmenter, ajouta-t-il en soulevant Dorothy dans ses bras pour la porter jusqu'à la maison.

Elle saura quoi faire, songea-t-il, affolé.

— Mais… Chancer… et Muscade, balbutia Pawson en regardant les deux animaux.

— Qu'ils aillent au diable ! grommela Worsley.

Il serra sa femme contre sa poitrine. Quelle importance avaient les chevaux, dans un moment pareil ? Dora avait mal, et elle était plus essentielle à ses yeux que toutes les bêtes de son écurie. Oui, même son célèbre étalon de course hors de prix ! Jamais Worsley n'aurait laissé ses bêtes si précieuses se promener sans surveillance, sans leur adjoindre un valet pour les aider. Pourquoi donc n'avait-il pas porté autant d'attention au bien-être de son épouse ?

Lorsqu'il atteignit la maison, son instinct le poussa à porter Dorothy jusqu'à leurs appartements, sous les regards ébahis des domestiques qui s'écartaient pour le laisser passer.

Alors qu'il la couchait avec soin sur son lit, les paupières de Dorothy papillonnèrent enfin.

— Dieu merci, soupira-t-il, soulagé.

Il la serra encore un instant contre lui, heureux de la savoir en vie.

— Oh ! Toby, murmura-t-elle. Ne me dites pas que je me suis évanouie ? Jamais je ne me serais crue pathétique à ce point…

Il ne put s'empêcher de déposer un baiser fiévreux sur son front humide.

— Vous aviez une bonne raison pour cela, répondit-il avec tendresse avant de la reposer sur l'oreiller.

— Ne me lâchez pas ! cria-t-elle en s'agrippant à son cou d'un air paniqué.

— Non, bien sûr que non.

Il ravala la boule d'émotion qui s'était formée dans sa gorge. C'était la première fois qu'elle semblait avoir vraiment besoin de lui.

— Mes vêtements sont trempés, ajouta-t-elle. Vous allez abîmer l'édredon si vous me posez sur le lit…

Et voilà. Elle n'avait pas la moindre affection pour lui, en fin de compte. Elle se souciait juste du mobilier.

— Que dois-je faire, alors ? demanda-t-il en faisant de son mieux pour masquer sa déception.

— R… Restez ici avec moi. Asseyez-vous quelque part et p… prenez-moi sur vos genoux. Cela ne vous dérange pas, n'est-ce pas ? Vous êtes déjà mouillé, après m'avoir portée jusqu'ici…

— Non, cela ne me dérange pas du tout, dit-il.

Il s'installa sur le banc qui occupait l'embrasure de la fenêtre. L'assise était dure mais, au moins, elle ne risquait pas d'abîmer le moindre coussin, ici. Jugeait-elle réellement qu'il était moins important qu'un édredon ?

— Oh ! Toby, dit-elle avec tristesse en laissant sa tête rouler sur son épaule. Pourquoi êtes vous si… gentil avec moi ? J'ai été tellement stupide. J'ai cru pouvoir me promener seule alors que je ne suis même pas capable de contrôler un poney, de ramer ou de nager…

Parce que je vous aime, fut la réponse qui vint à l'esprit de Worsley, de manière parfaitement inattendue.

— Parce que vous êtes ma femme, répondit-il néanmoins à haute voix.

— Vous êtes trop bon avec moi, murmura-t-elle en lui adressant un regard chargé de larmes. Vous auriez dû épouser quelqu'un qui sache au moins… nager.

Son amertume fendit le cœur de Worsley.

— Non, non ! protesta-t-il, refusant de s'imaginer avec une autre femme. Je me moque que vous sachiez nager ou pas ; mais, si cela est vraiment important pour vous, sachez que je peux vous apprendre.

En un instant, une image de Dorothy immergée jusqu'à la taille dans l'eau du lac, portant une fine chemise plaquée à son corps et rendue translucide par l'humidité, lui apparut.

Ce fut à ce moment importun que Mrs Parmenter fit son entrée dans la chambre.

Il fallut un certain temps pour déshabiller Dorothy, la plonger dans un bain fumant, l'essuyer et la vêtir d'une chemise de nuit propre ; d'autant plus que la femme de charge et les bonnes qui avaient apporté des seaux d'eau chaude semblaient convaincues que Worsley aurait dû se retirer. Seulement, Dorothy leur expliqua qu'elle s'était tordu la cheville et ne pouvait s'appuyer dessus. Elle avait donc besoin qu'on la porte jusqu'à la baignoire, puis jusqu'à son lit. Son époux était le seul assez fort pour accomplir cette tâche.

Enfin allongée sur ses oreillers, elle soupira.

— Je crée tant de problèmes…

Puis, comme Worsley approchait une chaise pour

s'asseoir à son chevet et prendre sa main fine dans les siennes, elle ajouta :

— Pourquoi ne me réprimandez-vous pas ?

— Parce que vous ne méritez pas de prendre froid comme cela, répondit-il en portant les doigts de Dorothy à ses lèvres pour les embrasser avec ferveur.

— Bien sûr que si ! Quand vous saurez quelle bêtise j'ai faite…

— Je suis sûr que ça n'avait rien d'une bêtise.

— Si. Il était égoïste de ma part de vouloir aller jouer avec les enfants sur leur île, alors que vos invités sont attendus pour demain. J'ai juste pensé que ce serait ma dernière chance de…

— Je ne vois pas ce qui vous empêcherait d'aller voir Paul et les filles. La plupart des gens que nous avons conviés sont déjà venus ici de nombreuses fois. Ils sauront bien se divertir tout seuls. La seule chose qui importe vraiment est de leur servir des repas à heures fixes, ce que Mrs Parmenter et la cuisinière sont tout à fait capables de faire sans votre aide.

Elle lui adressa un regard sombre.

— Tous les domestiques savent-ils qu'il y a des courants, dans ce lac ? J'imagine que oui. Ils ne s'étonnent pas de dériver le long de la berge au lieu de s'en approcher, même quand la barque fuit et quand ils rament de toutes leurs forces pour rejoindre la terre ferme… Et aucun d'entre eux ne penserait à se relever dans un bateau qui prend l'eau, au pire moment, qui plus est.

Worsley la dévisagea, surpris. Elle avait donc tenté de traverser le lac dans une barque qui fuyait et l'avait sans doute fait sombrer dans un moment de panique. Étrange… Les domestiques n'avaient tout de même pas laissé un bateau abîmé sur la berge, là où n'importe qui aurait pu le trouver, si ? Tout le monde savait que les enfants jouaient sur cette île. Il allait falloir qu'il tire cette histoire au clair, et vite, s'il ne voulait pas qu'un autre accident se produise !

— C'est donc pour cela que vous étiez si mouillée ? demanda-t-il en étouffant tant bien que mal sa colère, qui n'était de toute manière pas tournée contre sa femme. Vous avez fait chavirer la barque ?

— Certainement pas ! s'écria-t-elle d'un air indigné. Je suis restée debout, très droite, et le bateau s'est enfoncé sous mes pieds au dernier moment ; mais ce n'était pas ma faute. J'ai fait de mon mieux pour m'accrocher à la rame que je n'avais pas perdue dans la bataille pour rejoindre la berge.

— Vous avez dû avoir l'air très… impériale, murmura-t-il en essayant d'imaginer la scène.

— Peut-être, mais cela n'a pas duré. Le lac n'est pas si profond, comme vous le savez sans doute. En tout cas, il ne l'était pas à l'endroit où la barque a coulé. Quand elle a touché le fond, je n'ai eu qu'à donner un bon coup de pied pour remonter à la surface. J'ai recommencé, encore et encore… Je devais probablement avoir l'air d'un lièvre fou, à bondir en l'air appuyée sur ma rame.

— Vous avez probablement ressenti le besoin de vous agripper à quelque chose, dit-il, presque pour lui-même.

— Oui, mais je regrette d'avoir frappé le fond si fort. Mon pied a glissé sur une pierre, ou quelque chose comme ça, et j'ai dû finir le chemin en rampant parce que la douleur m'empêchait de tenir debout. Heureusement, la rame m'a servi de canne. Ensuite… oh…

Elle fit une grimace au souvenir de son périple dans le parc.

— Ce fichu poney !

— Qu'a-t-il fait ?

— Eh bien, quand je suis arrivée au lac, j'ai laissé

la voiture sous un bosquet pour que Muscade puisse se reposer à l'ombre.

— C'était très attentionné de votre part.

— Merci. Mais je n'ai pas serré le frein, ce qui était stupide. J'ai pensé que Muscade pourrait se déplacer pour suivre l'ombre, si jamais je m'attardais sur l'île… Et, quand j'ai voulu remonter dans la voiture, en m'aidant de ma jambe indemne, l'ingrat a renâclé et s'en est allé au trot ! Je savais que je ne pourrais pas courir pour le rattraper.

— Ah. Et quand vous vous êtes résignée à marcher, en dépit de votre blessure, il vous a suivi sur le chemin.

— Oui, en se moquant de moi, j'en suis sûre. Le pire a été quand je me suis évanouie en vous voyant. Comme si le spectacle que je donnais, dégoulinante d'eau et claudiquant sur le sentier, n'avait pas été assez humiliant !

— Il y a plus d'un mille et demi, entre le lac et l'écurie, lui rappela-t-il gentiment. Et vous souffriez le martyre. Sans compter votre terreur, vu que vous ne savez pas nager.

— Oui, même dans une eau qui ne devait pas avoir plus de cinq pieds de profondeur, lâcha-t-elle avec amertume. Et tous vos domestiques m'ont vue.

— Pas tous…

— Peu importe, je suis certaine que cette histoire a déjà fait le tour de l'office. Que vont-ils penser de leur comtesse, évanouie, à moitié noyée, portée jusqu'à sa chambre et baignée comme un bébé ?

Oh non, elle n'avait rien d'un bébé. Bien au contraire !

— Comment pourrais-je affronter le regard de vos invités, maintenant, Toby ? demanda-t-elle encore d'un air anxieux. Je ne suis pas faite pour tenir mon rang à vos côtés.

— Bien sûr que si. Vous êtes magnifique de la tête aux pieds, et je n'imagine pas d'autre femme aussi digne que vous de présider la table avec moi.

— Vous dites cela pour me consoler.

Worsley aurait voulu protester, mais il n'en eut pas le temps. Les enfants arrivèrent en courant, criant et posant des questions au sujet de Dorothy. S'était-elle vraiment écroulée sur le chemin ? Avait-on dû la porter jusqu'à son lit comme le chuchotaient les domestiques ? Qu'était-il arrivé ?

Cette fois, quand elle leur raconta ses aventures, elle fit de son mieux pour les rendre presque comiques et, lorsque le médecin fit son apparition, il les trouva hilares autour du lit.

Le brave homme essaya bien de les chasser de la pièce le temps d'examiner sa patiente, mais Worsley refusa de la quitter. Les enfants aussi étaient réticents, et il leur promit de leur répéter tout ce que dirait le médecin dès son départ, si seulement ils acceptaient de patienter un moment dans la salle de classe.

Une fois la porte refermée sur eux, Dorothy serra un peu plus fort la main de Worsley dans la sienne.

— Promettez-moi de tout faire pour qu'ils ne s'inquiètent pas trop, dit-elle.

— Bien sûr.

Il tiendrait parole, quel que soit le diagnostic final.

Dès que le médecin fut parti, Dorothy obligea Worsley à rejoindre Paul et les filles pour les rassurer. Certes, il aurait largement préféré pouvoir rester avec elle et veiller à son chevet, mais elle tenait à ce qu'il s'occupe des enfants. C'était bien le moins qu'il pouvait faire pour elle.

D'ailleurs, quand il vit leurs visages angoissés, il comprit qu'elle avait eu raison de le presser.

— Ne vous inquiétez pas pour votre sœur, dit-il immédiatement. Le médecin dit qu'il s'agit d'une simple entorse.

Elle n'a rien de cassé. Quant à la coupure qu'elle s'est faite au front en tombant, elle n'est que superficielle. On lui a conseillé de tenir le lit pendant un jour ou deux sans s'appuyer sur son pied, et tout devrait rentrer dans l'ordre.

Il ne mentionna pas la possibilité de voir se développer une inflammation des poumons. Non seulement Dorothy avait éclaté de rire en disant qu'elle n'avait pas été bête au point de boire la tasse, mais elle avait aussi insisté pour que Worsley n'en parle pas à Paul et à ses sœurs.

Hélas, ses paroles ne parurent pas soulager l'angoisse des enfants. Ils le regardèrent d'un air grave, puis les filles donnèrent de petits coups de coude à leur frère, lui chuchotant quelque chose avec urgence.

Celui-ci finit par s'éclaircir la voix et s'avança.

— Vous savez, milord, nous sommes très contents que Dora n'ait pas été gravement blessée, aujourd'hui… Mais nous aimerions être sûrs que vous fassiez le nécessaire pour que ce ne soit pas pire, la prochaine fois.

— La prochaine fois ? Que voulez-vous dire ?

À les entendre, on aurait presque pu croire que cet accident avait des causes qui lui échappaient.

— C'était un hasard malheureux, une série de malchances. Votre sœur est une femme très capable. Je suis sûr qu'elle saura se montrer prudente…

— Oui, coupa Paul d'une voix encore plus inquiète, mais nous prenons cette barque tous les jours. Et elle ne fuyait pas hier soir, quand nous sommes revenus de l'île et quand nous l'avons tirée sur la berge. Puis, ce matin, nous avons vu… tante Pansy descendre là-bas et faire quelque chose dans le bateau.

— Impossible !

Paul se redressa, offensé.

— Nous ne mentons pas. Et nous n'avons pas imaginé tout cela. Martha l'a bel et bien vue depuis la petite fenêtre du grenier, quand elle est montée pour chercher de vieilles affaires à transporter dans notre forteresse.

— Je voulais être sûre qu'il n'y ait pas de cannibales, précisa Martha avec le plus grand sérieux.

Paul grimaça, mais ne la réprimanda pas.

— Cela fait partie de notre jeu, quand nous faisons semblant d'être Robinson, expliqua-t-il. Bien sûr, nous ne nous attendons pas à trouver de vrais cannibales dans le parc, milord, mais nous nous sommes servis de la longue-vue que vous nous avez offerte pour surveiller l'île. Je vous jure que nous avons aperçu tante Pansy faire quelque chose à la barque, tôt ce matin. Et, avant que vous nous demandiez pourquoi nous n'avons rien dit plus tôt, j'avoue que nous avions oublié cet incident… jusqu'à ce que Dora nous explique comment elle a failli se noyer. Il ne nous a pas fallu longtemps pour faire le rapprochement.

Ils le regardèrent un long moment, attendant sa réaction. Il aurait voulu leur dire qu'ils s'étaient trompés, qu'ils avaient tiré les mauvaises conclusions – sans doute Dorothy l'aurait-elle souhaité aussi. Il aurait voulu jurer que Pansy ne pouvait pas avoir délibérément essayé de faire du mal à leur sœur.

Sauf que… Sauf qu'il n'avait jamais apprécié cette fille, et pas uniquement parce qu'elle avait réussi, en usant de ses charmes, à convaincre Gregory de fuir avec elle. Il y avait quelque chose de… malhonnête, chez elle. Elle souriait à tout-va, donnait les réponses attendues quand on lui adressait la parole, mais…

Worsley se souvint de son choc, à l'instant où il avait appris que la barque qu'utilisaient les enfants chaque jour était si mal entretenue. Il avait été prêt à sermonner les jardiniers, à leur ordonner de tout faire pour que les petits ne courent aucun danger durant leurs jeux, quels qu'ils soient.

Et… Était-ce une coïncidence, si Dorothy avait eu son accident le lendemain du jour où Gregory était venu lui demander ce qu'il adviendrait de lui si un fils devait naître ? Son pupille avait donné l'impression d'être heureux à l'idée de devenir intendant d'une grande maison, le cas échéant. Était-ce vrai ? Qui pouvait se vanter de connaître les réflexions secrètes d'un autre homme ?

Quoi qu'il en soit, Worsley n'aurait jamais cru que ce garçon puisse manquer de bon sens au point de s'enfuir avec une fille légère comme Pansy ; et pourtant, l'histoire lui avait donné tort. Cette dernière était-elle aussi capable de faire en sorte que Dorothy ait un « accident » ? Avant que celle-ci donne à son époux un héritier qui aurait écarté Gregory de la succession ?

Si c'était le cas, ce jeune écervelé et elle ne seraient jamais plus en sécurité nulle part ! Oh oui, il allait les traquer et…

Il serra et desserra les poings plusieurs fois, étouffant de son mieux la fureur qui montait en lui. Comment avait-on pu attenter aux jours de sa femme d'une manière aussi pernicieuse et cruelle ?

Mais s'ils avaient vraiment osé faire une telle chose, lui seul était à blâmer. Gregory et Pansy avaient sans doute remarqué qu'il ne veillait pas en permanence sur Dorothy, comme tout bon époux aurait dû le faire.

— Je vous promets de mieux prendre soin de votre sœur à l'avenir, dit-il, les dents serrées.

— Merci, milord, répondit Paul, clairement soulagé. Si nous pouvons faire quoi que ce soit pour vous aider…

Worsley les regarda tour à tour. Leurs trois visages étaient emplis d'inquiétude pour cette grande sœur qu'ils adoraient. Il y lut la même détermination que celle qui enflait dans sa poitrine – eux aussi s'assureraient que plus rien n'arrive à Dorothy.

— J'aimerais que l'un de vous, au moins, reste toujours avec elle quand je ne peux pas être présent, dit-il.

— Comme elle s'est foulé la cheville, elle va devoir tenir le lit quelques jours, n'est-ce pas ? demanda Mary. Chaque fois que nous avons été malades, elle a toujours pris soin de nous, alors elle ne s'étonnera pas que nous fassions la même chose pour elle. Nous pourrons lui tenir compagnie, lui faire la lecture…

— Je pourrais emporter mon panier de broderie dans sa chambre pour y travailler et lui demander de m'aider avec mes points, ajouta Martha. Elle aime que nous nous occupions de manière utile, comme elle le dit toujours.

C'étaient de bonnes idées, et cela leur permettrait au moins de sentir qu'ils agissaient pour le bien-être de leur sœur. Même si cette histoire n'était que le fruit de leur imagination trop fertile, Worsley aussi serait rassuré de savoir que Dorothy n'était pas seule. Car, maintenant qu'ils avaient exprimé leurs peurs à voix haute, il ne pouvait s'empêcher de se demander…

Non, personne ne s'abaisserait à un *assassinat* pour empêcher la venue d'un héritier ! C'était absurde !

D'un autre côté… Depuis que cette idée atroce lui était venue, il ne parvenait plus à s'en défaire. Trop de détails le dérangeaient, dans cette affaire.

S'il ne prenait pas de mesures et si quelque chose de grave devait arriver, la prochaine fois… Non, il refusait d'y songer. C'était impensable. La vie sans Dora…

Il se secoua violemment.

Rien de mal n'allait lui arriver. Il ne le permettrait pas !

Chapitre 23

Dorothy pressentait déjà qu'elle allait être très malheureuse, clouée au lit alors qu'il faisait si beau dehors et qu'il y avait encore tant à faire pour préparer la fête. Le pire était sans doute de savoir que tout se passerait bien sans elle…

À quoi servait-elle donc, ici, si le personnel était capable de mener sa barque sans son aide ?

Mener sa barque… Ah, quel mauvais choix de mots. Elle ne savait pas mener sa barque, elle ; et quoi que Worsley puisse dire pour la rassurer, il ne cherchait certainement qu'à se montrer gentil. Parce qu'il était fondamentalement bon. Il tenait tellement à faire ce qui était juste qu'il n'avait pas hésité un instant à lui demander sa main après avoir compris qu'elle n'avait rien à voir avec la fugue de son pupille.

Certes, il semblait apprécier leurs nuits passées ensemble, mais elle ne pouvait s'empêcher de noter que c'était elle qui devait toujours le rejoindre dans sa chambre, et jamais l'inverse. Clairement, elle était plus attirée par lui que lui par elle. N'était-ce pas logique ? Il était beau comme un dieu, tandis qu'elle était quelconque, trop grande, sans la moindre féminité et… Une larme unique lui roula sur la joue.

Elle la chassa d'un geste agacé. Elle n'avait jamais

supporté ces femmes qui ne savent que pleurer et se lamenter sur leur sort – sans compter celles qui avaient le don de s'évanouir à la première émotion. D'un autre côté, le médecin lui avait laissé entendre qu'elle avait peut-être eu une bonne raison de tourner de l'œil – quelque chose qui n'avait rien à voir avec sa mésaventure. Pensive, elle se plaqua une main sur le ventre. Elle saurait, en temps voulu…

Quelques coups timides résonnèrent soudain à sa porte, et elle renifla vivement, essuyant sa joue humide d'un revers de la main. Son humeur, qui s'était un peu améliorée à la pensée d'être potentiellement enceinte, s'assombrit de nouveau quand elle reconnut le visage de Pansy dans l'entrebâillement de la porte.

— Puis-je entrer ? demanda celle-ci en passant le seuil sans attendre sa réponse. J'ai entendu dire que vous aviez eu un accident, que vous avez failli vous noyer. Êtes-vous gravement blessée ?

Elle jeta un coup d'œil au reste de la pièce et reprit à mi-voix :

— Worsley n'est pas avec vous ?

Ce constat parut la choquer.

— Si je devais traverser une telle épreuve, Gregory ferait tout pour ne jamais quitter mon chevet !

Sans doute, mais eux s'étaient mariés par amour, alors que Worsley avait simplement tenu à préserver l'honneur de Dorothy. Oh ! ciel… Pourquoi tenait-elle tant à raviver sa peine en permanence ? L'accident avait dû la perturber plus qu'elle le croyait.

— Il vient de monter voir les enfants, répondit-elle, sur la défensive. Je tenais à ce qu'il leur répète le diagnostic du médecin pour les tranquilliser.

Pansy haussa un sourcil sceptique.

— Oh ? Je suis pourtant convaincue de l'avoir vu descendre à l'écurie.

— C'est possible. Il a dû y aller après avoir parlé aux petits. Quand je suis revenue du lac, il m'a semblé que Pawson et lui s'inquiétaient d'un des paturons de Chancer...

— C'est typique de lui, lâcha Pansy avec indignation. Cet homme placera immanquablement ses chevaux au premier plan. Les femmes de sa vie tiennent toujours la seconde place. Gregory m'a raconté que ses aventures ne duraient jamais longtemps, surtout pendant la saison des courses. Même les plus belles femmes n'ont jamais réussi à le retenir plus de quelques mois.

Vraiment ? Et quand bien même cela aurait été la réalité, Pansy était-elle vraiment obligée de le mentionner ? Surtout devant elle, alors qu'elle se sentait déjà bien assez fragile, dans ce mariage improvisé.

Hélas, c'était le problème, avec cette fille : elle se donnait des airs amicaux, mais toutes ses remarques apparemment maladroites cachaient un venin pervers. Elle parvenait d'ailleurs à toucher juste, la plupart du temps ; sans quoi Dorothy ne se serait pas sentie aussi triste et démoralisée en l'écoutant.

La décision s'imposa soudain à elle. Elle allait devoir prendre ses distances avec Pansy et son poison, à l'avenir. Elle avait peut-être pitié de celle-ci, mais sa bonté avait des limites. Pour commencer, elle allait suivre le conseil de Mrs Parmenter et demander à une bonne de rester avec elle pour répondre à la porte et repousser les visiteurs malvenus quand elle ne se sentait pas en état de les recevoir. D'après la femme de charge, c'était ce que faisaient les comtesses, après tout. Dorothy avait simplement pensé, *espéré* ne pas avoir à en arriver là.

En attendant que cela puisse être mis en place, elle

allait devoir prendre les choses en main elle-même et se montrer ferme, quitte à passer pour une malpropre.

— Pansy, dit-elle donc, je sais que vous cherchez à m'aider et que vous voulez simplement me tenir compagnie, mais je ne me sens pas assez forte pour discuter, en ce moment.

— Oh ! quel manque de tact de ma part ! J'aurais dû voir que vous souffrez. Vous a-t-on donné une potion contre la douleur ?

— Le médecin m'a laissé un flacon de laudanum, mais je n'en ai pas besoin. Et, même dans le cas contraire, je préférerais éviter : cela me donne des nausées et m'endort.

— Mais je… Et que pensez-vous de la concoction que vous m'avez préparée au Blue Boar ? Cela m'a beaucoup calmée et je ne me suis pas du tout sentie malade après. Je pourrais vous préparer une infusion, si vous voulez, répondit Pansy d'un air joyeux. Comme vous l'avez fait pour moi… Je sais qu'il vous en reste, quelque part, parce que je me suis assurée que rien ne manque à votre malle quand je l'ai rendue à Worsley.

C'était une assez bonne idée, songea Dorothy. Non seulement Pansy se sentirait enfin utile, mais en plus elle serait obligée de quitter la pièce pendant un moment, laissant Dorothy en paix.

— Merci. Une bonne tasse de tisane à la camomille me ferait beaucoup de bien.

Elle expliqua à Pansy où trouver sa réserve d'herbes et poussa un soupir de soulagement quand sa visiteuse s'en alla enfin d'un pas sautillant. Peu importait combien de fois celle-ci lui répétait qu'elle était sa meilleure amie, Dorothy ne parvenait pas à lui rendre son affection. Ce qui était gênant, étant donné que leurs mariages respectifs faisaient d'elles des parentes. À bien y réfléchir… oui, elle pouvait toujours la considérer comme un membre de sa famille au même titre que sa tante Honoria, qui avait accepté de prendre les filles chez elles – mais pas Paul – pendant leurs vacances d'été. Honoria n'était pas le genre de personne que Dorothy parvenait à aimer, mais elle avait toujours su trouver en elle assez de respect et de courtoisie pour entretenir de bonnes relations.

Alors qu'elle réfléchissait à tout cela, quelqu'un d'autre frappa à sa porte. Cette fois, ce fut le visage de Mary qui apparut. Quand celle-ci lui demanda si elle pouvait entrer, Dorothy se contenta de lui ouvrir les bras. La présence de sa sœur lui rappela immédiatement qu'elle n'était pas seule sans personne pour se soucier d'elle, dans cette demeure. Paul et les filles l'aimaient. Ils l'avaient toujours aimée, d'une façon inconditionnelle.

Comme pour le prouver une fois de plus, Mary se jeta dans ses bras comme un oiseau qui rentre au nid.

— Paul et Martha sont sortis pour te cueillir un bouquet de fleurs avant de monter te voir, mais je n'avais pas envie de te laisser seule si longtemps. Je tenais aussi à m'assurer que notre présence ne te dérangerait pas. Si tu souffres ou si tu as besoin de te reposer, dis-le-nous…

— Ce n'est pas le genre de maladie qui réclame du silence et beaucoup de sommeil. D'ailleurs, je serai ravie de vous voir tous les trois ensemble, aussi longtemps que vous le voulez. Je crains de m'ennuyer avant peu, allongée comme cela avec ma jambe en l'air.

Le visage de Mary s'illumina.

— J'ai apporté un livre, dit-elle en tirant un petit volume à couverture cartonnée de la poche de sa jupe. Je pensais te faire la lecture, si tu veux ; ou juste m'asseoir dans un coin et lire dans ma tête, si tu veux dormir.

— Pour l'instant, je crois que je vais me contenter de ta présence, répondit Dorothy.

Puis, voyant que sa sœur jetait un coup d'œil à son livre, elle ajouta :

— Tu peux le feuilleter en attendant Paul et Martha. Comme ça, ils ne pourront pas dire qu'ils ont manqué quoi que ce soit.

Ce fut ainsi que Pansy les trouva quand elle revint avec son plateau : Dorothy calée contre ses oreillers et Mary assise près d'elle, les jambes repliées sur l'édredon, totalement absorbée par sa lecture.

— Votre sœur devrait-elle réellement être sur le lit avec vous ? demanda-t-elle en posant le plateau sur la table de chevet.

La tête baissée, elle ne parut pas remarquer le regard assassin que lui adressa Mary.

— Nous ne voudrions pas qu'elle dérange votre pied par inadvertance, n'est-ce pas ?

— Jamais je ne ferais une telle chose ! protesta Mary en bondissant du lit… au moment même où Pansy tendait une tasse de tisane à Dorothy.

Ce mouvement brusque envoya voler la porcelaine, faisant éclabousser le liquide chaud sur la chemise de nuit de Dorothy.

Elle était trempée… une fois encore.

— Oh mon Dieu ! s'écria-t-elle. Vous êtes-vous brûlée, Pansy ?

Elle se redressa, écartant sa jambe des draps mouillés si vivement qu'une pointe de douleur remonta le long de son tibia.

— Non, je vais bien, répondit Pansy en essuyant avec rage le devant de sa robe, à peine mouillée de quelques gouttes. Et ce n'est pas grâce à cette vilaine fille !

— Elle n'est pas vilaine, répliqua Dorothy. C'était un accident.

Sa voix sèche résonna dans la chambre avec violence. Elle avait l'impression d'être une tigresse défendant ses petits.

— Au contraire, elle l'a fait exprès, j'en suis sûre !

— Sottises, reprit Dorothy, sa colère attisée par la douleur. Pourquoi donc ferait-elle une telle chose ?

— Parce qu'elle ne m'aime pas. Personne ici ne m'aime !

Il aurait été bien utile d'avoir une domestique dans la chambre, en cet instant, pour chasser Pansy et ses éternelles complaintes…

Mais Dorothy n'avait encore jamais eu besoin de s'appuyer sur qui que ce soit. Au contraire. Elle avait toujours tiré une certaine fierté d'être celle sur laquelle tout le monde comptait, en toutes circonstances.

Elle s'obligea donc à se redresser, les dents serrées pour ne pas grimacer, et regarda Pansy droit dans les yeux.

— Vous devriez vraiment arrêter de penser que le monde entier vous en veut…

— Mais c'est vrai ! Ils me détestent tous !

— Oh ! par le ciel !

Dorothy se tourna vers Mary, désemparée.

— Je t'en prie, dis-lui que c'est faux. Que ce n'était qu'un malheureux accident.

À sa grande surprise, sa petite sœur eut une moue révoltée.

— C'était tout autant un accident que ce qui t'est arrivé près du lac, dit-elle.

— Quoi ? De quoi veux-tu parler ?

— Eh bien demande-lui, répondit Mary en dardant un regard noir sur Pansy.

— C'est un mensonge ! J'ignore de quoi elle parle !

Dorothy les dévisagea tour à tour. Sa longue expérience

avec ses cadets, qu'elle avait si souvent dû séparer après une dispute, lui indiquait que les deux filles savaient *exactement* de quoi il s'agissait, au contraire – ce qui n'était pas son cas, pour le moment.

— Veux-tu bien m'expliquer en détail ce qui se passe ici ? demanda-t-elle à Mary, de sa voix la plus raisonnable.

— Elle a fait quelque chose à la barque pour la pousser à couler, lâcha sa sœur, un doigt accusateur pointé sur Pansy. Et tout le monde sait que tu ne sais pas nager ! C'est vrai : je la déteste ! Je la hais !

Elle se jeta au cou de Dorothy et se mit à sangloter, la tête enfouie dans la chemise de sa sœur.

— Je ne supporterais pas qu'il t'arrive quelque chose... Il fallait que je l'empêche de te faire boire cette tisane.

— Mary, enfin, que t'arrive-t-il ? Pansy ne pourrait jamais...

La jeune femme venait de pâlir et se plaqua les mains contre les lèvres, dans une pose qui aurait pu trahir son horreur à l'idée d'être accusée à tort. Mais d'un seul coup, Dorothy se souvint de son insistance. Pansy avait tellement tenu à l'envoyer au lac, et vite. Avant l'arrivée des invités.

Elle eut soudain l'impression qu'une main glaciale venait de se refermer sur sa nuque.

— Pansy ?

Bien sûr, elle savait depuis le départ que cette fille pouvait se montrer jalouse... Cependant, elle n'était tout de même pas capable de causer du mal à une autre personne, physiquement, si ?

— Je croyais que nous étions amies...

Sous les yeux incrédules de Dorothy, Pansy tomba à genoux et se mit à pleurer à son tour.

— Ce n'était pas si grave, quand vous êtes arrivée ici. Mais Gregory a vu à quel point vous vous rapprochiez de Worsley et, pensant que vous pourriez bientôt avoir un bébé, il est allé le voir pour lui demander ce qu'il pourrait faire, quand il ne serait plus son héritier. Je l'ai entendu dire qu'il voulait devenir fermier. *Fermier !* se lamenta-t-elle bruyamment. J'ai abandonné toute ma fortune pour lui et je ne pourrais jamais accepter d'être mariée à un vulgaire fermier ! Jamais !

— Et vous… avez essayé de me *tuer* ?

En entendant ce mot, Mary se serra un peu plus contre sa sœur dans une étreinte protectrice, s'agrippant même à elle. Dorothy avait beau être l'aînée, celle qui avait toujours défendu sa famille contre vents et marées, elle ne put s'empêcher de s'accrocher elle aussi à sa petite sœur.

Mais Pansy poursuivait, accusatrice :

— Rien de tout cela ne serait arrivé si vous n'étiez pas entrée dans la salle du Blue Boar au mauvais moment. C'est *moi* qui aurais dû devenir la maîtresse de ce manoir. Moi !

— Me haïssez-vous donc à ce point ?

Comment cette fille avait-elle pu se prétendre son amie si longtemps, si souvent, en ne connaissant que rancœur et frustration ?

— Non, c'est bien le pire, soupira Pansy en frappant le sol de son poing. Vous… Vous êtes bonne avec tout le monde, ici. Vous êtes si capable. Les domestiques vous apprécient et vous respectent. Mais, voyez-vous, *j'aime* Gregory.

Son regard larmoyant se posa un instant sur Dorothy.

— Et tout cela est ma faute. Sa pauvreté à venir, le fait qu'il ne puisse plus devenir comte… Maintenant, nous n'aurons même plus mon héritage pour vivre. J'ai gâché sa vie ! J'ai entièrement gâché sa vie ! Je pensais que tout se passerait bien, avant que Worsley devienne tendre avec vous. Mais à présent…

Elle secoua la tête et se tordit les mains.

— Je devais faire quelque chose pour empêcher

Gregory d'avoir à travailler pour gagner de quoi manger. Ne comprenez-vous pas ?

— Oui… Oui, j'imagine que je comprends.

Si elle s'était trouvée dans la même position que Pansy, si quelqu'un avait eu le pouvoir d'arracher à Worsley ses biens et son rang, Dieu seul savait jusqu'où elle aurait pu sombrer pour le sauver. Et elle était plus consciente que quiconque de la douleur que l'on ressentait quand on se savait indigne de l'homme que l'on avait épousé. Seulement…

— Un crime n'arrange jamais les choses, dit-elle.

Pansy se voûta, la tête basse.

— Je suppose que vous allez tout dire à Gregory, maintenant. Il ne m'aimera plus, quand il saura la vérité, et alors, j'aurai tout perdu !

Dorothy soupira.

— Non, Pansy. Si vous regrettez réellement votre geste et si vous me promettez de ne plus jamais faire ce genre de choses…

— Arrêtez immédiatement ! coupa une voix sévère depuis la porte.

Les deux femmes et Mary sursautèrent, se tournant d'un même mouvement pour découvrir Worsley, dressé sur le seuil de la chambre, le regard noir et les poings serrés.

Chapitre 24

Worsley avait écouté la confession de Pansy, le sang en ébullition. Il n'arrivait pas à croire que Dorothy soit sur le point de lui pardonner !

Ou plutôt : si, il le croyait. Et c'était bien là le problème. Elle excusait trop facilement les gens qui lui causaient du tort – d'abord lui, puis Mrs Warren…

Eh bien, elle était peut-être une sainte descendue sur terre, mais pas lui. Sans laisser à sa femme le temps de prononcer des paroles qui pourraient laisser croire à Pansy qu'elle allait s'en tirer sans dommages, il poussa le battant de la porte avec fracas et s'avança.

Un lourd silence tomba, uniquement brisé par les sanglots tremblants de Mary, qui ne lâchait pas sa sœur, comme une enfant effrayée. Il comprenait très bien ce qu'elle devait ressentir. Lui aussi aurait aimé se jeter sur le lit, serrer son épouse dans ses bras et ne plus la lâcher. Il aurait voulu la protéger contre le monde entier, empêcher quiconque de s'approcher d'elle.

Mais pour faire cela, il aurait dû chasser la jeune fille, qui avait pourtant tellement besoin de sa grande sœur ; et il n'était pas un monstre.

De toute manière, il avait un problème plus important à régler, pour assurer la sécurité de celle qu'ils aimaient tous les deux.

Il traversa la chambre et tira brutalement sur le cordon de la sonnette.

Quand il se retourna, le tableau de ces trois femmes silencieuses et apeurées le bouleversa une fois de plus. Deux d'entre elles avaient les yeux rouges à force de pleurer et la troisième…

La troisième le couvait d'un regard qui alternait entre exaspération et amusement. De l'amusement ! Elle venait tout juste d'apprendre que l'épouse de Gregory avait essayé de la tuer, et elle ne paraissait pas plus horrifiée que cela.

Décidément, Dorothy avait des nerfs d'acier. Ne l'avait-il pas appris à ses dépens dès le premier soir, quand il l'avait enlevée en la prenant pour une autre ? Sur le moment, il avait admiré sa bravoure. Ou son stoïcisme face à l'adversité, comme il l'avait pensé alors. Mais cette fois, c'était différent. Non seulement ne semblait-elle pas craindre la meurtrière qui avait tenté de la noyer, mais elle avait en plus été sur le point de lui *pardonner*.

Vraiment ?

— Alliez-vous réellement passer l'éponge sur le crime de Pansy ? demanda-t-il, les dents serrées.

— Que pouvais-je faire d'autre ? répliqua Dorothy avec un haussement d'épaules amer. Elle fait partie de notre famille.

On frappa à la porte et une bonne se présenta.

— Allez dire à mon pupille que je souhaite le voir ici tout de suite, voulez-vous ? Et si vous y parvenez, retrouvez aussi Martha et Paul.

La domestique s'éclipsa sur une révérence. Sitôt la porte fermée, Pansy se traîna jusqu'au lit, à genoux, et saisit les mains de Dorothy d'un air terrifié.

— Je vous en supplie, ne dites pas à Gregory ce que j'ai fait ! Je ne supporterais pas de le perdre !

Dorothy prit une inspiration, comme si elle s'apprêtait

à lui accorder l'absolution, mais Worsley leva une main impérieuse pour l'empêcher de répondre.

— Vous avez peut-être réussi à vous attirer les faveurs de ma femme avec vos manigances, mais vous n'arriverez pas à me fléchir. J'ai bien l'intention de répéter à votre époux tout ce que je viens d'entendre.

Pansy poussa un petit cri aigu, que Worsley choisit d'ignorer.

— Ce sera à lui de décider que faire de vous, reprit-il, implacable. Après tout, vous êtes sous *sa* responsabilité.

Il vint se camper face à elle, l'obligeant à lever les yeux.

— Laissez-moi néanmoins vous promettre une chose : je ne vous laisserai plus jamais approcher de Dorothy.

La jeune femme la lâcha pour se jeter aux pieds de Worsley. Il eut à peine le temps de s'écarter avant qu'elle lui enlace les jambes.

— Pansy, intervint Dorothy avec fermeté, vous devez assumer les conséquences de votre acte.

— Mais… Mais… Worsley a dit que vous au moins vous pouviez me pardonner, couina-t-elle.

— Oui, si vous regrettez sincèrement ce que vous avez fait, alors bien sûr que je vous pardonne, répondit-elle en adressant un regard sévère à Worsley, qui s'apprêtait à répliquer. Cependant, vous devez parler à votre époux et lui expliquer pourquoi vous avez tenté de commettre un tel crime. Vous devez accepter la vie qui vous attend. Bref, ma chère, il est temps pour vous de mûrir un peu.

Pansy poussa un cri choqué mais, au même moment, la porte s'ouvrit et Gregory entra en courant. Essoufflé, il les regarda d'un air à la fois perplexe et inquiet.

— Que se passe-t-il ? Pansy, ma chérie, quel est le problème ?

Il s'avança, les bras ouverts pour l'enlacer, mais elle

recula vivement, se cacha le visage dans les mains et pleura de plus belle.

Quand son mari voulut s'agenouiller pour la consoler, Worsley le retint par le bras et l'attira un peu plus loin.

— Il est de mon devoir de t'informer que ta femme vient d'avouer qu'elle a tenté d'assassiner Dorothy.

Le jeune homme éclata de rire.

— C'est absurde !

Puis, tout aussi vite, son visage s'assombrit.

— Si c'est pour cela qu'elle est dans un tel état, si vous vous amusez à l'accuser sans preuves, je ne m'étonne pas que…

— C'est la vérité, coupa Worsley. Et, avant de prononcer des paroles que tu pourrais regretter, je te suggère de l'emmener dans un endroit privé où tu pourras entendre toute l'histoire de ses propres lèvres.

— Bien sûr. C'est exactement ce que je compte faire, répondit Gregory d'un air offensé.

Il alla relever sa femme, qui était toujours en larmes, avec douceur et l'entraîna dans le couloir.

Une fois la porte refermée, le calme revint enfin dans la chambre. Mary avait cessé de sangloter et se tenait très droite au bord du lit, s'essuyant les joues d'un revers de la main. Elle contemplait Worsley comme s'il était un chevalier en armure venu terrasser un dragon.

Au même instant, Paul et Martha arrivèrent. Sans bouger de sa place, Mary annonça :

— Elle a tout avoué ! Elle a craché le morceau dès que je lui ai dit que nous savions tout.

— Vous…

Dorothy regarda son frère, ses sœurs, puis Worsley d'un air incrédule.

— Vous *saviez* qu'elle avait tenté de…

— Nous avions des soupçons, corrigea-t-il vivement.

Je confesse que j'ai eu du mal à croire que qui que ce soit puisse vous vouloir du mal. Je ne la pensais pas capable d'élaborer un tel plan, et encore moins de le mettre en œuvre sans le moindre scrupule.

— Ha ! Elle a peut-être l'allure d'une fée, mais elle sait très bien comment arriver à ses fins, murmura Dorothy avec amertume. N'oubliez pas qu'elle a su convaincre ce pauvre Gregory de s'enfuir avec elle.

Elle s'interrompit un instant et reprit, avec plus de compassion :

— Néanmoins, je ne la crois pas entièrement égoïste. Elle a l'air d'aimer son époux de tout son cœur, dans la limite de ses capacités, bien sûr. À sa manière, certes discutable, elle essayait juste de réparer le mal qu'elle pensait lui avoir fait.

Worsley restait tout de même sceptique…

— J'espère que vous n'allez pas me suggérer d'oublier cette affaire et de continuer comme si rien ne s'était passé.

— Non.

Martha grimpa à son tour sur le lit et se nicha dans les bras de Dorothy, tandis que Paul s'asseyait près de ses pieds.

— Je pense qu'il vaudrait mieux les envoyer quelque part où ils pourraient vivre seuls et régler leurs problèmes en privé, dit Dorothy en serrant ses sœurs contre elle.

— Vous avez raison.

Cela empêcherait également le couple de leur créer plus de problèmes.

— Je crois que je sais exactement où les installer : à Maybush House.

— Oui ! cria Paul en levant le poing d'un air enjoué. Je suis sûr que Pansy sera terrifiée par les rats !

Worsley préféra ne pas le décevoir en lui expliquant que ce problème avait été éradiqué grâce à deux terriers bien dressés, quelques pièges et quelques tuyaux cassés pour accéder au nid.

— Elle aura également moins de domestiques à gérer, ajouta Dorothy avec plus de bonté que son frère.

Worsley grimaça. Cela non plus n'était pas tout à fait vrai : il avait déjà ordonné à son avoué d'engager plus de personnel.

— Bon, dit-il avec fermeté. À présent que ce problème est réglé, vous pouvez tous arrêter de sauter sur le lit de Dora et de menacer sa cheville blessée. Allez vite prendre votre thé dans la salle de classe !

Les enfants protestèrent mollement, mais s'en allèrent, laissant Dorothy et Worsley en tête à tête. Cette fois, il n'eut plus la force de se retenir.

Il s'installa sur le lit à son tour et prit sa femme dans ses bras.

— J'aurais pu vous perdre, souffla-t-il en tremblant. Je ne savais pas à quel point je vous aimais avant de vous voir vous écrouler à mes pieds. J'en ai été comme pétrifié, et je me suis demandé ce que je pourrais bien faire de ma vie, si vous n'étiez plus là pour la partager…

— Vous… m'aimez ?

Elle s'écarta de lui juste assez pour le dévisager d'un air abasourdi.

— Mais comment pouvez-vous… ? Je veux dire, vous êtes si…

Elle indiqua d'un geste mal assuré le visage et le torse de Worsley.

— Et je suis tellement…

— Pourquoi ne me croyez-vous pas, quand je vous dis que vous êtes belle ? grommela-t-il.

Pourquoi ne pouvait-elle pas simplement se jeter à son cou et lui dire qu'elle l'aimait aussi, comme une femme normale ?

Il connaissait la réponse, bien sûr. Parce qu'elle était… Dora.

— Bref, reprit-il, un peu déçu. Vous n'avez pas besoin de me comprendre ou d'éprouver les mêmes sentiments que moi. Je ne l'espérais pas, de toute manière, surtout après le traitement odieux que je vous ai fait subir. D'ailleurs, j'ai toujours su que je n'étais pas le genre d'homme capable de faire le bonheur d'une femme. Je voulais juste que vous sachiez ce que j'éprouve pour vous.

— Vous vous croyez incapable de rendre votre épouse heureuse ? Qui donc vous a mis une telle idée en tête ? Toby, espèce d'idiot ! Ne comprenez-vous donc pas que la plupart des jeunes filles rêvent d'un époux comme vous ?

— Non, c'est faux. Je donne l'impression d'être insensible. Impoli. Je… J'aurais brisé la volonté de beaucoup de femmes, si elles s'étaient trouvées à votre place.

— Eh bien, je peux vous dire que vous ne briserez jamais la mienne, répliqua-t-elle. Après tout, je ne suis pas vraiment une femme comme les autres, n'est-ce pas ?

— Non, c'est certain.

Voyant sa mine désappointée, il s'empressa d'ajouter :

— C'est justement ce qui vous rend parfaite.

— Oh ! je suis très loin de l'être, commença-t-elle.

Worsley lui plaqua un doigt sur les lèvres, pour l'empêcher de se déprécier une fois de plus.

— Vous l'êtes pour *moi*. Si vous devez remettre en doute toutes mes déclarations, croyez au moins celle-ci.

Elle pencha la tête sur le côté, pensive.

— Vous êtes parfait pour moi aussi, dit-elle. Et bien sûr que je vous aime !

À sa voix, il eut soudain l'impression d'être un imbécile de ne pas l'avoir compris plus tôt.

— Ne voyez-vous pas pourquoi j'ai pu pardonner si facilement l'acte de Pansy ? Sans elle, nous ne nous serions jamais rencontrés, et quand je pense à ce que ma vie aurait été…

Elle frémit à son tour et le serra plus fort dans ses bras.

— Mais nous nous sommes rencontrés, dit-il dans l'espoir de l'apaiser. Nous avons… Nous sommes…

— Toby, arrêtez de parler, répondit-elle d'un air faussement exaspéré. Vous savez bien que ce n'est pas votre point fort.

Elle lui adressa un sourire mutin.

— *Montrez-moi* plutôt ce que vous ressentez pour moi. C'est ce que vous faites de mieux.

Et il s'exécuta. Avec soin, bien sûr, pour ne pas aggraver la blessure de sa femme – un exercice qui s'avéra bien plus délicat qu'il l'aurait cru.

Mais cela en valait la peine.

Oh oui ! Dora valait bien qu'il se donne toutes les peines du monde.

Vous avez aimé ce livre ? Découvrez très bientôt « La fuite de Lady Rathmore », le nouveau roman de Sarah Mallory, dans votre collection Les Historiques.

Les Historiques

HARLEQUIN

Retrouvez prochainement,
dans votre collection

Les Historiques

Un Viking pour époux, de Michelle Styles - N°966

SÉRIE : SERMENTS & GUERRIERS - TOME 3

An 875, Angleterre

Ancien chef de guerre viking, Hafual de Wulfhere n'a qu'un désir après une vie de combat : s'occuper de ses terres, chérir son fils, et surmonter la mort de sa femme. Très éprouvé par cette perte tragique, il ne veut plus jamais entendre parler de mariage, et encore moins d'amour ! Jusqu'à ce que Lady Elene de Baelle Heale se présente sur le pas de sa porte. Acculée par un mariage forcé, la belle a besoin d'aide. Un secours que Hafual décide de lui apporter en lui jurant une fidélité éternelle…

La fuite de Lady Rathmore, de Sarah Mallory - N°967

SÉRIE : PASSIONS ÉCOSSAISES - TOME 3

Angleterre et Highlands écossais, XVIIIe siècle

La vie de Grant Rathmore était pleine de joie et d'amour depuis son mariage avec la belle Madeleine d'Evremont, dix-huit mois plus tôt. Hélas, en raison de douloureux événements, son épouse s'est mis en tête qu'il ne l'aimait plus et l'a quitté sans un adieu. Pis encore, elle a fui à Londres chez son père, un homme dangereux, sympathisant des Jacobins ! Fou d'inquiétude, Grant voyage alors à bride abattue à travers les routes brumeuses des Highlands pour retrouver sa bien-aimée…

Pacte avec un chevalier, de Melissa Oliver - N°968

SÉRIE : ILLUSTRES CHEVALIERS - TOME 4

Angleterre, XIIIe siècle

Brida est bouleversée. Parce qu'elle a secouru un chevalier blessé, tout le village imagine à présent qu'il s'agit d'un amant dont elle aurait caché l'existence ! Or, si la rumeur est infondée, son lien avec l'irrésistible Sir Thomas Lovent est bien réel, et ô combien intense ! Trois ans auparavant, tous deux ont échangé un baiser passionné au château de Kinnerton, lors d'une chaude nuit d'été, avant qu'une violente dispute éclate entre eux et les sépare. Brida le pensait perdu à jamais… Comment Thomas réagira-t-il, une fois ses plaies pansées et sa force retrouvée, lorsqu'il la découvrira à son chevet ?

Un amour interdit, d'Elizabeth Rolls - N°969

Londres, XIXe siècle

Fille illégitime d'une esclave noire et d'un planteur anglais, Psyché se sait prodigieusement chanceuse d'être devenue une jeune femme indépendante, propriétaire de sa propre maison de café dans le quartier de Soho. Après les épreuves qu'elle a traversées, elle est bien décidée à ne jamais céder sa liberté à un homme ! C'est pourquoi, lorsqu'elle fait la rencontre de Will Barclay le soir de Noël, elle garde d'abord ses distances. Mais le charme de ce parfait gentleman, ainsi que la connexion profonde qui les lie instantanément, la trouble plus que de raison… En effet, voilà qu'elle se prend soudain à imaginer un avenir avec lui, tout en sachant qu'une liaison avec Will les entraînerait tous deux dans un retentissant scandale…

Les noces d'acier, d'Elisabeth Hobbes - N°970

Angleterre, XIVe siècle

« J'ai une offre à vous faire, maître Danby… »

Lorsque maître Vernon lui propose sa nièce en mariage, Hal comprend qu'il n'a pas le choix : il ne sera admis dans la très sélective guilde des forgerons que s'il le décharge d'une bouche à nourrir. Sa carrière vaut-elle de s'unir à une femme qui en aime un autre ? Car la belle Joanna est éprise du demi-frère de Hal, qui vient de la rejeter cruellement. Et c'est justement Hal qui a poussé ce bellâtre à avouer qu'il ne l'épouserait jamais. Joanna mérite mieux que cela : un époux qui prenne soin d'elle, et une position pour s'affranchir de son oncle. Alors, puisque leurs intérêts convergent…

Pour un baiser de son ennemie, d'Amanda McCabe - N°971

Italie, XVe siècle

Orlando enrage. La mystérieuse Isabella, qu'il a sauvée d'une attaque de voleurs dans les rues de Florence, n'est autre que la cousine de Matteo Strozzi, son pire ennemi ! L'homme responsable de la mort de sa sœur… Depuis deux ans, Orlando ne vit que pour lui faire payer son crime… Pourquoi faut-il que la seule femme qui parvienne à lui redonner goût à la vie soit de la famille Strozzi ? Il devrait haïr Isabella, comme il hait son cousin, mais malgré lui un instinct plus fort que la vengeance le pousse sans cesse à la revoir. Même si, pour cela, il doit mettre sa propre vie en danger…